i
imaginist

想象另一种可能

理
想
国
imaginist

Dubravka Ugrešić

狐 狸

FOX

［荷］杜布拉夫卡·乌格雷西奇 著

刘伟 译

北京日报出版社

目 录

第一章　故事之为故事的故事　　　　　　1

第二章　平衡的艺术　　　　　　　　　　59

第三章　恶魔的花园　　　　　　　　　　141

第四章　忒奥克里托斯的冒险　　　　　　237

第五章　脚注小姐　　　　　　　　　　　303

第六章　狐狸的遗孀　　　　　　　　　　329

第一章

故事之为故事的故事

真正的文学之乐始于故事逃脱作者控制的时刻，这时它开始表现得像一个旋转的草坪洒水器，朝四面八方喷射；这时草开始萌芽，不是因为任何水分，而是因为对附近水分的渴求。

——I. 菲利斯，
《把生活转化为故事（及其逆转）的宏伟艺术》

1

故事是如何写成的？我相信很多作家都问过自己这个问题，但多数人避免回答。为什么？可能不知道该说什么。可能担心自己听起来会像那种只用拉丁语跟病人交流的医生（诚然，这种人现在越来越少了！），想要显得高人一等（这一点[①]*什么时候*有人怀疑过？），让病人处于劣势地位（他们想逃也逃不掉）。也许这就解释了为什么作家喜欢耸耸肩膀，任由读者相信故事像野草一样生长。这样说不定还算好的呢。因为若是收集一下作家们斗胆谈论这个问题的各种说法，你最终会得到一本废话选集。空洞之处越明显，作家获得的追随者就越多。以某个全球文学明星为例，他喋喋不休地讲述自己的顿悟时刻是如何在一场棒球比赛中到来的。就在球飞过空中的那一刻，他意识到他要写一部小说。所以一回到家，他就坐在书桌前拿起

---

① 原文为斜体，表强调，在本书中均用仿宋体表示，下同。——中译者注（如无特殊说明，本书中注释均为中译者注）

了笔，就此声名鹊起。

俄国作家鲍里斯·皮利尼亚克（Boris Pilnyak）的《故事之为故事的故事》（"A Story about How Stories Come to Be Written"）有一个简短的开篇（全文总共才十几页），讲述了他是如何在东京非常偶然地遇到作家田垣的。引荐者告诉皮利尼亚克，田垣因一本小说而成名，小说描写了一个欧洲女人，一个俄国人。但若不是皮利尼亚克在苏联驻日本K市①领事馆的档案中瞥见了一份索菲亚·瓦西里耶夫娜·格涅季奇-田垣的遣返请求，作家田垣或许早已被他永远地抛诸脑后了。

负责接待皮利尼亚克的茹尔巴同志是领事馆的秘书，他带皮利尼亚克去了城郊的山上看一座狐狸庙②。皮利尼亚克写道："狐狸是狡诈和背叛的图腾。如果一个人的身体被狐狸的灵魂占据，那这个人的整个部落都会受到诅咒。"寺庙坐落于一片雪松林中，在一个直直垂入大海的石头峭壁上，庙中有一座祭坛，狐狸可以在上面休息。从那里望

---

① 正如皮利尼亚克在他的《日之本》中所暗示的那样，该城市为神户（Kobe）。——原注
② 即稻荷神社。稻荷神是日本神话中的谷物和食物神，主管丰收，一些稻荷神社认为狐狸是稻荷神的使者，不过民间多将二者等同。

去，在一片阴森的静谧中，山峦起伏，大海蔓延开去。在这个神圣的地方，皮利尼亚克开始思索这样一个问题：故事是如何写成的？

狐狸庙，以及索菲亚·瓦西里耶夫娜·格涅季奇-田垣的自传（同样由茹尔巴同志提供），激励着皮利尼亚克提起了笔。由此我们得知，索菲亚在符拉迪沃斯托克读完了中学，好做一名教师，"直到有人跟她求婚"（来自皮利尼亚克的点评）；得知她"和成千上万的旧俄女孩并无不同"（皮利尼亚克的点评）；得知她"傻得像一首诗，但十八岁的人不就是这样吗"（又是皮利尼亚克）。在俄国，女人们的生平都如出一辙，"就像同一个豆荚里的两粒豌豆：初恋，失贞，幸福，丈夫，孩子，罕有其他"。直到"船停靠在敦贺港的那一刻"，她的经历才激起皮利尼亚克的兴趣，"这是一段简短而不寻常的经历，让她从成千上万个外省俄国女人中脱颖而出"。

这位来自符拉迪沃斯托克的年轻女子究竟是怎么登上这艘驶往敦贺港的船的？利用索菲亚自传中的片段，皮利尼亚克详述了她在二十世纪二十年代的符拉迪沃斯托克的生活。索菲亚在一栋房子里租了一个单间，日本军官田垣也租住在这里。根据索菲亚的自传，田垣"每天洗两次澡，晚上穿丝绸内衣和睡裤"。田垣会说俄语，但他总会把 l 念成 r，听起来很奇怪，尤其是在大声朗诵俄语诗歌时，比如，"夜晚啊，吐入（露）着芬芳……"

虽然日本军法条令禁止军官和外国人结婚，但田垣还是向索菲亚求了婚，"以屠格涅夫的方式"①。

启程回日本前——由于俄国人即将涌入符拉迪沃斯托克——田垣给她留了一张清单，还有些钱，让她去找他。②

索菲亚从符拉迪沃斯托克坐船到了敦贺，在那里，日本边防警察将她扣留，询问她和田垣的关系。她承认他们

---

① 这只是皮利尼亚克对俄国外省女人之空虚、乏味和矫揉造作的诸多暗示之一。——原注

② 虽然皮利尼亚克两次强调"我无意评判别人"，但他实在想不通"这个女人为何能超然于她的时代状况？我们都知道那些年发生了什么。1920 年，日军试图占领苏联远东地区，但被游击队赶走了。她的自传对此只字未提"。在这里，皮利尼亚克的"我"迅速变成了一个生硬的、宣言式的"我们"，仿佛"茹尔巴同志"那乌云般的影子仍旧笼罩着他，因此，他必须批评索菲亚的政治冷漠。

在另一部分，皮利尼亚克也像个党的政委似的评论道："在整个苏联远东沿海地区，人们都憎恨日本人。他们追捕并杀害布尔什维克，有的是在战列巡洋舰的锅炉里直接烧死，有的则是枪杀后送到山顶的停尸房中焚烧。游击队使尽浑身解数歼灭了日本人，科尔恰克和谢苗诺夫牺牲了，苏联红军像熔岩一样倾泻而下。而索菲亚对所有这一切只字未提。"——原注

订婚了，于是边警又去问了田垣本人，建议他取消婚约，让索菲亚回符拉迪沃斯托克，但他拒绝了。不仅如此，他还把索菲亚送上了开往大阪的火车，他哥哥会在那里接上她，把她带回他的村子，那是他的家人生活的地方。他自己则任由军警处置，案子迅速得到了令人满意的解决：他被开除军籍，处以两年的流放，但服刑地点就在他的村子，在他父亲那座"被鲜花和绿树掩映"的房子里。

这对新婚夫妇过着甜蜜的隐居生活，夜晚充满了热烈的肉体激情，白天则是自由自在的平静日常。田垣是个令人愉快的人，虽然他寡言少语，更愿终日寄身在书房中。

"她爱慕、敬重又惧怕她的丈夫：敬重，是因为他无所不知、无所不能、彬彬有礼又不苟言笑；爱慕与惧怕，则是因为他那强烈的激情能摧毁人的灵魂，征服并削弱人的意志——这里的人指的自然是她，而不是他。"皮利尼亚克写道。虽然她对丈夫了解不多，但婚姻生活仍令她满意。田垣的流放期正式结束后，这对年轻夫妇仍旧留在村子里。然后，突然之间，记者、摄影师纷至沓来，扰乱了他们的隐居生活……就这样，索菲亚发现了丈夫每日藏身书房的秘密：在这两三年间，田垣写了一部小说。

她看不懂，求他讲一讲书里都写了什么，但他一直闪烁其词。随着小说大获成功，他们的生活也发生了变化：有了帮他们煮饭的用人；还有一个私人司机，负责开车送索菲亚去附近的镇上购物；田垣的父亲"向儿媳鞠躬时，比儿媳对他还要尊敬"——索菲亚开始享受丈夫那本她未曾读过的小说所带来的声名。

直到一位会说俄语的首都记者来访，她才知道小说的内容。田垣整部小说写的都是她，描述了他们在一起的每个瞬间。记者把她带到镜子前，"她看到了书中那个活灵活现的自己"。小说巨细靡遗地描写了她如何在激情中战栗，她的腹部如何颤动，这倒没什么。可怕的地方——令她害怕的地方——还在后面。她开始意识到，她的整个生活，以及生活中的每一个细节，都是被观察的材料，她的丈夫无时无刻不在窥视着她的生活。她的恐惧由此开始，她所拥有的一切都残忍地背叛了她。

皮利尼亚克断言，在这个蠢女人的自传中，关于她在符拉迪沃斯托克的童年和学校教育的部分平淡无奇，而她笔下的夫妻生活片段，却包含了"朴素清晰的真实语言"。不管事实是不是如此，索菲亚放弃了"爱情、著名作家妻子的身份，以及那段动人的碧玉般的日子"，要求回到她的家乡，符拉迪沃斯托克。

"故事就讲到这里了。

"她……活出了她的自传,我写下了她的传记。他……写了一部精彩的小说。

"我无意评判别人,只是想反复回味这一切,特别是,故事是如何写成的。

"狐狸是狡诈和背叛的图腾。如果一个人的身体被狐狸的灵魂占据,那这个人的整个部落都会受到诅咒。狐狸是作家的图腾。"

田垣真的存在吗?索菲亚呢?我们很难知道。但不管怎样,阅读这个巧妙的故事时,读者一秒钟都不会想到,苏联驻K市领事馆、索菲亚的故事、她的遣返请求,以及作家田垣,其实都是虚构出来的。读者仍沉浸在震惊中,既为这个故事残酷的真实感,也为这篇简短的传记所拥有的力量。它由两场背叛组成:第一场是作家田垣所为;第二场则是作家皮利尼亚克犯下的,出于同样的创作冲动。

2

在绝大多数神话和民间传说中,狐狸的象征性语义场中都预设了狡猾、背叛、谄媚、虚伪、欺诈、自私、鬼祟、傲慢、贪婪、堕落、肉欲、报复,以及避世,经常与一种卑下行径联系在一起,总是陷入各种痛苦纠葛,沦至失败者的境地,其个体属性决定了它与更高等的神话生灵绝缘。在任何象征性的解读中,狐狸都被置于低等的神话生物序列中。在日本神话里,稻荷神(Inari Ōkami)是主管丰产和稻米的神,狐狸则是他的使者。既然是使者,自然仍属于人类这边,属于尘世的范畴,无法触及高等的领域,即神圣或灵性的领域。

在印第安人、因纽特人、西伯利亚人和中国人中,广泛流传着这样一个传说:有一只狐狸,每天早上都会褪掉皮毛变成女人,然后去找一个穷人。穷人发现这个秘密后,把她的皮毛藏了起来,于是女人成了他的妻子。等到她终于找到皮毛,就又变回了狐狸的样子,永远地离开了他。

无论是在东方还是西方,狐狸总是被想象成一个骗子,一个奸诈小人,同时也会以魔鬼、女巫和邪恶新娘的形象出现,或是像中国神话中那样,是死人灵魂的动物化身。在西方民间传说里,狐狸无一例外都是男性,即列那狐(Reineke, Reynard, Renart, Reinaert);在东方则都是女性。在中国(狐狸精)、日本(kitsune)和韩国

（kumiho）的神话体系中，狐狸都是变形和幻术大师，是夺人性命的欲望女神，是一个女妖。在日本神话中，狐有不同的等级：可以是一只普通的野狐（nogitsune），也可以成为一只神狐（myobu），为此她必须等待千年。这种等级是由尾巴的条数来标示的，其中最高的有九条。

如此说来，皮利尼亚克似乎是对的，文学这一不忠行当的图腾，狐狸可谓当之无愧。

3

鲍里斯·皮利尼亚克是何许人也？

照片上是一个英俊的男人，鼻子上架着一副细细的圆框眼镜，身着一套考究的西装，上面还别了一枚蝴蝶胸针，一个彻头彻尾的花花公子，无论如何都不符合西方眼中苏联革命作家的形象。但皮利尼亚克的确是一位苏联革命作家。

他本来姓沃高（皮利尼亚克是其笔名），是伏尔加德意志人的孩子，童年和青少年时期都在俄国外省度过。作为当时最高产的作家之一，他的作品体裁广泛，风格多样，创作范围从带有明显自然主义和原始主义痕迹的传统散文、报告文学、游记、工业小说、纪事散文，一直延伸到现代主义的诗化散文，其中最好的例子莫过于他的代表作《裸年》(*The Naked Year*)。

这些作品令皮利尼亚克名声大噪，也让人们对他又爱又恨，毁誉参半。他的文学风格被争相模仿，他的作品被广泛翻译成多种语言。别人做梦都去不了的地方，他想去就去：德国、英国、中国、日本、美国、希腊、土耳其、巴勒斯坦、蒙古……他的"日本纪事"系列("Japanese cycle")包括游记《日之本》(*The Roots of the Japanese Sun*)、《石与根》(*Rocks and Roots*)、《鹿城奈良》(*The Deer City Nara*)，以及《故事之为故事的故事》；[①] 写美国的书是《Okay！一部美国小说》(*Okay! An American*

---

① 得益于日俄两国间的复杂关系，再加上当时两国在文化与政治上都处于一个相对开放的历史时期，皮利尼亚克得以在1926年和1932年的春天两度造访日本。两国的文化关系交往史的确是相当有趣：日本历来都对俄国文化有着浓厚的兴趣，从现实主义时期和托尔斯泰的首度译介，到大学中完善的斯拉夫学传统，再到对皮利尼亚克本人的兴趣——早在他去日本之前，《裸年》等作品就广为日本读者所知。近日出版的新译《卡拉马佐夫兄弟》卖了几百万册，我想，这在如今的俄罗斯都是不可能的事。但是，两国的关系并不对等：日本人对俄国文化的兴趣一直远远大于俄国人对日本文化的兴趣。就这点而言，会说俄语、背俄文诗的田垣是一个完全可信的角色。——原注

Novel);① 此外，他还为英国写了一部短篇集，《英国故事集》(*English Tales*)；写给中国的则是《中国日记》(*Chinese Diary*)。

女人们爱他，许是因为她们对作家有种迷恋，俄国女人尤其如此。他结过三次婚。第一任妻子是科洛姆纳医院的一名医生，名叫玛丽亚·索科洛娃，跟他生了两个孩子；第二任妻子是莫斯科小剧院的一名演员，美人奥莉加·谢尔比诺夫斯卡娅；第三任妻子是演员兼电影导演基拉·安德罗尼卡什维利，他们有一个儿子，也叫鲍里斯。他甚至有两辆汽车（他把一辆在美国买的福特运回了苏联！），还在莫斯科近郊著名的作家村佩雷德尔基诺享有一座宽敞的别墅。

皮利尼亚克著作颇丰。除了经典的《裸年》外，其他

---

① 1931年，应米高梅公司的邀请，皮利尼亚克前往美国，协助拍摄一部讲述美国工程师在苏俄一个巨型建筑工地工作的电影［皮利尼亚克的小说《伏尔加河汇入里海》(*The Volga Falls to the Caspian Sea*)的主题便是第聂伯水电站的建设］。皮利尼亚克抵达后不久就撕毁了合同，买了一辆二手福特，横跨美国东西海岸。在旅行中，他还见了许多作家同行，如西奥多·德莱塞、辛克莱·刘易斯、弗洛伊德·德尔、雷吉娜·安德森、沃尔多·弗兰克、迈克尔·戈尔德、马克斯·伊斯曼、W. E. 伍德沃德和厄普顿·辛克莱等。——原注

重要作品还包括《机器与狼》(*Machines and Wolves*)和《伏尔加河汇入里海》。还有那篇引起轩然大波的《不灭的月亮的故事》,这个故事描写了红军统帅米哈伊尔·伏龙芝被谋杀的故事,声称医生在上方的命令下,用过量的氯仿毒死了伏龙芝。

皮利尼亚克是叶甫盖尼·扎米亚京的挚友。扎米亚京是俄罗斯帝国海军的一名工程师,业余时间写作。在一封写给斯大林的离苏申请(在马克西姆·高尔基的游说下,斯大林批准了这一请求)中,扎米亚京写道:"真正的文学只能由疯子、隐士、异教徒、空想家、反叛者和怀疑论者来创造,而非勤勤恳恳的官员。"

扎米亚京的《我们》(1924年以英文首次出版)遭到了许多作家的剽窃,乔治·奥威尔(《1984》)和阿道司·赫胥黎(《美丽新世界》)也赫然在列。只有库尔特·冯古内特对此供认不讳,其他人则更喜欢相互指责(比如奥威尔指责赫胥黎)。然而移民后,幸福依然与扎米亚京无缘:在巴黎苦苦挨过六年后,1937年,他突发心脏病去世了。同年,鲍里斯·皮利尼亚克被捕。仿佛当年那梭横扫无数苏联作家的子弹,最终也不肯绕过扎米亚京的心脏,尽管他已经躲到射程之外。然而,这个故事要讲的并不是扎米亚京,而是故事是如何成为故事的。

4

《故事之为故事的故事》创作于1926年。我的母亲也是在这一年出生的。我若有意,可以把那一年发生的许多事与我母亲的生平故事联系在一起,而且可以讲得更动听。但我还是觉得,皮利尼亚克的故事和我母亲的生平故事之间,存在着某种更深刻、更诗意的联系。

"他安排她坐上一列火车,告诉她,他哥哥会在大阪接她,他自己则有事要忙。黄昏将他湮没,火车朝着黑黢黢的群山驶去,将她一人遗弃在最残酷的孤独中,一切都难以理解,但这更让她坚信:他,田垣,是这个世界上唯一值得她的爱戴与忠诚的人,也是唯一可以让她满怀感激献上一切的人。车厢内灯火通明,但外面的一切都被黑暗吞噬。周围的一切都让她感到恐惧,难以理解。同车的日本人,不管是男是女,都会在睡前宽衣解带,毫不羞涩地裸露出身体;列车上会出售装在小瓶里的热茶和装在松木盒子里的晚餐,里面有米饭、鱼和萝卜,还有一张纸巾、一支牙签和两根筷子。这时车厢的灯光熄灭了,人们进入梦乡。她整夜没睡，孤独、困惑又恐惧。她无法理解任何事情。"

皮利尼亚克写出这个故事的二十年后，也就是1946年，我二十岁的母亲踏上了她一生的旅程——真正的、字面意义上的旅程。她买的那张火车票，也是一张进入未知世界的门票。选择这条路而非另一条，她命运的线团也随之展开，仿佛这条路线及其沿途的路标和火车站早已刻在她的掌纹中。她生长于黑海边的瓦尔纳，在那里读完了高中，热爱电影和书籍（尤其是标题中含有女性名字的小说！）。战争快结束的时候，她认识了一个克族水手，爱上了他，并和他订了婚。战争结束后，她动身前往南斯拉夫，去找她的未婚夫。她父母送她上了火车，体贴地把她安置在包厢里，仿佛那是一艘小艇，会载着他们的孩子驶向安全的港湾。他们对这样的旅程也略知一二：我母亲的父亲，即我的外祖父，就是一名铁路工人。火车载着我的母亲从瓦尔纳来到索菲亚，从索菲亚来到贝尔格莱德，又从贝尔格莱德来到萨格勒布。火车在一片废墟中穿行，正是这段穿越大片焦土的旅程，给她留下了无法弥补的创伤。按照那个水手的指示，她在距离萨格勒布约八十公里的地方下了车，却发现自己置身于一片空旷的黑暗之中，那是一座已然废弃的外省火车站。没有人在那里等她。这个漆黑荒凉的火车站像一块火热的烙铁，烙印在母亲的心头，有生以来第一场沉痛的背叛。

《故事之为故事的故事》遵循的其实是童话的模式：来自另一个世界的神秘生物、一种未知的力量（野兽、鸦之子、龙、太阳、月亮、不死者科西切、蓝胡子等等）带着公主跨越七山七海，去往一个遥远的国度（在童话中，它往往被称作青铜、白银、黄金或蜂蜜王国）。皮利尼亚克用的则是碧玉，既指日本，也是索菲亚幸福生活的代名词（"她的日子就像一串珠玉"）。神秘的田垣带着他的俄国新娘来到他的碧玉王国。他和索菲亚的其他约会对象截然不同，比如海军少尉伊万佐夫，索菲亚已经"不再搭理"这个流氓了，因为他"没完没了地跟所有人讲与她的约会"。而神秘的田垣则会亲吻女人的手，并在见面时奉上巧克瑞（力）。的确，索菲亚一开始并不喜欢"这个异族人，这个日本男人"，甚至觉得"他的身体很恐怖"，然而，就像童话里的野兽变身为魅惑的情人一样，他也很快征服了她的灵魂。

这便有了一个悖论：如果皮利尼亚克的故事没有套用童话的模板，那它毫无疑问就是可信的。从答应追逐女性命运金线团的那一刻起，"和成千上万旧俄女孩并无不同"的索菲亚就变成了一个可信的女主人公。但何谓女性命运？答案就藏在世界文学史中。像一种遗传疾病一样，一个几乎不容更改的模板（一种记忆卡）被经典作品（既包括少数由女性写就的作品，也包括大多数由男性写就的作品）一代一代传递下来。女主人公必须按照这个模板行事，我们才能认出她来。也就是说，她必须经受羞辱的考验才能赢得永生的权利。在皮利尼亚克的故事中，女主人公遭到了两场背叛，先被剥光示众，然后被劫掠一空：第一次是被田垣，第二次是被皮利尼亚克。皮利尼亚克称之为"一场穿越死亡的旅程"（！）。就这样，索菲亚，我们故事中年轻的女主人公，加入到了无数此类女性文学角色的行列中来，直至今日，她们还是从一个模子里刻出来的，尤其是那些畅销数百万册的小说：她浑身战栗，为那个神秘的他而神魂颠倒。他将迷惑她，征服她，羞辱她，背叛她。最终她将浴火重生，成长为一名值得尊重，也懂得自我尊重的女主人公。

说回我的母亲。她年轻而振奋的心很快就会愈合。幸运的是，命运，那个最拙劣的作家，忘记了我母亲本该被一名水手接走。水手们不会在铁路站台上等候他们的情人，他们属于海港，或许这就是命运忘记了水手的原因。然后，像一个姗姗来迟的幸福结局，在一片具有象征意味的隧道尽头的光亮中，他，我母亲故事中真正的男主人公、我未来的父亲出现了。然而，这个故事要讲的并不是我的父母，而是故事是如何成为故事的。

5

我第一次去莫斯科是在 1975 年。我从（如今已不存在的）南斯拉夫出发，前往（如今已不存在的）苏联，进行为期两个学期的访学。有一个特殊的事件铭刻在我第一次去莫斯科市中心的记忆里。当时我需要去卫生间，但饭店或咖啡馆不是那么容易进的，到处都大排长龙，公共卫生间更是几乎不存在。但我后来还是奇迹般地找到一个。就在我走出隔间的时候，一群吉卜赛女人围了上来，大概有五六个。我完全搞不懂她们想要我做什么。口沫横飞中，她们轻柔地摸遍我的全身，拿起我的手，摊开我的手掌，嘴里喃喃地说着什么。随后，她们消失了，像出现时那样迅速。我迷迷糊糊走到大街上，发现手里攥着一个纸团。我打开手掌。一把破碎的彩票掉了出来。我检查手提包，大概有两百卢布不翼而飞，在当时，这相当于苏联人两个月的平均收入。丢钱完全没有困扰到我，相反，一在莫斯科落地，我就好像飞进了布尔加科夫笔下《大师与玛格丽特》中的日常生活。如果说皮利尼亚克的女主人公索菲亚是透过屠格涅夫式的浪漫主义棱镜看世界,那我(至少在当时)使用的是一个布尔加科夫式的棱镜。

我被安排住进莫斯科国立大学的学生宿舍,住在B区513室,和一个学数学的女同胞共用洗手间和门厅。我花了很长时间才弄清这座大楼的出入口,以及如何在划分成不同区域的庞大迷宫中找到要找的东西。B区我那层楼住的有南斯拉夫人、芬兰人,还有阿拉伯人——公共厨房里热烘烘的陌生香料味道宣示着他们的存在。三个芬兰人中有一个获得了一项奖学金,他的博士研究对象是当时尚在人世的米哈伊尔·肖洛霍夫。三个芬兰人,两个男孩一个女孩,很快就忘了他们所为何来,在紧闭的房门后面喝得昏天黑地,一直到回国的前一刻都停不下来。各种各样的禁令使得当地人很难搞到伏特加,但外国人可以利用护照和硬通货在连锁商店买到。连锁商店名叫小白桦(Beriozka),那里的伏特加比芬兰便宜很多。

和芬兰人不同,我来这里的目的是为我的硕士论文搜集资料,研究对象是鲍里斯·皮利尼亚克。在为期十个月的学年中,我在列宁图书馆(也就是今天的俄罗斯国家图书馆)度过了最初的两三个月。光是进入图书馆就是一种折磨：首先，你得排无休止的长队进入衣帽寄存处；然后，再排无休止的长队通过图书馆警卫的安检口（我还记得手袋里的东西每天都是怎样被倾倒在桌子上的），才能进入图书馆的功能区；再然后，你还得等待一个类似于火车和铁轨模型的装置把预约的图书传送到你面前（我该不会是在做梦吧，真的存在这种东西？！）。也许这就解释了为什么会有那么多人在图书馆睡觉，让安静的鼾声成为整个氛围中必不可缺的一部分。图书馆每天只允许复印二十页，所以那两三台复印机前总是排着长队。复印纸粗糙厚重，和硬纸板差不多。要是付得起钱，可以雇一个代理来替你排队和复印。不过，最令人厌恶的还是图书馆阁楼的吸烟区——一个又小又闷的房间，放着几把椅子和一张桌子，桌上有几个大圆锡盒，都是废弃的胶卷盒，里面堆满了烟头和烟灰。烟头山的脚下坐着其殉难者，也就是烟鬼们。就连食堂也无法带来一点预想中的人性和温暖，因为也要排很长的队才能进入，然而这种等待并不值得：糟糕的咖啡、无人不知的俄罗斯好茶，更不用说那些惨不忍睹的热狗，它们出现在各种地方——学生食堂的主食柜台、街头小贩的锅子，还有廉价的莫斯科小吃店。

图书馆中的工作是艰苦的，需要耐心，我显然不具备它所要求的超凡魅力。相比之下,莫斯科的平行文学生活则有趣极了。在这种平行生活中,人们在朋友和各种社会关系的帮助下四处奔走:一个在图书馆工作的朋友会给我需要的书拍照。然后我们把胶片冲洗出来,排列成书页的样子。我有好几箱这样的书,都印在相纸上。这种平行生活里居住着上一个时代的见证者,结交他们远比在图书馆学习更有用。在这里,人们仿佛置身于冥府,可以见到俄罗斯先锋派的最长寿的代表,那些纯靠运气活下来的人;[1] 在这里,书籍被秘密地复制和分发。像我这样的外国人很有用:我们可以在小白桦买到一些很难找到的书的俄语版,把 tamizdat(在国外出版的俄语作品)走私到苏联,并像邮递员一样把手稿走私出去。

6

在这个莫斯科,国内外文献学家都在寻找仍在世的

---

[1] 就这样,我结识了根纳季·戈拉(Gennady Gor),他是作家、收藏家,还与先锋派艺术团体"真实艺术协会"(Obshchestvo real'nogo iskusstva,简称 Oberiu)关系密切;以及亚历山大·拉祖莫夫斯基(Aleksander Razumovski),该组织最后一个在世的成员,创作了先锋电影《绞肉机》(*The Meat Grinder*)。但我未曾见到著名先锋派艺术收藏家、鉴赏家尼古拉·哈吉耶夫(Nikolaj Hardzhiev)。——原注

前一个时代的见证者；在这里，著名作家的遗孀身价最高（比如娜杰日达·曼德尔施塔姆）；任何幸存下来、比别人活得更久，并且可以作证的人都备受崇敬；这里充斥着回忆录、纪念品和日记，充斥着收藏家和档案管理员，充斥着真真假假的艺术家，充斥着进去（sat）过（比如说劳改营）的人，以及因为没进去过而自觉羞愧的人。——我见到了皮利尼亚克的儿子，鲍里斯。不错，这里的确有很多猎人，追逐着幸存下来的上个时代的见证者，但我自认并不属于此列：我对席卷所有人的传记狂热无感，尽管我能理解它从何而来。在这种环境下，俄国形式主义者所赢得的斗争——为艺术作品的文本而进行的伟大斗争——被证明是徒劳的。无数作家只得眼睁睁看着自己的文本湮没在巨细靡遗的传记狂潮中……

鲍里斯·安德洛尼卡什维利是皮利尼亚克与第三任妻子、著名的格鲁吉亚电影演员兼导演基拉·安德洛尼卡什维利所生的儿子。鲍里斯高大、健壮、英俊，是一名训练有素的电影演员。他自封为格鲁吉亚人，为自己的贵族姓氏感到自豪，说俄语时带着浓重的格鲁吉亚腔，在家里喝chacha①，吃khachapuri②。他真正的故乡不是寒冷而乏味的

---

① 格鲁吉亚渣酿白兰地，以清澈浓烈而著称。
② 格鲁吉亚传统美食，一种中间填有奶酪、鸡蛋等食材的烤面饼。

莫斯科，而是被伊萨克·巴别尔誉为"玫瑰与羊脂之城"的第比利斯。我们见面时，他已经放弃了电影事业，正忙着管理父亲的遗产。由于缺乏这方面的经验，他做起来颇为业余。他自己也写过几部散文，正处在第二段婚姻中，期间有了两个孩子，五岁的基拉和两岁的桑德罗。

　　那篇关于鲍里斯·皮利尼亚克的硕士论文，我始终没写出来。我中途放弃了。不久之后，我把《裸年》《暴雪》和《故事之为故事的故事》翻译成了克罗地亚语。我确实完成了一篇硕士论文，但讨论的是完全不相干的主题。我又见过鲍里斯两次，最后一次是在1989年9月6日，他在莫斯科逗留期间。那次他送了我一本最新出版的皮利尼亚克文集，序言是他亲自写的。若非扉页上的题献标有日期，我恐怕早已记不起这个细节了。我当时差点儿没认出他来，他的表情隐约流露出内心的某种屈服。我们又通了几封信，便失去了联系。苏联解体了，接着南斯拉夫也解体了，四年后，我离开了这个国家。我已经合上了许多文件夹，其中包括在莫斯科的那一年，那时我本应深入研究皮利尼亚克的作品，但我探究的不是文学，而是生活，尽管在当时，两者似乎难以分割。

　　七年后，鲍里斯·安德洛尼卡什维利逝世，享年六十二岁。这个消息我是在网上看到的。他的两卷本文集于2007年出版。他的女儿基拉完成了硕士学业，出版了一本关于祖父的书,还编辑了两卷令人印象深刻的皮利尼亚克书信集。我不确定自己会不会读这些书。我经常在不同的国家穿行,身上的行李越少越好。我已经合上了很多文件夹,而一旦被合上,它们就变得不可读了。

7

索菲亚·瓦西里耶夫娜·格涅季奇-田垣的经历像磁铁一样吸引着鲍里斯·皮利尼亚克。他偷走了索菲亚的灵魂(在生者和死者的世界之间,狐狸充当了媒介),但同时也为她树起了一座文学的纪念碑。在一个特定的时刻和星阵中,她的经历对他而言意义重大;如果他是在另一个时刻和星阵中上了钩,与她的故事的相遇或许就不会孕育出新的故事。作家生命中的许多故事到最后都是lithopedions,钙化的胚胎。

在那些年里,莫斯科是一座文献学家的城市,其中既有专家,也有业余爱好者,他们把拯救被遗忘的手稿和发掘被忽视的作家和作品视作自己的神圣使命。数百万人的命运消失在一个巨大的空洞中,这引发了狂热的对于修复的渴望,在我们这些外国人看来,这似乎有些病态,但也自有其诱惑力,就像是穿到镜子的另一面。许多自称文学考古学家的人,自愿承担拯救书籍于遗忘的救援任务,甘愿燃烧自己。这令人想起布拉德伯里的小说(以及特吕弗的电影)《华氏451》中的书者。好像每个人都将一本书默诵于心,他们梦见书稿毁于大火(书稿终归能烧毁!),且有足够的时间沉迷梦乡。人们既不期待也不祈望任何东西。在那段凝固的时间里,人人各自发着热病。在当年那个为书迷狂的时代看来,《华氏451》中的老妇人宁可选择与书一同葬身火海,也不愿在失去书后苟活,是完全可以理解的。

写这个故事时,我随手打开了一个薄薄的泛黄的文件夹,想看看能否点燃火花……里面有两个细长的笔记本,柔软的淡绿色书脊上印着 Тетрадь[①] 的字样(多年以后,我在柏林又遇到了这种笔记本,是在一家时髦的精品店,里面专门贩卖对逝去的共产主义设计的怀旧情怀)。一份关于皮利尼亚克的参考书目沿着方格纸蜿蜒前行,是我自己的潦草笔迹,大概是我已经读过的,或者打算去图书馆读的。为这个文件夹注入意义的,不是它几近于无的内容物,而是一种气息,一种清晰无误的麝香味道。两张折起

---

① 俄语,意为:笔记本。

来的黄色A4纸滑落下来，上面写着一串串单词，一个接着一个：

相册，游戏：纸牌，国际象棋，陀螺，冰冻果子露（君特·格拉斯）；致命物品：铁钉，左轮手枪，干草叉；袜子，丝带，发带，发夹，手杖，壁炉；丝绸，肉桂，胡椒；束腰外衣（《约瑟夫和他的兄弟们》）；蜡烛，火柴，小妖怪，粉盒，假发；剪刀，克尔莱扎；左拉，指甲（《娜娜》）；汉姆生，铅笔，《潘》；桨，德莱塞；便盆，无檐便帽，衬衫，烟斗，蜜饯；迁徙之物，弗朗西斯·庞格，巴什拉，里尔克；匕首，内衣，床单，家庭照片；苔丝狄蒙娜，手帕；钥匙，桶装朗姆酒，镜子，勋章；卡夫卡，奥德拉德克，《家父之忧》；音乐盒，保险柜，钢琴，窗户，玳瑁梳，琥珀；十二把椅子，《玻璃球游戏》，太阳伞，盒戒，印章戒指，吊袜带，胸衣，窗帘，祈祷书，燧发枪，手表，单片眼镜，夹鼻眼镜；果戈理，蛋糕；科塔萨尔，糖果；烟盒，当铺。

我已无法理解这些片段——在以前的我和现在的我之间，隔着近四十年的鸿沟。这些词肯定是我亲手写下的，在丑陋、灰暗、寒冷的莫斯科，我被地下生活的气氛和从布尔加科夫那里借来的世界观吸引,在那里度过了一个学年。现在,靠着猜测,我觉得这张随意编排的事物清单应该是触发器,那种启动一个故事、在情节中发挥关键作用或者在故事中充当核心要素的物品。(具有魔力的)物品不仅在神话故事中至关重要,在我们所谓的 belles lettres[①] 中也往往如此。我猜,每个条目背后都潜藏着一个文学典范,或者至少是一个模糊的概念。但如果真是这样,我怎么会对那么多明显的触发器视而不见呢?我是说,为什么不是果戈理和他的外套?为什么偏偏是这些可能性、这些东西,而不是其他东西,在我年轻的、快要爆炸的头脑中奔腾?事实说明,在我的生平传记中,莫斯科是一个未曾开始的故事,一个钙化的胚胎。它仍旧在那里,保持静止,我忘记了它的存在,如果这样的共存也能被称为存在的话。

8

我遇见他是在莫斯科贝尔格莱德饭店的酒吧,那是一个著名的聚会场所,聚集了莫斯科市内的南斯拉夫人、学

---

① 法语,意为:纯文学。

生、使馆工作人员、南斯拉夫公司的代表，更不用说那些南斯拉夫的游客了，他们出于各种原因驻足于此，寻找他们的同胞。他格外俊朗，铜红色的红发、修剪得整整齐齐的胡须、淡绿色的眼睛、轮廓分明的身材，很难不引起别人的注意。他是我的同胞，也是个骗子，那种会在毫无必要的时候撒谎的骗子。一个人穿着红色的英式毛衣，浅蓝色衬衫，上面有考究的白色格纹，穿着羊绒大衣，脖子上还系着一条白色羊绒围巾，声称在莫斯科学美术，到处游荡，这样的人除了是骗子不可能是别的。但他是个守口如瓶的骗子，这在某种程度上修正了整幅画面。他对我施了迷药，在莫斯科灰暗阴郁的背景下，绿眼睛、皮肤白皙的他仿佛来自另一个世界。他有一双能工巧匠的手，我所触摸过的最大、最宽阔，也最温暖的手。他做爱时信誓旦旦，忽而狂热，忽而冷酷，就像在热腾腾的大锅里融化的冰块。我们在一起时很疯狂，我爱上了他，这种爱带着承诺的味道，相思征服了我，让我准备为他赴死。他走的时候，我泪洒谢列梅捷沃机场。机场警察显然不习惯如此公开动情的场面，要我出示身份证明，问我为什么哭。我无法回答，因为我快死了：我的红发爱人在我的泪海中漂走了，登上出入境检查的海岸，永远消失在我的视线中。我用手把想象中的奖金、不值钱的彩票撕成两半。我的心挣脱我的胸口，消失不见了……他没有给我留下地址，当我把我的地址塞给他时，他跟我说写信是愚蠢的，他相信我们总有一天会再见面。但有件事我一直无法解释：虽然我已经准备好跟他浪迹到天涯海角，但是在我的一生中，我还从来没有如此轻松和迅速地忘记一个人！

大约一年后，他敲响了我的门，那时我已经回家了。这次会面令我出奇地无动于衷，他不打招呼就突然露面甚至让我有些恼火。他似乎在躲避我的目光，但我的目光其实没有落在任何特定的东西上。我从他口中知道了一切必要的信息：他结婚了，有一个儿子，他来萨格勒布不是为了见我，而是为了见我的一个女同乡，她（天哪）是他不想要的孩子的母亲。虽然这是一个庸俗到令人心痛的故事，但仍有一只怜悯的蛾子飞出了我密不透风的心。

他最后一次出现是在几年后，再次不期而至，但是这一次，一个新的、强大的、意想不到的火花被点燃了，我们私奔到亚得里亚海滨，来了一场短暂而炽烈的恋爱。他仍旧没有多说自己的事（哦，狡猾的狐狸！），但他回忆起了我们很久以前去列宁格勒（今圣彼得堡）的旅行，带着一种几乎不恰当的柔情。

"但是我们从来没有一起去过列宁格勒！"我震惊道。

他试图说服我，并提供了一些细节：旅馆名称，房间号码，参观皇村时发生的事，我们就餐的餐厅的名称，看过的芭蕾舞剧，做爱时的场景，我们坐夜车回莫斯科时的点点滴滴，一路上遇到的人……

"我为你疯狂，姑娘，我从没有对其他人这样过……"

"你为什么要耍我？"

他当然是在撒谎，但是他的列宁格勒小故事令我不安。这个谎言没有任何作用，他也没有任何动机。我们开始吵架，收拾行李返回萨格勒布。一路上我都沉默地蜷缩着，被他猛鬼出笼式的开车方式吓得要死。他把我放在我的公寓楼前，我们没说再见。在黑暗中，在粗涩睫毛的阴影下，他的绿眼睛里闪过一种我从未见过的冷酷。

他离开一两个月后，一本书从我的书架上滑落下来，书里有一沓我漫不经心夹在里面的文件，其中有一张列宁格勒芭蕾舞剧的戏票和列宁格勒一家旅馆的存根，我的名字、他的名字、我们住宿的日期都在上面，甚至还有票根证明我们去过皇村。不知为什么，这个小小的花道里还有一片压干的四叶草……

然而，这个故事要讲的并不是我和我的莫斯科时光，而是另外一个故事，一个故事之为故事的故事。

9

那么，故事究竟是如何成为故事的呢？在皮利尼亚克生活的时代，文学语言强大且处于支配地位，影像年轻而令人兴奋。而在我生活的时代，文字已经被挤到了角落里。我们怎能指望那些新技术的使用者，那些身体与精神都经历了蜕变、以图像和符号为语言的人，去阅读不久之前还被称为文学作品，现今则被泛泛称作书的东西呢？

有一种感觉挥之不去，那就是在我生活的时代，魔法已经遭到了永远的放逐，虽然我无法解释它是什么，有什么作用，也无法解释为什么过去比现在要好。任何胆敢对不同时代进行比较的人，不但很有可能遭到驳斥，而且往往就是错的。过去的许多时刻对我们而言都充满魔力，只是因为我们不是它的直接见证者，或者即便我们亲眼目睹了，那些时刻也已经一去不复返。

不管皮利尼亚克如何试图剥光她的衣服，女主人公索菲亚仍像以前一样迷人，这是为什么？为什么我一而再再而三地重读皮利尼亚克的故事，每一次都会沉迷于他天才的讲述？魔法这个词可能选得很拙劣。

比如，我们今天会如何看待皮利尼亚克故事的核心意象——狐狸呢？从网上数不清的非专业影像图片来看，伏见稻荷大社类似于日本的迪士尼乐园。在今天的社会规范中，皮利尼亚克关于写作伦理及狐狸是背叛的图腾的寓言故事，很可能会得到相反的解读。如今的口号会变成类似下面的样子——狐狸是狡诈和背叛的图腾：如果一个人的身体被狐狸的灵魂占据，那这个人的整个部落都会受到庇佑！狐狸是每个人的图腾，而不是少数人的特权！

换在今天，索菲亚会迫不及待地把她和田垣的情色生活写下来，并借助视频材料进行充分宣传。现如今，把自己和他人的生活展示出来，已经不再是一个伦理问题，或一种选择，而是一种自发自动的行为：每个人都在这样做，也期望别人这样做。皮利尼亚克能想到吗，他的孙女会用双手，在随便什么网站上留下自己真诚无害的印记，说她喜欢屠格涅夫的散文和蒲宁；喜欢跑步；不相信政党；相信如果人人热爱工作并诚实地完成它们，事情就会变好；说自己脾气不好，容易生气；说不希望伤害任何人？皮利尼亚克孙女的简短传记与成千上万同类传记有何不同？

"在神户的山上……有一座庙，里面供奉着狐狸的图腾。在直直落入海中的峭壁上，在远远高出大海的地方，一整座城市在古松翠柏间拔地而起。铃声在寂静中回荡。越是进入深山，越是荒凉寂静。那里立着一座座小小的祭坛，上面是工业生产的陶瓷狐狸，质量还不如集市上廉价的木雕狐狸头。有天晚上我在神户的集市上，只花一日元就买了十个这样的狐狸。"皮利尼亚克在《日之本》中这样写道。

日本动漫产业有着数十亿美元的体量，不知皮利尼亚克见到会作何感想？我看了几眼，得知那种眼睛像台球一样又大又圆的狐狸（动画片里的蓝色小狐狸！）是日本动漫中的人气角色。这些狐狸会变身（就像古老的日本传说中那样），能够随意地从狐狸变成少年——少年的身体配上狐狸的耳朵和尾巴竟毫无违和之处。如果皮利尼亚克造访今天的日本，看到年轻人佩戴着人造（狐狸？）尾巴，通过遥控操作（垂下——竖起——摇晃）向周围的人传递主人的情绪状态，他会如何看待这一切？从寂静的神庙中酣眠在祭坛上的狐狸，到狐狸角色扮演和人造尾巴，只用了不到一个世纪的时间。①

遗忘的火山灰不断落在我们身上，慢慢将我们掩埋，那是灰色的、不会融化的雪。我们都是脚注，我们中的许多人将永远不会有机会被阅读，我们都在为自己的生命，一个脚注的生命，不懈而绝望地挣扎着，在用尽全力却仍将沉没之前，努力停留在表面上。我们不停在各处留下自己存在的痕迹，那是对抗空洞的痕迹。空洞越大，我们的斗争就越惨烈——mein kampf, min kamp, mia lotta, muj boj, mijn strijd, minun taistelu, mi lucha, my struggle, moja borba ...② 留在我们身后的是成千上万再也找不到时间去看的图片和影像记录，过上几年，就算我们偶然发现其中一段，也不知道它是在哪里或什么时候拍的，身边那些人又是谁，甚至不能确定里面的人到底是不是自己。留在我们身后的是一层又一层的火山灰，新的覆盖旧的。日本动漫电影中的蓝色小狐狸用它们蓝色的小尾巴、台球一样圆润

---

① 也许我们应该回到几个世纪之前，回到老彼得·勃鲁盖尔的画《乞丐群》。在勃鲁盖尔的画中，瘸腿乞丐穿的衣服上装点着狐狸尾巴。勃鲁盖尔的同行博斯和丢勒也描绘过腰带上挂着狐狸尾巴的傻瓜。也许狐狸尾巴专门用来标记那些被社会抛弃的人：流浪汉、乞丐、跛子、傻瓜和疯子。——原注
② 分别是德语、丹麦语、意大利语、捷克语、荷兰语、芬兰语、西班牙语、英语和波斯尼亚语，意为：我的斗争。

的眼睛，清洗、扫除、抹去了皮利尼亚克的故事，以及它们自身的神话传统，最后，用蓝色的、遗忘的微笑，将我们催眠。

然而，这个故事要讲的并不是过去和现在，而是故事是如何成为故事的。

10

在为儿子鲍里斯庆祝三岁生日时，皮利尼亚克以日本间谍罪遭到逮捕。他是在佩雷德尔基诺的乡间别墅中被捕的，时间是 1937 年 10 月 28 日，几个月后，也就是 1938 年 4 月 21 日，他被执行枪决，按照惯例，一颗子弹射中了他的后脑。那年他四十三岁。同一时期，约有两千名苏联作家被捕，据估计，其中有一千五百名丢了性命。在清洗中，人和他们的手稿都消失不见了。

皮利尼亚克的儿子鲍里斯·安德洛尼卡什维利在一篇名为《记我的父亲》的文章中详细记录了鲍里斯·安德烈耶维奇·皮利尼亚克被捕的情形，依据的是母亲基拉·安德洛尼卡什维利的证词。

"晚上十点,来了位新客人。虽然已是秋天,时间也很晚了,但他穿了一身白衣。皮利尼亚克在日本见过这位白衣人,当时他是苏联大使馆的雇员。他表现得彬彬有礼。'尼古拉·伊万诺维奇请您赶紧去一趟。他有点事想要问您。一个小时就能回来。'他说。他注意到基拉·安德洛尼卡什维利在听到叶若夫[①]的名字时脸上的疑惑和恐惧,又加了句:'开您自己的车去,这样您就能自己回家了。'然后他重复道:'尼古拉·伊万诺维奇只是有点事想确认一下。'皮利尼亚克点了点头,说:'走吧。'基拉·安德洛尼卡什维利强忍着眼泪,拿出一个小箱子。'这是干什么?!'皮利尼亚克拒绝道。白衣人语带责备,'基拉·安德洛尼卡什维利,鲍里斯·安德烈耶维奇一个小时就回来了。'母亲坚持要他带上行李,这让那位好心人强加的游戏玩不下去了,但皮利尼亚克没有接受。'他想以一个自由人的身份离开家,而不是一个被捕的人。'母亲说。"

---

① 尼古拉·伊万诺维奇·叶若夫(Nikolai Ivanovich Yezhov)于1936至1938年间担任内务人民委员部(通常缩写为NKVD)的负责人。在俄语中,这段时期被称为Yezhovschina(字面意:叶若夫时期)。后叶若夫被指控从事"反苏活动",于1940年被逮捕并处决,此时距离他下令逮捕皮利尼亚克不过三年时间。他死后,他的肖像消失在大众视野中。——原注

残酷的命运为鲍里斯·皮利尼亚克安排了一个寓言般的结局：狐狸来取作家的头，把它放到可怕的刺猬脚下。①

能不能说得更具体一点？

残酷的命运为鲍里斯·皮利尼亚克安排的这个结局，简直像是取自他某部未完成的作品。只不过，与一般的死亡天使不同，皮利尼亚克的死亡天使：

（1）彬彬有礼；
（2）身着白衣；
（3）是苏联驻日本大使馆的雇员。

---

① 在斯拉夫语系中，jež（克罗地亚语）、ёж（俄语）、еж（马其顿语）、ježek（捷克语）、ježko（斯洛伐克语）、їжак（乌克兰语）指的都是刺猬，一种带刺的动物，因此，这就不难理解，为什么Ежо́в（叶若夫）在这里会被比作刺猬了。

"狐狸知道很多事情，而刺猬只知道一件事。"这句希腊谚语是以赛亚·伯林1953年发表的《刺猬与狐狸》一文的题记。在这篇文章中，他确立了一元主义和多元主义道德价值观的分野。大致而言，专制主义和极权主义的思想基础是一元主义，而宽容和自由主义则建立在多元主义的基础之上。伯林据此将杰出的作家分为刺猬（借助单一思想进行写作、行事和思考的人）和狐狸（融合多种异质经验和思想的人）：但丁、柏拉图、帕斯卡、陀思妥耶夫斯基、尼采和普鲁斯特是刺猬，而蒙田、伊拉斯谟、莫里哀、歌德、普希金和乔伊斯是狐狸。人们可以在伯林的文章和皮利尼亚克的《故事之为故事的故事》之间建立某种联系，但总归有些勉强。总之，按照伯林的分类学，皮利尼亚克更像是狐狸。——原注

——这位死亡天使是扮作狐狸的样子出现在作家面前的。

11

行文至某一刻,皮利尼亚克写道,"故事之为故事的故事,到这里就可以结束了",但他又飞快地继续讲了下去。

皮利尼亚克的《故事之为故事的故事》以碎片化的叙事,讲述了三个相互交织且并行不悖的不完整故事:第一个故事是索菲亚·格涅季奇-田垣简短的自传性笔记,但她的叙事被皮利尼亚克接管了;第二个故事出现在田垣的小说中,对此我们只有间接的了解(通过一个不知名记者的简短报道),皮利尼亚克承认是他的朋友高荻向他转述了小说的内容,皮利尼亚克还说,田垣写了一部精彩的小说;第三个故事则讲述了索菲亚、田垣,以及皮利尼亚克本人的日本之行。文学研究者一开始会被故事那明显的复杂性和精湛的技巧所吸引,但也有不多的一部分人,会追问如下这个大多数读者都会关心的问题:作家田垣和索菲亚·格涅季奇是真人吗?

在《皮利尼亚克与日本》一文中，日本俄罗斯专家沼野恭子称，皮利尼亚克在创作田垣这个人物时，遵照的原型是日本著名作家谷崎润一郎（Tagaki-Takahasi-Tanizaki[①]！），确切地说，是他的小说《痴人之爱》，英文名为 *Naomi*[②]。谷崎的小说1924年在大阪的《朝日新闻》上连载，次年出版了单行本。1926年春，皮利尼亚克抵达日本。在一次东京之行中，一位取名瑟姆·纳博鲁的日本俄罗斯专家向皮利尼亚克介绍了谷崎润一郎和他的《痴人之爱》，描述了这部作品在日本文坛引发的轰动。

谷崎润一郎小说中的主人公河合让治爱上了十五岁的女招待娜奥密。他迷恋西方文化，而令他联想到玛丽·碧克馥的娜奥密成了他文化和情色渴欲的化身。从某些方面看，让治是日本的皮格马利翁：他出钱让娜奥密接受公认的西式教育（钢琴课、声乐课、交谊舞课和英语课），很快就承认了对女孩的情欲，并娶了她，结果却成了这个女孩的奴隶。在谷崎润一郎的小说中，娜奥密被刻画成一个美丽但狡猾、庸俗、懒惰、手腕高明的 modan garu，即摩

[①] 即田垣—高萩—谷崎。
[②] 娜奥密，也是《痴人之爱》女主人公的名字。

登女郎。她并非个案，而是随日本工业革命出现的一整个新兴阶级的代表，其中女人的角色发生了根本性的变化。

谷崎润一郎将他的小说设定为私小说（Shi-shōsetsu），即关于自我的小说。当时，以叙事者个人生活细节（尤其是性生活细节）为中心的文学自然主义已发展为一个文学流派，或一场文学运动。日本文学中第一部类似的作品是田山花袋的《棉被》（1907），就像谷崎的小说一样，一出版就引发了轩然大波。针对这一事件，1928年，皮利尼亚克和俄罗斯日本文学专家罗曼·金在俄罗斯文学期刊《新闻与革命》上联合发表了一篇文章。他们宣称，当代日本文学催生了一种特殊的文学创作形式，他们称之为自传式纯文学。按照皮利尼亚克和金的说法，这种形式的文学证词是真正属于日本的，而"欧洲文学对此几乎毫无察觉"。在当时，自传式纯文学占据了日本文学的主导地位。

很难说皮利尼亚克的《故事之为故事的故事》是否受到了俄罗斯形式主义（鲍里斯·艾肯鲍姆的《果戈理的＜外套＞是如何制成的》）的启发，或者是否意在向日本的自白式忏悔倾向发起一场道德论战。但总之，皮利尼亚克和他的女主人公索菲亚对日本的迷恋都以挫败感告终。索菲亚离开日本时，她所珍视的一切都毁灭般地背叛了她[1]，皮利尼亚克的日本纪事系列则表明，这位俄国作家"真心诚意地想要洞察日本的灵魂"。然而，和他的女主人公索菲亚一样，皮利尼亚克的日本情事也留下了一丝苦涩——且不说若干年后他会为此丢掉脑袋。这样的故事还有很多，或许真如皮利尼亚克所言：东方人对西方人的排斥，犹如一瓶格瓦斯想要崩飞它的瓶盖。

皮利尼亚克没能解开日本的填字游戏，反而成了整个谜题的一部分。第一列是：俄罗斯先锋派作家，写过日本，姓名首字母是P。也许皮利尼亚克并不是真的对日本感兴趣。也许他的挫败感源于别处，比如，他可能意识到，即使写了几本书、游历过许多国家、赢得了文学声名，并在中年时等到了一颗无法避免的子弹，他，鲍里

---

[1] 克·查塔什维利有一篇文章谈论了俄罗斯文学中的日本人形象，他写道，索菲亚·格涅季奇-田垣发现自己不但身处异国，而且是在一个"非人的异国世界"。对克·查塔什维利来说，日本人所享有的肉体自由是"非人的"，而这也令索菲亚感到震惊。然而这种对"他异性"的暗示让人联想到皮利尼亚克的女主人公和童话故事之间的联系。在童话的编码中，田垣这个"异类"化身为野兽、蓝胡子，按照这种解读，索菲亚没能经受住类型的考验，这就解释了她为什么会有挫败感，以及缺少美好的结局。——原注

斯·皮利尼亚克，傻瓜伊万①，仍旧站在最初的起点，被一个问题所困扰：故事究竟是如何成为故事的？

12

我读了谷崎润一郎《痴人之爱》的英译本，当时我就知道，我现在还在写的这个故事，好吧，已经结束了。鉴于它的主题是一个老男人对手腕高超的十五岁女孩的迷恋，谷崎小说的参照物应该是纳博科夫的《洛丽塔》，而不是皮利尼亚克的《故事之为故事的故事》。我毫不怀疑，在某个地方，某个勤奋的纳博科夫专家已经深入研究过《痴人之爱》与《洛丽塔》的相似之处。至于田垣和被皮利尼亚克视为原型的谷崎润一郎，几乎可以肯定二者之间存在某种联系。抛开别的不谈，在读过谷崎润一郎的小说之后，皮利尼亚克一定更容易想象出虚构中的作家田垣将如何描述他的俄国妻子索菲亚。

索菲亚和娜奥密只存在表面上的相似。她们都是外

---

① 俄罗斯民间故事经典人物，头脑简单但善良正直、吃苦耐劳，常能逢凶化吉，因祸得福。

国人,索菲亚是俄罗斯人,娜奥密虽是日本人,但苍白的西方式皮肤和西方式面孔让她的不同显而易见。两人都被刻画成(前者被皮利尼亚克,后者则是被谷崎小说中的叙事者让治)受教育程度不高、内心空洞的人。但索菲亚从一个傻丫头进化成了成熟的女人,以意想不到的力量承受住了她所遭遇的背叛,而娜奥密却从一个问题少女变成了任性、滥交、自私的少妇,一个熟练的女性施虐狂,她展现出一种无懈可击的本能,把让治变成了心甘情愿的受害者,她的奴隶。

"人一旦有过可怕的经历,这段经历就会变成挥之不去的执念。我始终不能忘记娜奥密离开我的那段日子。她的话还在我耳边回响,'现在你知道我有多可怕了吧'。我一直都知道她是一个善变而自私的人。如果去掉这些缺点,她就失去了价值。我越是觉得她善变和自私,她就越是可爱,我就越被她深深迷住。"

小说最核心也最具文学意味的主题,是让治对娜奥密的迷恋,他完全臣服的姿态,以及最终,是关于女性的躯体和肉身。谷崎是个运镜大师,让治在他的叙述中拿起相机,拍下各种姿态和装束的娜奥密。谷崎完美地捕捉到了光与影的关系,他是一个细节的猎手,永远只有细节,没有整体,这使得整部小说都笼罩在一种神秘而朦胧的氛围中。让治迷恋娜奥密白皙的皮肤(这通常被解读为对优越的西方性的迷恋),她的脚趾,她的指甲,她的衣服及其质地,她的头发,她的眼波一转,她的身体部位,以及她的体味。十五岁的娜奥密先是允许让治为她沐浴,但禁止身体接触,对此他很享受。到最后,她甚至允许他给自己除毛,但依然不能碰到皮肤,这给他带来一种受虐的快感。小说的最后几页,似乎连娜奥密本人都迷上了自己白皙的皮肤,晚上出门前,她会"把全身都涂白"。

让治经常把娜奥密看作某种生物,而不是一个人。他不止一次用"动物"这个形容词来描述她(比如称她为"一只野生动物"),如果英语翻译可靠的话,他还用过"动物电"(出现了好几次)这样的词组。

"如果存在动物电这种东西,那么娜奥密的眼睛里就有很多。很难相信这是一双女人的眼睛。闪耀、锋利,令人毛骨悚然,它们闪烁着一种神秘的诱惑力。有时,当她向我投来嗔怒的一瞥,我就感觉一阵战栗传遍我的身体。"

不管是偶然还是必然,皮利尼亚克的故事和谷崎的小说之间存在着一种联系。索菲亚把许多东西视作异域风情，会被田垣的俄罗斯口音逗乐，谷崎润一郎也通过他的主人公让治嘲弄了一些西化的日本女人，尤其是某位杉崎小姐，她的英语发音太糟糕了，以至于 more 成了 moa moa，gentleman 成了 genl'man，little 成了 li'l。

不过，谷崎小说中还有一个几乎不会说英语的人，会"把 three 发成 tree"，这便是亚历山德拉·修列姆斯卡娅夫人，一个俄国女伯爵，她在大革命初期流亡日本，靠教舞蹈课养活自己和两个孩子。让治和娜奥密报名参加了一个舞蹈班，不巧遇到修列姆斯卡娅夫人在小说中的短暂出场。

"我已经说过，娜奥密比我矮大概一英寸。虽然伯爵夫人在西洋人里个头不算高，但还是比我高，也许是因为她穿着高跟鞋。一起跳舞时，我的脑袋恰好到她裸露的胸口部位。第一次时，她说 walk with me，说着用手揽住我的后腰，然后教我一步舞，我拼命不让自己这张黑黢黢的脸碰到她的皮肤。"

谷崎有意将女伯爵塑造为一个迷人、优越、难以形容的西方的化身。娜奥密内心充满自卑，她只是一个发育不良的日本替代品，是谷崎的叙事者让治唯一能够消受的东西。但是，这种东西方的关系显得有些勉强和缺乏说服力。让治执着而有限的凝视只记录了肉体细节,尤其是皮肤的颜色,而很少有其他内容。

"她最有别于娜奥密的地方,就是肤色白得出奇。她那淡紫色的血管在雪白的皮肤下隐约可见,令人联想到大理石斑纹,美得出奇……娜奥密的双手白得并不生动,事实上,看到伯爵夫人的双手之后,她的皮肤显得很暗沉。"

安东尼·H. 钱伯斯是谷崎的译者,也是美国版前言的作者,他提供了一个有趣的逸闻:谷崎显然很喜欢西方式的舞蹈和舞会,他甚至报名参加了横滨的一场舞蹈比赛,是一个名叫瓦西里·克鲁平的俄国人组织的。如此看来,在小说中,瓦西里·克鲁平变成了亚历山德拉·修列姆斯卡娅伯爵夫人。

在他的故事中,皮利尼亚克调用了狐狸这个强大的象征,这个神话传说中欺骗、奸诈和背叛的化身。此外,正如皮利尼亚克所说,它也是最可能胜任的文学公会图腾。在谷崎的小说中,狐狸只是偶尔被提及,暗示娜奥密本人可能是一只狐狸,一个难以预测、充满诱惑的女妖。

"为了不惊醒她,我坐在她枕边,屏住呼吸,偷偷凝视她沉睡中的身影。从前，狐狸可以化为美丽的公主去欺骗年轻男人，只有在睡觉的时候才会剥掉画皮，现出原形。我记得自己小时候听过这样的故事。娜奥密睡相不好，她蹬掉被子，把它夹在大腿之间。袒露的胸脯上放着一只胳膊肘，手像柔软的树枝那样耷拉着。我的目光在书中纯白的西洋纸和她雪白的胸脯间来回移动。娜奥密的肤色有时发黄，有时发白，但在她安睡或刚起床时总是异常通透，好像她身体里的脂肪全都融化、消失了。"

13

那么，故事究竟是如何成为故事的呢？也许，当皮利尼亚克使用动词 sozdat' 而非 sdelat' 时，便已在潜意识中摸索出了答案。细微之处蕴藏了一切：sdelat' 的意思是制造、生产和呈现（鲍里斯·艾肯鲍姆在《果戈理的<外套>是如何制成的》中所使用的含义）；Sozdat' 则指创造、塑造、浇筑、形成、发展……此外，皮利尼亚克使用了未完成体动词现在时，如此一来，这里讲的就不是故事何以完成，而是故事何以形成。未完成体动词表明故事永远不会结束，它们的形成过程仍将持续。也许这就解释了为什么标题中没有创作者，即故事的作者——他只是为故事的延续提供条件的人。

在美学散文集《阴翳礼赞》中，谷崎润一郎赞美了日本日常生活的美学：木制工艺品、蜡烛、灯、米纸灯笼、漆木盘子、柔光，所有这些都带来朦胧、静谧和克制，一种暧昧和柔韧，一种宁静和神秘。谷崎将这个阴翳世界，这个日本传统生活的世界，与现代世界及其冲突性的美学价值——如耀眼、咆哮、粗俗和喧嚣——进行了对比。

"这个正在失落的阴翳世界，我至少要在文学上唤回来。让所谓的文学殿堂的屋檐更深，四壁更暗，将过于清晰的事物推回到阴影中，剥光所有无用的装饰。"

上述片段的主旨，岂不是与《痴人之爱》所属的私小说在原则上背道而驰？在小说中，谷崎从头到尾都没有袒露自己，反而可以说是恰恰相反：他以看似袒露的方式，将叙事者让治推入了更深的阴影中。说来说去，一个好故事的秘密究竟在哪里？在光与影、隐藏与袒露、言说与沉默的交错中？或是用形式主义者的话来说，在材料的组织中？更何况：是我选择了皮利尼亚克的故事，还是皮利尼亚克的故事选择了我？我讲述的是皮利尼亚克的故事，还是我自己的故事？无论结局如何，皮利尼亚克的故事讲的不也是我吗？！皮利尼亚克的故事所蕴含的启示是不断变幻的还是一成不变的？读者和译者在故事的形成中扮演了怎样的角色？对于皮利尼亚克的故事而言，我是个破坏者还是共同创作者？皮利尼亚克的故事材料对于我的价值，是否等同于索菲亚的简短传记和田垣的小说对于皮利尼亚克的价值？更有甚者，相当于索菲亚对于田垣的价值？

14

"故事之为故事的故事，讲到这里就可以结束了。"行文至某一时刻，皮利尼亚克这样写道，然后又自然而然地继续着他的讲述。或许，我自己的故事之为故事的故事，讲到这里——在我敲击键盘的手指之下，那些尚未得到解答的问题仍在蠢蠢欲动——也可以结束了？

我刚进入青春期时（在今天看来，那些年单纯得令人心痛），女孩间流行一种幼稚的玩笑，或者说是一种算命游戏。看到朋友衣服上有一根脱落的线头，我们就会用指尖把它捻起来，然后用手掌像扫帚一样扫一下发现线头的地方，拖长声音说：有个金人在想你（如果线是白色的）或有个黑人在想你（如果线是黑色的）。当然，我们指的是金发男孩或黑发男孩。即便没有线头,我们有时也会这样说,假装找到了一根线。回想起这个幼稚的游戏,我不禁纳闷,为什么后来我再也没有遇见任何一个人,一个都没有,可以让我在他的衣服上找到一根线头?我们衣服上那些黑白线头都是从哪里来的?好像我们都是附近那个胖胖的女裁缝的女儿,衣服总是掺着五颜六色的线。对一个年轻女孩来说,这种关于棉线的无害迷信有一种神奇的魔力,也许是因为其中暗藏着性的潜流。我想知道,黑白线头那醉人的魔力是在哪里不见的?它消逝在何处?那些消逝的线如今在哪里?我想它们依然存在,只是看不见了。谁知道呢?也许行走在这个世界上时,我们就在交换着线头;我们与陌生人擦肩而过,或是碰了一下,擦过一个又一个……线就这样流转着,从一个肩膀到另一个肩膀,从一个袖子到另一个袖子。线头就是灵魂与呼吸,是生者和死者的灵魂流转的方式,从我们的指甲下面钻进身体,我们这些素不相识的人,就是这样联系在一起的。

我在许愿树前想起了这些儿时的迷信。我把一张纸条系在树上,上面写着我的愿望。偶尔一阵热风拂过,omikuji[①],这种用线系在树枝上的纸条晃来晃去。八月京都

---

① 御神签。

的夜晚温暖而潮湿,沥青路面反射出虚浮的光芒。夜晚像一张干燥的吸水纸一样吸走了四周的嘈杂声,小树如鬼魅般浮现。每一阵微风都搅动纸片,发出干涩的沙沙声;有些线卡住了,缠在一起,有些会一直那样缠着,当更强的风吹来,更大的雨落下,字迹会在纸上流淌,愿望像眼泪一样滑落。也许,我的故事之为故事的故事到这里,在这个地方(八月初,Tanabata①时节)就可以结束了?我去了京都,饮他们的清酒,如果你不相信,可以看看我的舌头,它一直到现在还是湿漉漉的。

我没有去过皮利尼亚克在他的故事中描绘过的神户诹访山稻荷神社,但我参观了京都的伏见稻荷神社。我在那里买了一个papier-mâché②做的廉价狐狸面具,就是皮利尼亚克在他的日本游记中提到的那种。在那些像蜂巢一样拥挤在一起的纪念品商店里,我买了一个护身符,一个皮毛做的微型狐狸。我避开了那些表面印有狐狸轮廓的日本饼干,它们里面塞满了azuki,一种甜甜的绿豆沙。在附近的神户市,我参观了谷崎润一郎住过的房子,房子位于上崎街,只在周六和周日开放。而我完全忘记了那天是周

---

① 七夕节。
② 法语,意为:纸浆。

一。也许，我的故事之为故事的故事可以用一张照片来结束，照片上是谷崎的木屋和繁茂的花园，那是我踮着脚尖越过高高的木栅栏偷偷拍下的。

也许，我的故事之为故事的故事，可以在我和K的谈话中结束。他慷慨地提出愿意做我在京都和神户的向导。K在亚洲、北非和欧洲游历了无数地方，用阅读奥地利和北非作家同样的兴致来阅读越南作家。他穿颜色鲜艳的橡胶底tabi[①]靴，一条现代样式的日本hakama[②]，肩上挎着一个来自老挝的背包，穿着摩洛哥长袍，戴着平顶帽。他的装束表明，他的文化定位和生存方式同时融合了世界主义和全球文化。在维也纳生活期间，K设法访问了战时的克罗地亚，在贝尔格莱德参加了反对米洛舍维奇的游行，学会了波兰语，以及差不多所有斯拉夫语言中的若干词汇。他曾到过波尔布，在那里，他跪在瓦尔特·本雅明的墓前，想到了《拱廊街计划》，试图在沉思中重温本雅明悲惨的结局。关于世界文学，本雅明曾这样说过：

"世界文学就像一条鲸鱼，身边聚集着一群吸盘鱼，

[①] 足袋，分趾式鞋袜。
[②] 袴，和服下裳。

像老练的海盗一样。它们附在鲸鱼的身体上，吸食鲸鱼皮肤上的寄生虫。鲸鱼同时是食物、保护和交通工具的来源。如果没有吸盘鱼，寄生虫就会在鲸鱼的身体上定居，它的身体就会散架……我对自己的文学才华不抱幻想。我是一条文学上的吸盘鱼。我的使命是维护鲸鱼的健康。"

K的英语还算不错，但他的发音让人几乎听不懂。尽管我和K来自世界的两端，但我们并没有迷失在翻译中，实际上，大概多亏了误译，我们才找到彼此。

也许，我的故事之为故事的故事可以用小说《路标》（*Dōhyō*）中的一个细节作为结尾。小说作者是日本作家、女性主义者、共产主义者宫本百合子。1927年，宫本和朋友汤浅芳子一起前往莫斯科旅行，两位女士在那里学习俄罗斯语言和文学，并和谢尔盖·爱森斯坦成了朋友。三年后，两人回到日本，宫本百合子成为一家女性马克思主义文学杂志的编辑，芳子则成了一名受人尊敬的俄罗斯文学翻译家。宫本百合子宣扬无产阶级文学，加入了日本共产党，嫁给了文学评论家宫本显治。因为这个共产主义婚约，她成了日本警察的目标，并在监狱中度过了两年时间。

宫本百合子在《路标》中记录了所有这一切，以及更多内容。这是一本虚构的自传，采用了第三人称视角，女主人公是一个名叫佐佐信子的作家，和朋友从日本来到莫斯科旅行。信子应邀去俄罗斯作家普罗亚克的家里参加聚会。聚会变成了一场醉鬼大狂欢，但信子拒绝喝酒（我不行！——*Ya ne mogu!* 她用俄语反复说）。普罗亚克的妻子也在场，在信子看来，她就像个玩偶。后来，普罗亚克和信子在走廊中遇见，他把她推进一个房间，试图强奸她，但被其他客人打断了。

在莫斯科期间，宫本百合子和汤浅芳子的确曾被邀请参加一场告别晚宴，晚宴由日本教授米川正雄组织，就在鲍里斯·皮利尼亚克家中。据说那场聚会有十二个人参加，包括皮利尼亚克的妻子。宫本小说中的这一片段，是一位研究俄罗斯文学的日本学者 A. O. 好心讲给我听的。按照他的记忆，德高望重的俄罗斯文学翻译家米川正雄记录下了宫本对这场强奸未遂事件的供述。也许宫本决意报复鲍里斯·皮利尼亚克：在她的小说中，他沦为一场丑闻。也许这里有一种内在的交锋在发挥作用，那就是以赛亚·伯林在《刺猬与狐狸》一文中所描述的两类作家的不可调和性。宫本不仅仅是一个女人，也显然是一只刺猬。

也许，我的故事之为故事的故事应该在我从京都返回东京的时刻结束。壮观的新干线正驶入东京主火车站，那是一座建筑学上的巨无霸，是阿姆斯特丹中央车站的宏伟复制品。列车飞速掠过一排如巨木般矗立的摩天大楼，阳光刺破黑云密布、充满戏剧色彩的天空。摩天大楼的玻璃外体一面映照出飞驰的新干线，一面反射着对面的其他摩天大楼，把现实景象变为超现实，既复杂、破碎，又扭曲而混乱。这是一个视觉谵妄时刻，比现实所呈现的一切都更完美、真实。我在一个多维的世界里飞驰。火车上坐着男人——穿着商务套装的男孩，发型就像动漫中的主人公；也坐着女人——手指如筷子般纤细的女孩，无声地敲打着数码玩具的屏幕。其他人则只是睡觉，其中有男有女，用迷人的头颅轻轻舔咬着空气。突然，摩天大楼玻璃上的多重倒影中出现了一些狡猾的影子，它们相互追逐，玩捉迷藏，试图超过火车。这些狡猾的影子用尾巴尖儿旋转着球，它们是娴熟的杂耍者，诡计多端的人，是移形大法者、骗术大师和幻象家，是一条、三条、五条尾巴的狐狸……这些狡猾的影子在天空中漂浮，如同发光的星体，蓝光闪烁如炸开的烟花。Kitsune。这是它们幻觉的狂欢。就在这里，我意识到，我的故事之为故事的故事圆满地转了一个圈，又回到了它的起点。它躺下来，像只玩累了的狐狸一样，眨着眼睛懒洋洋地进入了梦乡。在梦中，她吮吸着自己的尾巴尖儿，就像一个婴儿吮吸自己的手指。

第二章

平衡的艺术

当时已是黄昏,她坐在一个角落里抽烟,高高的碗架柜投在墙上的阴影笼罩着她。阴影如此浓重,唯一能辨认出的是她微微发光的烟头和一双雪亮的眼睛。其余的部分——她披肩下瘦小干瘪的身体,她的双手,她那椭圆形的苍白的脸,她那烟灰色的头发,都被黑暗吞噬了。她像是一场大火的余烬,一块没有烧透的炭,你若碰碰它,它便又燃烧起来。

——约瑟夫·布罗斯基,
《娜杰日达·曼德尔施塔姆(1899—1980):一则讣告》

1
文学与地理

有一次,我乘火车从安特卫普前往阿姆斯特丹,坐在我对面的是一位年轻人,正沉浸在书中。书名用凸起的金字印在封面上。这是一位体力劳动者,靠肌肉换来他的面包和黄油。

"我有五百本藏书。"他夸口道。

他只读惊悚小说,故事全都发生在妙趣横生、富有异国情调的地方:香港、曼谷、新加坡、东京……

"关于这个地方的一切信息都必须完全准确,就像旅游指南一样。"年轻人补充道。

"为什么?"我问。

"为什么?因为我喜欢去故事发生的城市旅行,参观书中描写的所有景点!"

年轻人用手指抚摸凸起的金色标题——吉隆坡汽车旅馆谋杀案。

"我还没遇到过发生在大自然中的惊悚故事,大自然不适合惊悚故事。"他以一个老练读者的口吻补充道。我瞬间羡慕起所有那些把激动人心的故事安排在激动人心的城市而不吝啬地理细节的作家。

但有一点我心存怀疑：地形（和地理）对情节的展开有多大意义？它对故事有多重要？情节和地形这两个因素是如何并驾齐驱，又是如何相互抵触的？是不是只有到了对故事进行阐释的阶段，读者才会注意到两者的联系？那么，我想，偶然性在这一切中扮演了什么角色？城市景观透视法对一个故事有何利弊？如果故事发生的地点是一个强势的地方（同时，也是一个文化语境），而事件是一个弱势的事件，那我们所有的文学努力最终可能成为一份虚构的旅行指南；相反，如果事件强势而地点弱势，那读者就有理由怀疑，强调地形究竟意义何在。

以前我从未想过这么多。现在，当事件和事件发生的地点就像拙劣的杂耍者手中的球一样，在我面前弹跳碰撞的时候，我思考起了这个问题。我确信两者本质上是不可调和的，在我的地点和我的事件之间，有一种主题和风格上的不兼容性在发挥着主宰作用。通常，将一个虚构文学文本和它的地理环境联系在一起，是一种艺术上的冒险。人们之所以会这样做，是因为他们毫无根据地希望这对搭档能够彼此协调，就像橙汁和冰块一样，缔结出一段和谐的姻缘。

我应邀去那不勒斯参加一场为期三天的关于欧洲移民的会议。这是一场国际学术会议，与会者大部分是历史学家、社会学家和政治科学研究者，我和我的几个同事则属于表演者的范畴。我们是移民高手、流亡杂技演员、橡皮人和钢丝上的行走者（知道如何拉长钢丝、慢慢行走其上，为自己开辟出一条从非洲到欧洲的道路），是被认为掌握了移民生活第一手资料的作家。我同意参会，不是因为被主题所吸引（很早之前我就洞悉了这个话题），而是因为我从未去过那不勒斯。

2
旅馆

我于中午前后抵达帕特诺普街的圣卢西亚大酒店。前台说我还要等至少一个小时，因为我的房间还没整理好。我沿着帕特诺普街在海边漫步，然后往回走，探索酒店正后方的小街。那是个星期天，但城市的这个部分看起来废弃而荒凉。在一家小餐厅里，我吃了一个伤心的小比萨，然后回了酒店。我在前台拿了一本旅行导览手册，上楼去了我的房间，拉开窗帘，看到了对面摄人心魄的大海和蛋堡（Castel dell'Ovo）。我打开灯，寻找组织者最后一刻才发出的日程表（啊，这些毛毛躁躁的意大利人！），看了两遍也没能弄明白，但我总归搞懂了最重要的信息：与主办方的见面会要到第二天晚上才举行。在钻进无比清爽干净的被窝（啊，上帝保佑那些意大利女人）之前，我打电话给前台，要求参加那个庞贝和阿马尔菲海岸一日游。

我在翻来覆去中睡到第二天早上，像是降落在了月球而不是那不勒斯。我像嚼棉花糖一样咀嚼着我的梦。过了一会儿，我咯咯笑着醒来，在浓稠的睡意中清了清喉咙，深吸一口气，然后像啜饮氧气一样继续啜饮着睡眠。

早上，我在花洒下多磨蹭了一段时间，然后穿戴整齐，下楼吃早饭。一路上，我都在打量酒店的客人，猜测哪些有可能是我的同行。据我所知，我们当中最有名的是一位著名作家的遗孀。她的丈夫曾经是个流亡者，已经去世很久了，直到最近，人们才开始把他视为伟大的作家。然而，在大堂里，没有一个女人看起来是我想象中的伟大作家遗孀的样子。小巴车很快到来，我兴奋地加入小小的游客队伍中。

3
庞贝和阿马尔菲海岸

小巴车把我们带到庞贝,让我们在那里等待。人们三五成群地来回走动着,耐心地等待各自的导游。我们周围有几家咖啡馆,小贩们在兜售塑料瓶装水、宽檐帽和棒球帽(用于防晒),还有一些卖纪念品的台子、帐篷和货摊。穿罗马战士服装的人混杂在人群中,游客可以和他们摆姿势合影。渐渐地,人群四散开去,分成了不同的组,每组都被分配了自己的导游。导游举着伞或者旗子,确保自己能被看到。我为我的雨伞选择了一对夫妇,是和我一起的游客,一个年轻的爱沙尼亚女人和她的丈夫,因为她穿着醒目的绿裤子、绿T恤,绿夹克,头发黑得像乌鸦的羽毛,目光中流露出焦虑、阴暗的神情,那副神情像是从一个悲惨的默片女演员脸上复制过来的,她丰满的嘴唇涂成招摇的红色:你根本无法忽略她。

我们的导游也是个引人注目的年轻女人,熟练掌握了生态灾难的话术。

"庞贝的布局就像纽约一样。"她说,然后指着我们面前的庞贝街道，用红润的指甲在空中勾勒出一幅曼哈顿的地图。她说 up 的时候，发出一个宽大的 a 和一个拉长的 p，同时抿紧嘴唇，口红让她的嘴看起来足有正常大小的三倍那么大。她讲述庞贝消逝的日常生活就像讲述自己的私密往事，把我们彻底迷住了。她让我们注意刻在铺路石上的阳具，那是用来给迫不及待的水手指明红灯区的方向的，这时，我们团里的男人像孩子一样哧哧笑了起来。在妻子们不动声色的支持下，他们低低发出沙哑的怪笑，然后妻子们像哨兵一样向她们的丈夫走去，默默把胳膊塞在他们腋下，或轻轻倚靠在他们身上。一看到这个有两千年历史的男性象征，男人们的集体喜悦之情便油然而生，这真是滑稽可笑，而女人们在看见街上雕刻的阳具时，则几乎不约而同地进行了一场集体洗牌。我随口对爱沙尼亚女人说，只有不可靠的东西，也就是女人不能认真依赖的东西，才会被刻在石头上，她轻巧地避开了我的议论，本能地伸手去抓她丈夫的胳膊。

那不勒斯女人用戏剧化的语言向我们描绘两千年前的灾难。她把维苏威火山比作一个压力锅，说出了"喷射"（erruppshoooon）这个词，转动着眼睛，浓密的睫毛像刷子一样。听见喷射，男人们又哧哧笑了起来，在炽热的午后阳光下，他们的额头都要烧焦了。"现在，你们肯定能想象到……"女人不断重复这句话，提振着我们正在渐渐衰退的注意力，并一遍遍重申庞贝人被埋在了二十吨火山灰下。我不知道她是从哪里得知的这个事实，但她至少说了五遍。

我们的导游还非常依赖一本名为《庞贝重建》的书，她翻开书页，向我们展示某些地方几个世纪前的样子和现在的面貌。于是我们都赶紧询问哪里能买到这本书。如果我们团的反应能说明什么问题的话，那就是这本书启动了我们大脑中一个过去/将来按钮。这是个大变身玩具，为我们展示出喷射之前庞贝的生活。书中还展示了一个没有任何游客的庞贝，但是，今天的小镇即便塞满了包括我们在内的数百名游客，它看起来也远胜那个用经典高细节漫画勾勒出的重建的庞贝。这些图画以白蚁的速度吞噬着我们的想象力，完全没有留下任何东西。

我想，庞贝对游客无意识的吸引力，源自人们对一种儿童游戏的模糊记忆，这个游戏叫木头人，或是某种类似的东西。木头人抓住谁，谁就得像雕像一样立定，停在被抓住的位置上。谁动，谁就输了。日常生活的炭化、爆发瞬间的凝结，激起的是类似的童年快感。庞贝就像一个甜美的梦，我们在其中安闲地梦见了自己的葬礼，同时知道自己并没有死。

我观察着那些顺从地跟在导游身后的人,他们步履蹒跚,手里拿着水瓶,并且准备好了手杖、帽子和太阳眼镜;我回想着男人们发出的集体傻笑,那是因为他们看见了以不对称的三叶草形状刻在铺路石上的阳具,就在这时,我被一阵突如其来的厌世情绪征服了。再过十五分钟,我们就会被领进一间宽敞的大厅,那里曾是工人食堂,一个徒有其名的餐厅。在那里,手脚麻利的服务员会给我们塞满糟糕的意大利面、变质的花椰菜,还有像醋一样酸的葡萄酒;一名拿着吉他的年迈歌手会匆匆忙忙唱几首那不勒斯民谣(canzone Napoletana),因为外面还有另一个不耐烦的旅游团在等待。我看着这个人肉马戏团,暴躁的服务员随着音乐节奏盘旋,数不清的盘子在我们头顶飞舞,我们默许着这种自愿的羞辱,好像我们是花了钱才获得被羞辱的资格;我看着我们这群狂徒将午餐室扫掠一空,好让下一群人蜂拥而入,我突然渴望大维苏威火山实施它最恶毒的诅咒,把岩浆喷到我们每个人身上,把我们炭化,用二十吨火山灰把我们覆盖……

"生命如此短暂。"在《游览意大利》中,英格丽·褒曼在参观庞贝时曾这样说。旅行团像是为打击厌世者而精心设计出来的。它们的存在似乎主要是为了把成年人当成孩子一样蹂躏，让他们大口咽下所有端到眼前的食物，好陷入昏睡，奄奄一息。我的厌世情绪很快就被眼前的美景抚平了，庞贝的美景，还有在去阿马尔菲的路上，透过大巴车窗向我们涌来的美景。大海在我们脚下闪闪发光；我们看到了远处永远怀孕的卡普里岛，迷人的普莱亚诺岛，波西塔诺岛，加利岛，纽里耶夫岛，神奇的阿马尔菲……我们不时走下大巴车，呼吸空气中橙子、柠檬和盐的芬芳，而海天一色的蔚蓝色光芒像丝绸一样轻柔地抚摸着我们……

在像篮球场一样空旷的餐厅里，我们坐在长木凳上。我对面坐着那对爱沙尼亚夫妇。爱沙尼亚女人正热心地帮服务员分发装着意大利面的盘子，把它们递给其他人。她很熟练，好像她的一生都在女童子军夏令营中度过。她和她的丈夫将继续前往维苏威火山，而我则去阿马尔菲。她是塔林一家时尚精品店的老板。我递给她一本旅游小册子，上面有各种折扣店的信息，在那里，人们能以极低的折扣买到意大利著名设计师设计的服装。

"不感兴趣。"爱沙尼亚女人说，带着年轻的活力将意大利面一扫而光。"我只想发呆，品尝美酒，到处闲逛。"她说。她的丈夫点了点他的光头。"艾玛·包法利在第一章的某个地方说,蜜月旅行应该去那些名字响亮的国家。她心里想的显然就是意大利,因为她紧接着提到了海岸和柠檬树的香气。然后她又说,在某些地方,幸福就像那里特有的植物一样繁茂,离开那个地方它就无法生长。我敢肯定福楼拜心里想的就是那不勒斯。在那不勒斯,幸福就像这些红色的九重葛一样绽放。我只在那不勒斯见过这种颜色……天啊!它们好像是从血管里直接长出来的,而不是从地上!"

我震惊了。我没告诉爱沙尼亚女人我是做什么工作的。出乎意料的文学引文像水晶酒杯的叮当声一样在空气中回荡。我看着这个苗条修长、身着绿衣的生物,她的大眼睛下面是浓重的阴影,就像默片中的女演员一样;她的嘴唇是那不勒斯九重葛的颜色。我想我从未见过像她这样的人。就在这时,大巴司机出现了,挨个儿桌子大喊:"阿马尔菲,阿马尔菲海岸,阿马尔菲……"我站起身,弯腰去握那个光头丈夫的手,然后又与她握手。

"Ciao, bella.[①]" 我呆呆地说,因为我不知道还能说什么,然后匆匆向我的巴士赶去。

---

① 意大利语,意为:再见,美女。

4
哈库那·玛塔塔

意大利的学术机构选择在那不勒斯举办一场关于移民的会议,是有其理由的。统计学家们一直宣称,意大利的难民数量在"误差允许的"7%范围内,但在意大利南部,这一数字已经达到了"惊人的"12%。意大利和希腊是"欧洲的门户"。人们穷尽一切可能从这个门户蜂拥而入,他们来自突尼斯、摩洛哥、埃塞俄比亚、尼日利亚、卢旺达、布隆迪、布基纳法索,来自前南斯拉夫、阿尔巴尼亚、乌克兰、波兰、罗马尼亚、孟加拉国、巴基斯坦……

几乎每天,报纸、电视和网络上都会有关于"突发事件"的报道:几十名难民还未抵达目的地就在老旧渔船的甲板下窒息而死;超载着难民的船只沉没;难民们在登陆时被愤怒的群氓肆意袭击;残忍的人贩子利用他人的痛苦渔利;家庭变卖一切财产,好把他们的子女送往应许之地;掌握路线的非洲黑帮绑架难民并向其家人索要赎金,将年轻女性难民掠为性奴;只有少数幸运儿能活着抵达意大利海岸;他们登陆时所面临的绝望……新闻媒体每天都在报道难民在兰佩杜萨和意大利其他城市所遭受的非人待遇;难民们称,在意大利宛如身处"开放式监狱",他们所言非虚,因为他们再也走不了更远了。其他欧洲国家拒绝接收他们,政客们玩弄这些不幸的人,没有人知道该拿他们怎么办。在意大利难民区,人的身份标识是数字而不是姓名,这只是难民营的种种非人行径之一。兰佩杜萨的市长允许城市博物馆收容难民,由此激怒了当地民众。缉毒巡警于夜间袭击意大利南部小镇,据称是为了协助警察打击犯罪——这纪录片中的场景令人想起了并不遥远的法西斯主义旧梦,它可能卷土重来的前景激起了人们的焦虑和绝望。另一方面,意大利人在电视镜头前叫嚣他们的不安、他们对自己女儿的忧虑,他们把有色人种移民称为"丑猪鼻子",对他们嗤之以鼻(他们真正想要的是宝马或者奔驰),并呼吁组建新的国民自卫队。愤怒的兰佩杜萨("阿拉伯之春"后大量难民逃去了那里)人谈论着移民的"入侵",要求不惜一切代价阻止他们(处死入侵者,一个都不要放过);难民的涌入也冲击了旅游业,而那是他们的生计所在。事实上,很多游客已经取消了去兰佩杜萨度假的计划。逃离家园的人们发现自己身陷一个"欧洲地狱",没有人为他们提供一个可接受的解决方案,或者同情,或者一份工作,或者任何东西。他们曾踏上一条"史诗般的旅程"(具有诗人倾向的记者这样说),但遭遇的却是他们留在故乡的东西：贫穷、无力、监狱。

语言是衡量人们对待难民态度的最佳标尺。措辞越微妙，对新来者的态度就越糟糕。欧洲官僚机构就术语问题争论不休：流动人口（migrant）、移居者（emigrants）、移民（immigrants）、寻求庇护者（asylum seekers）、流亡者（exiles）……最终它们决定使用流动人口，暗示这是一支流动的劳动力，他们在一个全球化的世界里，参考地理、文化、气候，以及资金等条件，选择了最适合自己从事临时工作的地点，当然，他们也是自担风险。新闻报道的语言也可能是恶毒的嘲讽（脱水的移居者），即便它所宣称的情况刚好相反。同样令人困惑的是专家们（社会学家、历史学家、政治科学研究者）的语言。这种语言也给我贴上了标签，如归化认同者、混合型自我这样的范畴。那些遵循所谓政治正确和礼节的语言，那些至少表面上反对公开的法西斯主义的语言，事实上也只是扩大了语言歧视的范围。

会议小组讨论在几个不同的会场举行，有的在市中心，有的在郊区，所以参加会议需要体力，而主办方不想不辞辛苦地把我们这几个同事从一个会场转移到另一个会场，毕竟有些讨论没有计划让我们参加。在日程表上，我惊讶地发现我将和那个著名流亡作家的遗孀参加同一场讨论。在我们上场前,有几位同事正在发言,我满怀善意和团结之心,坐到了IBC(十字架研究所)这座精致的建筑综合体空空荡荡的大厅里。

在尤里西·塞德尔的电影《天堂:爱》中,有一幕发生在肯尼亚的某个度假胜地,在一家酒店半空的餐厅里,两三个德国中年妇女和一个正在打瞌睡的男人坐在桌子旁,享受一支懒洋洋的乐队为他们提供的娱乐服务。乐队穿的应该是所谓的当地服饰:长袍和用布缝制的无檐便帽,帽子上有黑白相间的斑马纹图案。斑马死气沉沉地表演了一首《狮子王》中的歌曲《哈库那·玛塔塔》。在电影中,肯尼亚当地人使用这个短语的频率之高,简直到了令人恼火的程度。

很多游客从前南斯拉夫度假回家的时候,都会带回一句短语,nema problema,没问题。我从德国人、英国人和意大利人那里听到过无数次。很显然,在外国人能带走的东西中,nema problema 是唯一一个来自南斯拉夫,又和南斯拉夫有关的东西。听到《哈库那·玛塔塔》后,我突然意识到,相似的国家会制造相似的短语来取悦游客,一路上为他们提供一种将真实事物象征化的服务,以区别于不真实的事物。而所谓不真实的事物,当然就是那些缺乏想象力的外国人所过的生活。

一个年轻的中国男人走上台。他艰难地来到意大利，在这里出版了两本诗集。现在，他成了中国移民成功融入意大利社会的典范。一个阿尔巴尼亚女人本来计划出席，但她最近获得了一个重要的意大利文学奖项，所以，我猜，她已经不再需要参加类似的活动了；一个裹着头巾的漂亮作家也在场，看上去就像是从一个老派的殖民地香蕉广告中跑出来的。实则是从纽约飞来的。还有一位来自柏林的土耳其人，一位伊朗裔阿姆斯特丹人，长得很像年迈的奥马尔·沙里夫，以及一位头发灰白的非洲人。非洲人受到了主办方最多关注，因为他代表了最紧迫的问题：意大利非裔难民以及意大利人对待他们的态度。

早餐时我和这位非洲人聊了起来，他看起来是我们这群人中最和善的。在西欧的二十年间，他成功地培养了四个孩子，现在他们都工作了，分散在欧洲的不同城市，而他回到自己的国家，发动地方政治斗争。他自有一套炉火纯青的招数：他唯一要做的就是穿上长袍、戴上小帽，然后就会立刻显得与众不同。在我们早饭时的热烈谈话中，他并没有隐瞒我已经猜到的事实：老人回到故乡后娶了一个年轻女人，并和她育有两个很小的孩子。流亡西欧的旅程已经结束,捐助者的慷慨,不管那些捐助者是谁,如今都已经枯竭了,他唯一能继续依靠的只有来自国内资源的微薄收入。的确,他在故国的重要程度与日攀升,这让回归变得相对容易。他没有获得诺贝尔奖,但他的同胞不知为何开始向他表示尊重。虽然他只是数千名海外流亡者中的一员,但在这里,他有可能成为非洲非虚构叙事之父,或者类似的东西。他在拨弄民族和种姓的瑞卡塔①,但我必须记住,在他的国家,很多人是不识字的,所以文学以一种完全不同的方式发挥着作用。而当我们谈论这个话题时,不管你是否相信,民族和种姓的瑞卡塔是所有人能听到和理解的唯一声音,无论是国内的人,还是邀请他的欧洲主办方。

"国际主义和世界主义的时代已经结束了,都完蛋了。到此为止。"满含讥讽的老人宣布,然后,就像突然害怕起自己所说的话一样,他转而歌颂起了欧洲国家的善行,"荷兰不错,法国不错,英国不错,意大利不错,瑞典不错,芬兰也不错……"

我们所有人都像尤里西·塞德尔电影中的人物;我们披上长袍,有些鲜艳夺目,有些则黯淡无光,我们舞弄着

---

① Rakatak,一种源自加纳的非洲打击乐器。

所谓民族和种姓的花纹,了无生气地表演着我们知道的唯一一套动作:Hakuna matata, Nema problema。哀悼为时已晚。人心已经变得松弛。我们的船只已经倾覆,我们竭尽全力地游着,唯一的区别就是有人穿了救生衣,有人没有。这就是我们的现代性——挣扎求生的年代。生命已经变成奢侈品,文学更是如此,但没有人这样通知与会者。他们相信空空荡荡的大厅是个意外,并不代表常态。他们认为一定有一场重要的足球比赛正在举行。主办方正是这样说的,以表达他们的歉意。

5
遗孀

所以这就是为什么大厅现在仅余立足之地!我和遗孀第一次见面是在台上的会议桌旁,她热情地向我伸出手。主持人介绍了我们,然后请我们发言。

遗孀散发出优雅的魅力,好像是刚刚从一部英语经典著作的 BBC 改编剧中走出来的,一个更加感性版本的玛吉·史密斯。她有一头浓密的灰发,编成短发辫垂在身后,像个害羞的高中女生。发卷在耳朵周围所有恰当的地方露出来，让她的脸变得柔和，皱纹也不再那么明显。是的，她有皱纹，毕竟她已经八十多岁了；她的牙齿只是略微不齐，但依旧是她自己的牙齿，而且一颗都不少。她的脸神采奕奕，唯一的化妆痕迹只有眼睑上小心描画的眼影。她的双手瘦削、布满皱纹，散布着老年斑，而且晒得黝黑，似乎她做园艺。她的姿态很优雅，背部相对于她的年龄来说出奇地挺拔。她有些轻微的鹰钩鼻，眼睛是蜂蜜的颜色，有点歪斜。她穿黑色亚麻连衣裙和黑色帆布便鞋，脖子上戴着一条项链，上面有个黑色的木头镶板吊坠，其形状让人想起非洲的护身符。她的笑容很温暖，而且她不吝啬露出这种笑容。

她首先发言，用悦耳的嗓音谦逊地谈论一些很平常的事情，即二十世纪六十年代她和列文在巴黎是如何生活的。遗孀很坦率，至少给人的印象是这样。她并不认为自己在列文的生活中扮演了重要的角色，她说他们只在一起生活了三年，出于一些实际的原因，在他去世前不久才结婚。她说她无法谈论列文早年的生活，因为他不能给她讲述那些"未经文学手段处理过的事情"，这意味从真实性上看，那些所谓的自传细节可能是非常不可靠的。列文的生活和大多数人不同，他被抛到了那么多海岸上，但他不觉得他该为此受到任何优待，尽管他认为"地理和文化上的好运"是他中的头奖。不过，他确实认为他的写作本应得到更多认可。遗孀谈论了他们共同生活中的细节；贫穷，她如何在出租屋的地下室发现了两板条箱罐头食品。箱子来自挪威，里面是炼乳和鹿肉！天晓得它们是怎么出现在巴黎的地下室的，真正的无价之宝、意外之财。无论在那之前还是在那之后，她都再也没吃过鹿肉。"我记得我和列文在一起的那几年是饥饿的岁月。"她说。列文自己病得很重，哪里也去不了，而她也没有可以回去的地方了。她接连失去了父母。无论列文是否情愿，他都成了她的新家。每个流亡者都渴望某种形式的家园。列文在她的象征性住所中居于核心位置，那是她在他死后为自己建立的家园，遗孀谦逊地说道。

轮到我发言时，我对流亡做了详细的阐述，结果证明这是个令人尴尬的愚蠢举动。如果我谈些护照检察官的幽默逸闻，而不是就文学机能、文化环境的包容性和排他性（只有伟大的文化是有包容性的，这正是它们伟大的地方；只有渺小的文化是排他的，这正是它们渺小的原因）做一场肤浅的报告，我本应获得更多同情。我说的每一句话都让观众无动于衷。

在我的一生中，我从未像跟遗孀在一起时那样感觉自己如此渺小。小组讨论结束后,记者们和几台摄像机向遗孀簇拥过来,没有人买我的书,刚刚问世的意大利语版本,但他们买了列文的书;没有人觉得有必要顺便走过来,跟我说一句好话,他们都排队等着跟遗孀说话。我的在场被证明是多余的。

我和主持人走到IBC的花园,等待遗孀结束与记者、观众的谈话。

"我处理得都让您满意吗?"主持人问,仿佛对我那再明显不过的挫败表示歉意。

"是的,你是一流的。"我说。

"你知道我是个历史学家,我研究中世纪的欧洲移民。我对文学不是很擅长……"

"那时候就有吗?我是说移民。"

"一直都有。"历史学家说。"那不勒斯人到处迁徙,然后人们又从各处移居到那不勒斯……罗马人、哥特人、伦巴第人、拜占庭人、诺曼人、萨拉森人、西班牙人、法国人、奥地利人、德国人……这个地区很早以前就有犹太人定居了,他们最早是被当作奴隶带来这里的。在那不勒斯的地下墓穴中,有一座犹太会堂的遗址。有一些城市,像卡普亚,过去是犹太城市……富裕的家庭后来都搬到了意大利北部……十七世纪,有数以万计的奴隶被从非洲运来。现在，在那不勒斯较为贫困的地方还有华人社区。"她用一种连自己都不敢相信的语气解释道。

遗孀走进花园，向心醉神迷的会议观众挥手告别，然后向我们走来。

"我们去喝一杯吧。"她笑容满面地说。

历史学家谢绝了，她还要参加另一场小组讨论，但这一邀请令我受宠若惊，我立刻答应了。

6
冈布里努斯大咖啡店

我和遗孀从贝尼德托·克罗采学院出发，漫步前往新耶稣广场。

"我们在这里搭出租车吧……"她说，"你还记得德·西卡的老电影《意大利式结婚》吗？索菲亚·罗兰和马塞罗·马斯楚安尼主演的，讲了费卢美娜和多米的故事。"

"为什么提起这个？"

"因为费卢美娜和多米最后就是在这个教堂里结的婚，新耶稣教堂，电影最后一幕是在他们的房子里，窗户正对教堂。那边，房子前面现在是个出租车站。"

遗孀语气笃定,像个本地人。在她身边,我感觉自己像个懒散的游客。出租车很快把我们带到了著名的冈布里努斯咖啡店前,这里是居伊·德·莫泊桑、奥斯卡·王尔德等人经常出没的地方,这意味着这里的咖啡价格是别处的两倍。我是后来研究了一本花哨的旅游手册才了解到冈布里努斯咖啡店的著名历史,而旅游手册是我离开那不勒斯后买的。

"你和列文是怎么认识的?"我问,被自己的胆量吓了一跳。即便在发问的时候,我也不确定自己是不是对答案感兴趣。

她眼前一亮。我猜,她之所以激动,并不是因为她有机会第一千次讲述她和列文邂逅的故事;谁知道她的激动是从哪儿来的呢。但无论怎样,她丝毫没有流露出被这个问题困扰的样子。

"实话告诉你,我几乎什么都忘了。我只是很模糊地记得一些细节。从今天的角度看,那似乎是我当时就下定决心要记住的细节,而现在,这么多年过去了,当我抓取回忆时,我惊讶地发现,我只能记得这些了,其他什么都没有。一个人固定在记忆中的东西后来就变得像一条警戒线,一堵人墙。当然,记忆有一种强大的、内置的、调和的机制,鼓励我们的隐秘冲动,去伪造关于自己和他人的神话,而神话一经问世,就很少有东西能迫使它做出修改。列文就有那种冲动。一段关于纳博科夫的小插曲最能说明这点。不管怎样,我选择了列文,我清楚地记得……"

有人接她去列文的公寓参加一场聚会,那里弥漫着烟草气和廉价葡萄酒的味道。她听说过他,但没有读过他的任何一行文字。她被他的傲慢、自负和鄙夷态度吓到了。他坐在宽大的床上,仿佛那是王位宝座。他的一举一动就像个领主,把周围的人当作他的臣民。

"他集弄臣和领主于一身。他在床上的样子,就像一艘沉船上的疯子船长。"

他打着手势发号施令,并奖励他的臣民。他会用手势示意别人把烟递给他,抽上一两口,然后又递回去;他从另一个人的杯子里喝上一口酒,然后再还给他们。他好像很喜欢指挥大家为他服务,但他要求的事都太微不足道了,拒绝他会显得很傻。一些人在床上挨着他坐。她想起了一段往事,是关于列文的一个朋友。那个女人看起来像个洋娃娃,因为她的笑容像是凝固在了脸上。列文喜欢用礼物威胁他的朋友,这一点遗孀后来才发现。他给了那个女人一些介于手帕和披肩之间的暖和毛料。他的表演引起了聚会上所有人的注意：他先是坚持要女人拆开礼物，但她拆得太慢了，不合他的口味，他焦躁地从她手中夺过礼物，不耐烦地撕下包装纸，把披肩披到她头上，这显然令女人很不舒服，她从中感觉到的只有暴力，而不是善意，而她是对的。列文帮她整理头上的帕巾，不断调整着，就像一个摄影师为他的拍摄对象做准备，然后，他受够了，一把扯掉头巾，大喊："啊，玛莎，你永远成不了英格丽·褒曼！"

遗孀被这一幕弄得有点恶心，于是问洗手间在哪里。出于好奇，她打开了药柜，迎接她的是架子上像小兵一样一字排开的药瓶。而在这里，在这个样样东西都毫无意味的地方，在别人家的盥洗室这个冷漠的空间里，当她读到小瓶子上的标签时，她突然哭了起来，仿佛容器上的那些毫克、医学术语和使用说明（3×1、1×1）成了解码她未来命运的索引。一种沉闷的无力感席卷了她，虽然那种感觉也令她兴奋。也许这就是人准备自我毁灭时会有的感觉……

"我们永远不知道哪种状态或情境会把我们俘获。有一些瞬间令我们滑入其中，朝着我们没有料到的方向偏离。这些状态或情境可能对我来说是具有决定性的，但对你来说却不是。列文有完美的直觉，也许只有厌世的人才有这样的直觉。我想他意识到我在短暂离开期间发生了某种变化，因为当他再次看到我的时候，他专横地拍了拍床，用手势命令我坐到他旁边。"

她顺从地坐下来，连她自己都觉得惊讶。他又用手势命令她把脚放到床上，她则用手势回应说，也许她应该先把鞋子脱掉。猛然间，他几乎是粗暴地把她还穿着鞋的双腿拉到床上，然后双臂交叉在胸前，他们一言不发地坐到了一起。

列文很少直视别人的眼睛。相反，他缩着脖子，嗅着周围的空气。当时，他也是用这种方式从眼角看着她，显然对这一局面的结果感到满意。他在床上伸了个懒腰，和其他人坐立时一样从容大度。一种古怪的倦怠感像毒品一样流过她的血管，她说不出是开心还是不开心。她有一种感觉，在那张床上，在那艘抛锚的船上，她还将漂浮很长一段时间……

遗孀咧嘴笑了……
"谁知道我那年轻而疯狂的脑袋里是什么东西在嗡嗡作响！我喜欢读书。在那个年代，喜欢文字、迷恋活着的作家，并不是特别稀奇，对不对？文学就是靠着这一点、靠着女人对书籍和作家的迷恋来流传的。每个男性民族文学（只存在男性民族文学）的地基中，都筑入了无名女性读者的时间、精力和想象力。你自己也很清楚这一点，lelkecském……"

遗孀乐于暗示自己的年龄，更多是通过语气，而不是语言，通过用 lelkem 或 elkecském（这是她保留在词汇表中的匈牙利语，意为亲爱的或我亲爱的）来称呼比自己年轻的人，以及她那朴实无华的演技——所有这一切，都属于一个正在消失的东欧知识分子的做派体系，遗孀自己连同列文都曾视之为浮夸。

"话说回来，"她接着说，"我们都是吸血鬼，以别人的血液为食。在这场自由放任的滥交中，有一些人不依靠别人，这让他们特别有吸引力，但也被人鄙视。列文就是这样一种人。文学是他唯一持久不变的迷恋，大概是因为其他一切都可以从他身上夺走，但没有人可以夺走文学。这样的迷恋会让作家变得更伟大吗？我不好说。列文一生痴迷文学，文学是他唯一的激情……"

"你提到有一段关于纳博科夫的插曲？"我小心翼翼地问。

"哈，那是一件很平常的琐事，但又非常令人尴尬……有一次列文给纳博科夫写信，问他们能否见面。纳博科夫一直没有回复。但是，有一次，列文却随口对一个记者说，他和纳博科夫通过一两封信，纳博科夫写过几句话赞美他的文学天赋，那些话充满溢美之词，以至于列文都说不出口。纳博科夫从来没有公开揭发过列文，假设他连这些小小的捏造都知道的话。再说，列文先死了，纳博科夫比他多活了十年，所以任何撇清都会被解读为纳博科夫的傲慢和恶毒，而不会被当成事实。所以就有了这样一个传说，说列文如何成为纳博科夫在文学上唯一的竞争对手，以及他如何在纳博科夫的阴影下连年不振，主要是由于'该死的地理环境'。这乍看上去很愚蠢，但如果你多想一下，就会发现'该死的地理环境'确实决定了文学的命运，就像性别、阶级、社会地位一样，还有好运气，赌徒所依赖的那种好运气。"

列文是俄裔犹太人，有一个复杂的人生经历，或者更确切地说，一个复杂的生物地理学生平。大革命后，他没有像大多数俄国人那样向西走，出于机运而非有意的决定，他去了相反的方向。他向东去了中国，然后是日本，又从那里去了香港地区，那是1954年。多亏荷兰政府承诺从中国香港难民营接收四百名俄罗斯难民，他得以在

1955年抵达荷兰。抵达后,他定居在海牙的长丰木78号,住在Het Russenhuisje,也就是小俄罗斯宫,住在威廉明娜女王[①]的旧办公室里。女王把皇产捐给了一个普世基金会,基金会则将其变成了俄罗斯老年难民的避难所。六年后,列文从海牙搬到巴黎。遗孀和列文的经历有个神奇的交集。1956年匈牙利十月事件后,她和父母沦为荷兰二十万匈牙利难民中的一员,父母去世后,她搬去了巴黎,在那里她遇到了列文。虽然荷兰人是善良而慷慨的东道主,但在遗孀的记忆中,荷兰是个麻醉心灵的灵薄狱,就像睡美人玻璃棺中的那半条命。列文描述了同样的心灵麻醉过程,那是他在中国香港滞留期间。在他的小说《半岛酒店》所提及的难民旅舍中,他等待着命运将他空降到地球另一端。和列文一样,她和很多移民都对空间、城市、景观、街道名称、旅馆和广场有特殊的敏感,仿佛我们所处的环境不过是决定我们命运的更高力量的象征性舞台。"比如说瑞士,"遗孀叹了口气,夸张地说,"瑞士是世界上最危险的国家!瑞士制造了最精良的手表,但你在那里永远无法辨认时间,就在跨越瑞士边境的那一刻起,分针和时针就融化了。你的手表乱了套。在那个小国家,一杯

[①] Queen Wilhelmina(1880—1962),1898年登基,统治荷兰长达五十年。曾在纳粹占领荷兰期间流亡英国,建立了荷兰流亡政府。

水都能淹死你，让你彻底迷失方向，以至于再也没有人能找到你……"

我知道，相比俄国人在西欧和美国的大流散，远东俄罗斯流亡者获得的关注不及十分之一，大概是因为他们的故事更平凡、更复杂，（对欧洲人和美国人而言）理解起来也更困难。总而言之，俄罗斯人在伊朗、印度尼西亚、中国的哈尔滨和上海、日本、澳大利亚的流亡故事仍旧支离破碎，未被讲述，或者根本没有人提起。列文本人是个愤世嫉俗的人，对白人或"赤色分子"都没有表达过同情。有时候他只捍卫自己的地理传记，这是可以理解的。他在征服、适应以及抛弃那些地方上花了太多精力，他不允许自己享受中立的奢侈。

"琐事是万物之盐，是推动整个机制的风，lelkem，"遗孀继续说道，"多亏了琐事，大艺术家们才能活下来；艺术作品本身显然是不够的。比如，我们为什么如此肯定凡·高的价值是由他的天赋决定的，而低估了那只断耳的细节？你靠什么记住那些还在世的现代艺术家？不管是男是女，他们有谁没做过让大众闻风丧胆的事吗？有没有一个谦虚、无私的艺术家，给我看看！所有的艺术家都是神话制造者。只不过有些人成功地赢得了声名，有些人没有。我敢肯定,纳博科夫就属于传奇制造者,他有意无意为自己树起了一座纪念碑……"遗孀爽朗地说。

"你确定吗?"

"嗯,你仔细想想就会发现,我们所有人体验到的艺术品,都和马戏团、乡村集市艺术有关,那是世界上最古老的艺术。"

"举个例子会让我更明白你的意思。"我说。

"相比在文学中,在视觉艺术、戏剧和行为艺术里更容易找到明确的例子。不过,现在有个新问题:最近,文学市场开始嗜好起长篇小说,很多作家似乎都在比拼谁能写出最冗长的作品。突然每个人都被页数吓住了,不自觉地宣称这些小说是了不起的作品……"

"嗯,其中确实有些好作品。"

"也许吧。但是最初对于页数的敬畏,太过轻易地变成了一个美学范畴。只有超过一千页的小说才是真正的小说吗?这其中也包括对超产作家的崇拜;然后便是残酷地宣布那些没能一两年出一本书的作者业已死亡。还有那些投注文学奖的赌徒呢?所有这些都更接近韧性、膂力以及马戏团猛男的范畴,而不是传统的美学范畴。再比如说所谓的实验文学。实验文学在今天意味着古怪离奇的主题,一份文学稿件与其说是文学技巧、观念和知识的产物,毋宁说是份病例。现代主义关于实验文学的概念和今天非常不同。如今的实验文学相当于小矮人、大胡子女士、橡皮人等怪咖秀。马戏团表演是世界上最古老的艺术方案,它仍然保留在我们许多人的文化记忆中。随着学术性美学裁决的消失,随着所有重要艺术理论的死亡,唯一可以用来区分艺术作品和非艺术作品的指南针,就只剩最接近艺术原初理念的东西,也就是马戏团的表演。"遗孀总结道。

"意思就是说,我们正走在回归乡村集市艺术的道路上?"我问。

"看起来是这样。再说说文学节这个最流行的文学娱乐形式吧。在每个欧洲国家,每年都有十几个国际文学节。大家都知道这些钱可以花在更有用的地方,但没人为此感到困扰。如今的文学节和中世纪的乡村集市并没有什么不同,赶集的人从一个摊位溜达到另一个摊位,看完吞火表演再看杂耍。如今的作家不再让读者通过阅读背上重担,相反他们是在表演。观众的接受标准是被电视和网络训练出来的,他们对文学变得越来越无知,他们想要的只有快速、明确的娱乐……"

遗孀的话听起来很有说服力。我们喝了咖啡,吃了著名的那不勒斯千层酥(Neapolitan sfogliatella),一种用里科塔奶酪和薄薄的贝壳状饼皮制作的小酥饼,然后我们就回酒店了。我本打算第二天清早离开,但遗孀热情地建议:

"为什么不让主办方帮你改一下航班呢?再待一两天吧,亲爱的。我没什么安排。我们一起逛逛这座城市。你以前来过那不勒斯吗?"

她说得没错。这是我这辈子第一次来那不勒斯,我无须匆忙。我一直有种感觉,遗孀还有别的事要向我透露。

7
卡波迪蒙特博物馆

好心的主办方不但为我更改了航班,并且把一直由他们付费的昂贵酒店,换成了我自己付费的经济型膳宿旅馆。旅馆位于贝利尼广场(Piazza Bellini),我身处那不勒斯最中心地带,在历史中心区(Centro Storico),我还有一天半的自由时间。

第二天吃完早饭后,我告别了主办方和与会人员,按照计划去市政广场(Piazza Municipio)和遗孀碰面。有三辆观光巴士从那里出发游览那不勒斯:红色的A线通往艺术区(Luoghi dell'Arte);紫色的B线前往海湾景区(Veduta del Golfo);还有绿色的C线,去往圣马丁岛

（San Martin）。我们选择了去艺术区，之后可以跳上一辆方向相反的巴士，穿越基亚亚，游览那不勒斯湾。

我们在巴士露天那层找了两个位子。那是个迷人的日子，天空湛蓝，那不勒斯像手风琴一样在我们面前铺展开来。庞贝壁画沿着外墙蔓延，有些地方残破不堪，有些地方布满斑斑裂痕，还有些地方则闪闪发光，焕然一新。

我们在卡波迪蒙特博物馆下了车。博物馆位于一座宏伟、凉爽的宫殿里。我们漫步其中，悠闲地欣赏博物馆中提香、卡拉瓦乔和勃鲁盖尔的几件珍品，在帕米贾尼诺[①]令人窒息的《安提亚》前驻足，然后在整座博物馆最令人叹为观止的展品前流连忘返，那就是约阿希姆·布克莱尔[②]的布面油画，他是十六世纪佛兰德斯的一位大师，影响了意大利画家，尤其是文森佐·卡姆匹[③]对于食物的刻画手法。有那么一会儿，我们被这些怪诞奢华的人和食物的组合迷住了，妇女们服饰上丝绸的光泽与她们膝盖上油

[①] Parmigianino（1503—1540），北意大利矫饰派先锋艺术家，代表作有《长颈圣母》《削弓的丘比特》及《安提亚》（又名《年轻女子的肖像》）等。

[②] Joachim Beuckelaer（1533—1570），佛兰德斯画家，擅长画市场及厨房中的场景。

[③] Vincenzo Campi（1530 / 1535—1591），文艺复兴晚期意大利画家。

渍斑斑的猪肉块之间的对比,她们珍珠母贝一样的肤色和白皙的双手中长如剑戟的菜刀之间的对比。帕米贾尼诺是丰富怪诞的巨无霸:公鸡、母鸡、火鸡、鹧鸪和鹌鹑,野味、猪肉、牛肉和羊肉,一盘盘的鱼和贝类,水果和蔬菜……画中人带着凝重、超然的表情,把食物展示给画家的眼睛和画笔,沉浸在食物中,并与之融为一体。

我们在博物馆的咖啡店买了果汁,然后走进花园。空气芬芳而香甜。我几乎忘记了空气令人陶醉是什么意思。空气的确醉人。我和遗孀喝着果汁,听着鸟儿们的鸣叫。然后,遗孀用坦率的目光看向我……

"我为我们在小组讨论中的表现向你道歉,lelkecském。"
"昨天人们来见的是我,不是你。对于这一点,我感到很抱歉。尤其是因为我能在你脸上看到挫败感。你的下巴颤抖了,你都快哭了。对不起,但我猜这种事应该不是第一次发生在你身上。只有当你待在四壁之间的书桌旁时,文学生活才是令人兴奋的。所有其他东西都会引起挫败感,无论是人性上还是职业上,如果严肃写作也能被视为一种职业的话。昨天我是个小菩萨,人们都来对我顶礼膜拜。但不是对我本人,天晓得是对谁或者对什么。真的,文学爱好者都膜拜他们的名人。跟你比起来,我就是个文学名人。不要愁眉不展，你自己也知道事情就是这样，越是没有货真价实的成名理由，一个人就越有资格跻身名人堂。因为设定门槛的是观众，不是我们。一旦公众数量达到一个临界值，他们就会反对那些他们自己也无法达到，或者至少是无法掌握的标准。对昨天坐在礼堂的人们来说，我就是个行走的线轴，他们可以在上面缠绕他们的幻想和从未表达过的信念。我是一个有创造力的人吗？不，我不是。我为列文的书工作多年，出版新版本，签订翻译合同，管理和维护他的档案。时不时地，我会发现一首放错地方的诗，一个故事，或者他日记中的一页……亲爱的，我有没有告诉过你，他是个乱放东西的大师？我昨天说了什么有价值的话吗？不，我没有。如果你把昨天参加我们小组讨论的所有人都放到心理治疗师的沙发上，没有一个人会承认那些显而易见的事……"

"什么事？"我吸了一口气，说道。

"男人们看重我。为什么？因为我知道我的位置。我顺从地服务和促进了一个男人的文学才华，我服务了一个男人的心灵，因此，我是很多男人的梦中情人，也是他们梦想中的未亡人。我是列文的秘书和档案管理员，是他的配偶、编辑、经纪人……我没有再婚，自从他死后，我就一直在为他服务，我会一直服务到我死去。毕竟，他把自己的象征性资本留给了我，我会继续精心将其管理下去。

凡是和列文有来往的人都知道，我们只做了不到三年的夫妻；我们结婚的时候他已经病得很重了，那种时候的婚姻并不美满，也不可能美满，甚至没有丝毫美满的痕迹。列文从来没有对我掩饰过这些……"

我一时失语。在美丽的公园、炫目的白日、蔚蓝的天空和令人陶醉的空气中，遗孀用她那低沉而略显单调的语气说出的独白，给人的感觉如此不真实。她的话沉重而絮叨，就像刚才布克莱尔的油画一样，产生了一种催眠的效果。

"既然说到这里，我得说我们的故事不是独一无二的，"遗孀继续说，"我向你保证，如果你在艺术家的传记中打探一下，你会发现很多类似的故事。列文的所有粉丝都没注意到关键的细节，他们宁愿相信一个与事实无关的影子。对他们来说，我是女人中的奇迹，我为文学牺牲了自己，因为文学，我永远穿着寡妇的丧服。他们看到我的年纪时很高兴，因为他们坚持无视这样一个事实，那就是当我认识列文的时候，我比他年轻将近四十岁。因此，我越老，就越符合他们心中怀有的形象。如果他们接受实际的状态，他们可能会得出这样的结论：列文是个老变态，把一个年轻的女移民变成了他的护士和打字员……

"女人重视我也是出于同样的原因。你看,问题在于我了解我的位置。其他人容易对我产生认同。他们对你就不能这样,你不知道你的位置,你敢用自己的声音说话,这就是他们鄙视你或者憎恨你最好的理由。我知道你不同意我的观点,我说的并不完全是现在的情况,你在想,以前也许是这样,但今天绝对不是。这就是为什么你把那天的失败一笔勾销,像赶走一只嗡嗡叫的苍蝇一样赶走了你短暂的屈辱,转而投入到新的一天,准备展开你的战斗,最紧迫,也最重要的,是对抗平庸的战斗。但是,你如此狂热追逐的事业是靠着平庸才开花结果的。平庸是每一场艺术冒险的根本原则。没有任何一个行业可以只依靠第一流的品质而依旧享有成功。但是,在这里,在这个庞大的创意产业中,你是一个勤奋的苦力,你固执地相信你能把局面变得对自己有利。你的失败预警系统到哪里去了?"

在我看来,我们两个人都失去了对于失败的第六感。我,屏住呼吸聆听一个我几乎不认识的人;她,滔滔不绝地讲给一个她完全不认识的人。有那么一瞬间,我哄骗自己说,也许她读过我的某本书,但随后又打消了这个念头。这一切只是个插曲,是文学聚会上跟随姐妹情而来的珍贵礼物,是时候放松下来了。所以我为什么要竖起耳朵,被恐惧和不安搞得寒毛倒竖?害怕什么?害怕谁?害怕一个过于健谈的孤单老妇吗？虽然她说的每句话都如此贴切。我肯定是出了毛病，倾听能力出了问题。失去预警系统的是我，不是她……

"我以前认识一位作家，多年后我们再次相遇了。他一生都在焦虑如何才能确保自己活下去，因为照顾他自己就是照顾他的书，包括已经写好的和还没写好的。我听说他结了第三次婚，娶了一个年轻很多岁的女人。但是，他的妻子突然去世了，背叛了他。他的脸在我面前抽搐，像是哭了起来，他不停地说，'这不是我们约定好的，不是我们说的'……在整场表演中，唯一真诚的部分就是他担心自己死后作品可能落入错误的人手中，或者被丢进垃圾桶，这本质上是一回事。不用说，那个不幸的女人是一位文学史家……"遗孀说。

"作家有点像摩托车爱好者……"

"怎么说？！"

"你没注意到摩托车手总是选择跟自己匹配的伴侣吗？轻如羽毛的娇小女人，紧紧贴在后座上……"我说。

遗孀被逗乐了。

"女人也一样，lelkem，只要她们鼓起勇气。顺便说一句，阿尔玛·马勒是遗孀之王。托马斯·曼称她为 la

Grande Veuve①。她和马勒、格罗皮乌斯②、韦尔弗③等人的著名婚姻像烤肉串一样，上面还可以加上她的情人们，比如居斯塔夫·克里姆特和亚历山大·冯·策姆林斯基④，后者被她称为'丑陋的小矮人'。她私底下对韦尔弗的抨击最多，她跟他结婚的时间最长，并从他那里获得了一个经济上很舒适的晚年。阿尔玛的反犹情绪是出了名的，她称韦尔弗是'又丑又胖的小个子犹太人'。她做过两次寡妇，埋葬了马勒和韦尔弗，但格罗皮乌斯比她多活了几年。她的孩子们——和马勒生的女儿玛利亚，和格罗皮乌斯生的十八岁的女儿曼侬，还有弗朗茨·韦尔弗十个月大的儿子——都死在了她前面。她有很多仰慕者，包括作曲家弗朗茨·施雷克尔⑤和生物学家保罗·卡梅纳⑥，后者曾因为患了单相思而扬言要去马勒的坟前自杀。"

"还有科柯施卡⑦。"

"奥斯卡·科柯施卡，确实如此……总之，阿尔玛留

---

① 法语，意为：伟大的寡妇。
② Walter Gropius（1883—1969），德国建筑师和建筑教育家，包豪斯的创办人。
③ Franz Werfel（1890—1945），奥地利小说家、剧作家、诗人。
④ Alexander Von Zemlinsky（1871—1942），奥地利作曲家、指挥家。
⑤ Franz Schreker（1878—1934），奥地利作曲家、指挥家。
⑥ Paul Kammerer（1880—1926），奥地利生物学家。
⑦ Oskar Kokoschka（1886—1980），其画作《风中新娘》据说画的就是阿尔玛。

下了一大堆破碎的心，她用谩骂羞辱男人，但所有人都爱她，她比他们当中的很多人都长寿，她就是个巨大的寄生虫，很多人喂养她，把自己的作品献给她。她的生平现在被演绎成了戏剧，名叫《阿尔玛》，像个传记马戏团一样到处巡回演出。我们不得不承认：今天，有谁听说过韦尔弗？但很多人知道阿尔玛·马勒。虽然她留给我们的只有十七首诗……"

"她有可能成为作曲家吗？"

"我说不上来。她最大的才华是对爱情经济学深刻而持久的理解。她十分精通爱情市场上股价的涨跌。阿尔玛的生物学家卡梅纳曾威胁要去马勒的坟前自杀，就定义了这种经济学的精髓。"

"什么意思？"

"意思是说，男人通过女人找到通往其他男人的道路。也许对一个年长的女人来说，谈论这样的事很没有品位，但我从自己的生活中也略知一二。正因为我是列文的遗孀，我才拥有了情人、追求者和朋友，尽管我可以发誓，事情也可以反过来解释。一个年轻女人嫁给了一个风烛残年的老人，这可不是世界上最吸引人的景观，但他死后，很多人都抢着来认识我，但他们感兴趣的是列文。这并没有削弱我和男人之间关系的真诚、热切、神圣以及喜剧性。不过，事实是，列文的影子就在那儿跟我们一起狂欢,我想,就像跟他的幽灵狂欢一样。"

就在这时,遗孀短暂地陷入沉默。她闭上双眼,像在聆听某种声音。我不知道该如何回应她所说的一切,也不知道我是否应该回应。幸亏我什么都没说,因为遗孀倚靠在长椅上,睡着了。在她布满皱纹的嘴唇上,几乎无法察觉的汗滴就像蛛网上的水滴一样闪闪发光。她几乎直直地坐在那里睡着了,头像鸟儿一样微微歪向一边。她发出轻轻的鼾声。我感到一股满足感在身体中蔓延,一种守护犬式的骄傲。这是一种滑稽却动人的感情。我欣赏着鸟儿的叫声,呼吸着周围甜美的空气。

她的瞌睡没有持续很久;这显然是她日常作息的一部分。她表示歉意,她很尴尬。有那么一会儿她无法确定自己身在何方。

"你梦见什么了?"我问。
"啊,lelkem……我也不知道。"她说。

有一位著名的克罗地亚女诗人,年轻时是个美人,闪亮的黑眼睛,卷曲的长发,宽大的脸庞上有典型的斯拉夫式颧骨。不幸的是,随着年龄增长,她变丑了。她患上了多语症,人们开始躲着她,尽管我想他们无论如何都会躲开她。她的情人们早就抛弃了她,生活正在逐渐把她推开,然后很真实地,她被从一个大公寓赶到小公寓,然后是更小的公寓,再然后她被赶到了街上……她的脖子上长了一个甲状腺肿瘤,过了一段时间后,肿瘤大到把她的脸和喉咙都吞没了。这位著名的克罗地亚诗人看上去就像一个戴着假发的蛋头先生。她很固执,就像拒绝剪头发一样,她也拒绝做手术,虽然她的情况只要常规手术就够了,至少人们是这么说的。她带着她的甲状腺肿瘤大摇大摆地到处游荡,活像一只发疯的火鸡,声称那个不雅的囊肿之下蕴藏着她的创造力。随着时间的推移,她学会了用漂亮的头巾把它裹起来,但乱七八糟的缠裹只会让情况更糟,披巾下面仍能看到大块隆起的东西。随着年龄和丑陋的增长——男人的丑陋可以被原谅,但女人的永远不会——她在文学和社会舞台上的地位逐渐下降,但她在另一个平行世界的股价却开始上涨。每周一个固定的早上,那些崇拜她神奇魔力的人会来敲门,都是住在附近的男人:屠夫、鞋匠、邮差、裁缝,还有理发师。她,这位伟大的女祭司,会打开门,趾高气扬,头发乱糟糟的,胡乱染成深色,露出一大段灰色的发根,她仍旧穿着睡衣。他们会踮着脚尖悄悄溜进她的公寓,围着小厨房的桌子坐下。她在庄严的寂静中煮咖啡,用浓缩咖啡杯端给每个人,然后她也坐下来,闭上双眼,把如占卜者的水晶球一般光滑发亮的巨大肿瘤转向她的客人（邮差曾说，这位伟大女诗人的肿瘤会在早晨发出一种蓝光）。然后，就像旋转彩票筒一样，她通过肿瘤苦思冥想出一些数字，一组一组地说出来。男人们已经准备好了纸和笔，他们迅速记下这些数字，然后跑到最近的售货亭买彩票。传言说，总会有一组数字赢得大奖。男人们会把奖金平分，也分一份给女诗人。

遗孀眼前一亮。

"这听起来就像个童话故事！你认识她吗？"她问道。

"几乎不认识。"

"你在这个节骨眼上想到这个故事，真是很有意思……"

"为什么？"

"有一本书叫 *La Smorfia*[①]，是所有彩票玩家的圣经。最早出版于十八世纪晚期，之后一直重印。*La Smorfia* 是一本释梦的书。做梦的人在它的帮助下把梦转换为数字，然后用这些数字去填乐透卡。我们应该去大档案馆街17号。"

"为什么？"

"因为每周六他们都会在那里公布结果。"她说。

"可是我们不是应该先买彩票吗？"

"首先你得梦见什么东西。"

---

① 意大利语，意为：鬼脸。

"但是如果我没有梦到任何数字呢?"

"《鬼脸》有六万个条目。我想你的梦不至于稀奇到找不到任何数字吧!"

"你不了解我。就做梦而言,我就像一台造雪机。"我说,天知道造雪机从何而来。

我们开始慢慢向车站走去,随乘随下的红色大巴车正在那里等待。不知道为什么,我又有一种感觉,觉得遗孀还有别的事要告诉我。

8
考古博物馆

我们坐上驶往考古博物馆的巴士,计划在那里下车,我一路都在思考,为什么城市的居民们如此热衷于确认他们对城市的刻板印象,好像刻板印象就是城市的地基,仿佛没了它们,城市就会分崩离析。我想起了带我们从庞贝去阿马尔菲的那辆巴士的司机。他先用那不勒斯方言跟我们交流,然后又变着法儿地讲西班牙语和英语,一边沿着凶险的道路横冲直撞,一边滔滔不绝地扯着闲话。他用夸张的声调向我们描述身边连绵不绝的美丽风光,报出一连串那不勒斯著名人士的名字：恩里科·卡鲁索[①]，索菲亚·罗兰，托托[②]，同时模仿着意大利电影中关于那不勒斯的陈词滥调。那是一副由许多人物组成的拼贴画：从马塞洛·马斯楚安尼、吉安卡罗·吉安尼尼一直到杰克·莱蒙，后者在电影《通心粉》中扮演美国人，为那不勒斯的美景震惊不已。司机最喜欢用的词是困惑和混乱。按照他的说法，困惑和混乱流淌在那不勒斯的血管中。但是，面对他那拙劣的表演，我心里涌起的每一个嘘声，我抵制刻板印象的每一次冲动，都轻易就被美丽抚平了。美丽平息了我心头的抗议，用一根手指划过我的嘴唇。嘘嘘嘘，这这这样更好，好姑娘……

遗孀坐在我身边，陷入同样的困境，不得不求助于她自己的刻板印象。如果她放弃这种刻板印象，就失去了资格。作家的遗孀是属于她的刻板印象，另一个是教授的妻子——这是美国大学校园的现实生活制造出来的，另一个则是那不勒斯牛郎。牛郎用他的喋喋不休削弱了自己的性魅力，但如果他闭上嘴，他就破坏了成见，同时也削弱了自己的吸引力。

[①] Enrico Caruso（1873—1921），意大利著名男高音歌唱家。
[②] Totò（1898—1967），意大利著名喜剧演员。

美丽。无可争辩的美丽，不需为自己正名的美丽，谦卑而令人窒息的美丽。"美就是真，真就是美——这是我们在世上所知道的一切，也是唯一需要知道的一切。"遗孀喃喃说道。这句话也许是老生常谈，却蕴含着一种凄楚的音调，在那一刻，没有什么比这句话更贴切了。我和遗孀用伤感的目光凝视着庞贝壁画，凝视着那些美丽的面孔，帕奎乌斯·普罗库鲁斯和他的妻子，两千年来，这个表情动人的年轻女子一直把笔放在下唇上；我们凝视着植物和动物、神灵和凡人、神话中的景象和美妙的自然风光……

我们还偷偷去看了 Il Gabinetto Segreto，即私密博物馆，发现自己周围全是 placentarii，即长着硕长阳具的青铜雕像。巨大的阳具，行过割礼的阳具，慵懒的阳具，壮硕的阳具，坚挺的阳具，还有粗壮的阳具状的油灯。还有男人的雕像，同样裸露着阳具，玩弄着托盘和餐具。还有萨提尔的雕像，以及普里阿普斯的壁画，令人印象深刻。

"在庞贝的语境中，这些阳具是一些喜剧性的消遣……"我低声说。

"哈，你这辈子什么时候遇到过悲剧性的阳具呢？"遗孀忍着笑问道。

在那一刻，我们的谈话很容易滑向粗俗的玩笑，但我明智地保持了沉默。密室里人满为患，挤满了游客，这意味着我们得迅速看完展览，尽快离开。

"Bellezza……"她说，"你还年轻，lelkem，你还没有抵达这样的知觉……一些上了年纪的人会突然对美变得高度敏感。这是你年老以后所能发生的最好的事，也是最坏的事。一方面，你能清楚地看到你在生活中错过了什么，而另一方面，你会意识到你再也没有时间去弥补了。这就好比当你的视力变弱时，你的注意力却变得锐利了，但它只为美而锐化，自然之美，天国之美，面孔之美，身体之美，艺术之美，音乐之美……这就是古斯塔夫·冯·阿申巴赫综合征。列文也有这种病症。这跟同性恋无关，至少我从来没有那样解读过《魂断威尼斯》……对我这个年纪的人来说，真正的美会像一场地震那样把我们夺走。"

遗孀似乎深受震动。我揉了揉她的肩膀表示安慰，我感觉她在我手下微微颤抖了。

"我觉得自己就像《意大利之旅》中的英格丽·褒曼……她在那不勒斯的每处景点哭泣，包括这个博物馆。诚然，她的过度敏感来自她对失去丈夫之爱的恐惧，而我的敏感很可能来自衰老。"她笑着补充道。

她很有风情。虽然我没有对她说,但让我高兴的是,在来意大利之前,我们都看了罗伯托·罗塞里尼的《意大利之旅》。

我们去寻找赫库兰尼姆莎草纸(Herculaneum Papyri)。手稿是烧不毁的,我想我们更多是为了向布尔加科夫这句名言的预见力致敬,而不是为了实际查看那已经炭化的纸卷。莎草纸的故事触目惊心,极具开放性,激发着人们的想象力,尤其是数百人为了修复这些莎草纸付出了将近二十年的努力。十八世纪中叶,当赫库兰尼姆一个富裕家庭的别墅被发掘出来时,大约两千个炭化的纸卷也重见天日。又过了一百五十年的时间,这些希腊哲学家的珍贵原作才变得清晰可辨,其间花费了数百名爱好者和专家的努力,并多亏了技术进步、数字化、计算机以及微机断层扫描技术的出现。

"这表明,虽然纸张可能脆弱而敏感,但事实上它是不可摧毁的。想象一下,这些炭化的纸卷在成吨的火山灰下躺了整整十七个世纪,而现在,我们在一个屏幕上就能读到所有墨迹!这太令人兴奋了!我们会消失,但纸张比我们更长寿……"她说。

9
拱廊博物馆

离开博物馆前,我们在拱廊的石凳上坐下来休息。我们打量着眼前可爱的中庭,拱廊的墙壁散发出清新的凉意。

"老人经常哄骗周围的人。所以他们才露出尴尬的假笑,尤其是年迈的女人。她们假笑是为了道歉,是为了假装不知道自己缺乏肉体吸引力这个事实。我们年轻时不会被这种事困扰。但从某个时刻起,我们开始小心不去冒犯。为什么?因为我们要依靠别人生活。当我们意识到这一点的时候,再想反击已经来不及了。如果我们身边的人开始逐渐疏远我们,这意味着他们在心里给我们发了一张单程票,已经把我们一笔勾销了。原因可能很平凡,通常是因为他们没有时间陪我们,我们占据了太多空间,我们丑陋,我们老迈,我们无用,我们令人厌倦,我们是废物……所以我们把路让出来,我们撤退了,我们甚至学会了把影子藏在身后,我们变得安静,大气都不敢出……"

"你说什么呢!你自己也看到昨天来了多少人,他们都是来听你说话的。"

"以前,老年人散发的苦涩让我吃惊,但现在我明白了。有一天你会发现你已经穿到了镜子另一边,你到处听到的都是胡言乱语,你无法掌握语言,你不再能理解其他人,其他人也不理解你。你学会了模仿,就像那些不愿承认自己听力下降的老人一样,假装听懂了,希望能在正常人的世界里多待一会儿。这就是孤独感开始与我们如影随形的时刻……但这不是你的故事,你还不够老,再说,孤独感早就常驻在你身上了,不是吗?"

"你这样觉得?"

"我认出了孤独的气息。它浸透了你的头发、毛孔和衣服,它尾随在你身后。不过,不要担心,很少有人能闻到它的气味。但我可以。我一辈子都孤单一人,我知道关于它的一切。"

"我觉得你太夸张了……"我平静地说,但我不喜欢她未经允许就转到如此私人的领域。

"你为什么不再努力一点呢?说话时尽量避免套话,毕竟你是个作家……"遗孀声音中带着一丝温和的愠怒。

"我会尽力的……"

"女人渴望交谈,"她说,"这是我们几个世纪以来一直感受到的一种饥渴感。男人就不一样了,他们永远在交谈。当然了,是和其他男人。"

"你到底想说什么?"我平静地问道。

"这个……一个被自己声音迷住的人走在钓鱼回家的路上,他把鱼装在身后的袋子里,一路唱着歌。在路边,他发现了一只死狐狸,就把它捡起来放到了袋子里。狐狸只是装死,一路上把鱼吃了个精光,然后挣脱袋子,一溜烟跑了。那人仍沉迷于自己的声音,继续走路,没了鱼,也没了狐狸皮毛。你太沉迷于自己的声音了,忽视了对周围事物的关注。你以为自己声音美妙就够了,人人都能听见,唱歌就是你的工作。但你自己也知道,事情不是这样的。还有,你也不是狐狸,狐狸绝对不是你的图腾。"

"狐狸是什么意思?"

"对背叛的称颂。"

"我怎么能成为我原本不是的东西呢?"

"听起来,你处于一种持续的内在反叛状态,在你脸上,我能看出你永远在与事物发生碰撞;你经过它们时无法不被它们摩擦到。你总是和周围的环境发生冲突。永远拥护正义。然而没有正义,我想,现在你已经意识到了。你觉得不值得费力气,你陷入流沙,时间在你身上碾过,你从外面看着,似乎所有东西都超出了你的控制。你被一种感觉所困扰,即无论你做什么,你都无法被人看见,没人听到你的声音,你不存在……"

"不,别说了!"

"在这个特殊的时刻,讽刺很难成为你的强项。我一辈子都生活在你这种人中间,我是个诊断医师,把这项技艺练得炉火纯青。就像盲人的听力会增强一样,我对你这种人的敏感性也在不断提高。你不狡猾,只是偶尔玩世不恭。这个世界不会改变,它在不停地崩溃,它会变得比它应有的更愚蠢……顺便说一句,在机场你可以免费听到上帝的训诫:小心脚下!"

"我们能聊点别的吗?"

"对不起……我只是觉得,没有人向你说过这么明显的事实。因为总体上人们都不关心其他人。只有那些讨厌我们的人才关心我们。还有,你仍处在别人的视线当中,你仍然可以被看见,但你四处走动,没有任何保护。一个完美的靶子。你从来没有意识到,有人拿着橡皮擦想要把你抹掉,有人准备用刀刺进你的肉体,有人准备把你踩在脚下……为什么?原因很简单,你比他们更显眼一点点,比他们高出一厘米。大多数人忍受不了这一点。你没有子女,你不是伤残者,你不够丑,你没有结婚,你是个女人,你冒险进入了这个世界,你歌唱,你不对任何人负责——所有这些都是过度的自由,是无法轻易被原谅的。被你抛在身后的人不会原谅你,你加入的共同体也不会原谅你。这就是为什么你不得不采取一些自卫的小把戏。那就是你低头顿首的方式,你转移视线的方式,你蜷缩在一边等待危险过去的方式……"

"你到底在说些什么?"

"我从你的畏缩中看出,你累了。你的精神萎靡不振。你再也不能指望别人药柜里的小药瓶像钻石一样冲着你闪闪发光了。"

遗孀摸了摸我的脸颊,用拇指从我的嘴角到下巴划出一条线,好像是在擦去口水的印痕、口红的污渍或者食物的残渣。她用的是最轻柔的抚摸,几乎像一种祝福。

"你都多大了,还不能对自己坦白一些基本的事实。比如说,你是不是宁可梦想一件艺术品,也不愿去创造它?你有没有想过,自己加入文学这个行当,是要做一个可以被轻易抹去的脚注,还是要成为一件不可或缺的艺术品?

"我不敢相信……"

"不敢相信什么?"

"不敢相信我坐在这里平静地咽下这些陈词滥调……"我说。

"真诚听起来总是很老套……"

"看手相的人也真诚!跟你一样善于操纵别人!"我说,虽然我想表达的是别的意思,但这些话却击中了要害。遗孀是个谈话大师,知道一个人说话的语气远比内容更重要。而我的语气已经把她粗暴地推到了路边。

她站起身，微微晃动着，好像随时会摔倒。一道深深的皱纹像蜥蜴一样从她的嘴角蜿蜒而下。我想知道自己这突然爆发的不容忍是从哪里来的。也许我不能原谅，昨天在小组讨论中出尽风头的是她，而不是我；是她的故事而不是我的故事引起了他们的兴趣。难道我被她的话所伤害却不能承认吗？因为她所说的一切都是真的，但如果她说相反的话，听起来也一样真实，因为在这种交流中，翻译才是关键。我们会把对掌纹的每一次解读都引向对自己有利的方向，不管跟我们交谈的是看手相的人，还是心理医生。我想，我会有机会道歉的，我还有时间道歉，然后我坐在那里，像被钉在了座位上。

遗孀向我抛来一个冷冷的眼神，其中仍留有一丝温情，然后她站起身，慢慢走开了。太阳的光芒将她的头发染成橘色。她在考古博物馆的拱廊下慢慢前行，那场景既悲壮，又摄人心魄。

就在这时，我突然想起了另一个年轻得多的女人。遗孀脸上深深的皱纹如磁铁一般把她吸引到我面前。这个人进入了我的视线。

10
玛琳

玛琳是波兰人（她的年龄可以做我的女儿），偶尔来帮我打扫公寓，价格是每小时十欧元。没人知道她是怎么来的阿姆斯特丹，又是从哪里来的，但是，从她向我滔滔不绝说出的大量蹩脚、带着浓重波兰味儿的英语词汇中，我记得她提到过比利时某个地方的集体农场，其领导人被她尊敬地称为Baba。她仍然时不时去那里，在花园或厨房帮忙。我猜那是一家治疗药物成瘾的新时代的公社，或者类似的什么东西，在那里，她遇到了一个来自内戈廷[①]的男孩……

"……在那里她遇到了一个来自内戈廷的男孩。男孩有两个兄弟，都住在阿姆斯特丹，都是勤劳能干的人，比同样勤劳能干的波兰人先来一步。玛琳认识了兄弟三人。还认识了他们的母亲，这位母亲常来探望儿子，一住就是一个月。儿子们都是好孩子，临睡会读一页《圣经》，令

---

① Negotin,塞尔维亚城镇,位于该国东部,与罗马尼亚和保加利亚接壤。

母亲很是赞赏。其中一个内戈廷男孩整天粉刷公寓，周六和周日跳萨尔萨舞，甚至还报名参加了一门萨尔萨舞课程。他还报名了一所指压按摩学校。玛琳的内戈廷男友是修自行车的。而第三个兄弟整天抽大麻，什么都不干，最近回了内戈廷的母亲家。所以玛琳学的是塞尔维亚语，而不是荷兰语，虽然我没见过那个年轻人，但我不得不说，他连她的小指头都比不上。因为玛琳像棵白桦树一样高大修长，透明的奶白色皮肤，淡蓝色的眼睛，一个真正的北方佳丽。只是她的手又大又红，皮肤皲裂，好像是有人出于可怕的错误把它们安到了玛琳瘦弱的胳膊上。玛琳偷偷在阿姆斯特丹一家廉价旅馆做女佣，这意味着每天都有一半的时间在闻别人的屎尿味。老板则是一个下流的女人，用卑鄙的态度对待所有人，其中包括玛琳、一个保加利亚女人、一个克罗地亚女人，还有一个塞尔维亚女人，她把她们当成奴隶看待。玛琳有时候也打扫房屋，闲暇时做一些可爱的小袋子，可以挂在脖子上。玛琳要照顾她的家人、她的祖父（她对祖父有特殊的感情），还要照顾她的新家庭。她很认同关于内戈廷的那些故事，尽管她从未去过那里。当兄弟中有人生病时，她会给他们煮药饮鸡汤。玛琳还要养活她自己的荷兰小家庭：一只乌龟、一只兔子，还有一只猫，都跟她一起住在阿姆斯特丹的小公寓里。兔子和猫每天都焦急地等她回家，当她允许它们跟她一起睡的时候,它们最是开心了。

"但玛琳也不是完全没有自己的梦想。从她眼中的光芒可以看出,她不是一个普通的年轻女子。有东西正在她身体里酝酿,尽管她现在还不知道去往何方,向左还是向右……

"'我已经决定搬去上面了……'有一天,玛琳告诉我。

"'上面?玛琳,你说什么上面?'

"她偶然遇到一些经营街头木偶剧院的人,他们需要一个高跷演员,而玛琳想起了她那个喜欢踩着高跷走来走去逗她开心的祖父,就说,我愿意!然后你知道吗,她站到了高跷上。当然了,一开始她左右摇晃,很是危险,但现在她高视阔步,如鱼得水般轻松。玛琳穿的是长颈鹿的服装。她的头高入云端,而下面某个地方是那个讨厌的旅店老板,和她的内戈廷朋友们推搡在一起,还有她的兔子、猫和乌龟;她在波兰的家人;她的母亲;她的祖父……她用踩高跷赚来的钱给每个人买了一样小东西:给乌龟买了个培养箱,给兔子买了根胡萝卜,给猫买了个球,给她的内戈廷男朋友买了一条围巾,给我则买了一个火柴编的小篮子……重要的不是钱,而是玛琳的感受。她的头在云中,眼睛至少离地两米半,玛琳觉得自己终于达到了应有的高度。有些荷兰人认为,玛琳成功地融入了荷兰社会，他们对她这只长颈鹿唯一不满的地方，就是她还没学会说荷兰语。"

我记下了这些关于玛琳的片段，并根据这些材料写了一篇关于近期欧洲移民的文章。不久前我发表了这篇文章，然后就把它忘了，玛琳也和我失去了联系。我不相信她能看到我写的关于她的文章，因为我不记得她对任何作品表达过兴趣。玛琳在我的生活中消失后，有天我碰巧走进一家二手自行车店，遇到了她的内戈廷男朋友：那个家伙腿很短，说话口齿不清，避免与人目光接触，总之是个腼腆的家伙。我是对的：他连玛琳的小指头都比不上。

时隔七八年后，在一通试探性的电话之后，玛琳又出现在我的公寓，她脸色苍白，乱蓬蓬的头发用一个儿童发夹可爱地绑在一起，她仍然像白桦树一样亭亭玉立。她鼻子上架着一副细框眼镜，愈发衬托出她柔弱的气质。她的英语似乎更急促、更混乱了，波兰口音也更浓重。哦，是的，她几年前就和那个内戈廷家伙闹翻了，现在有了新的男朋友，是个波兰人。她不打扫房间了，也辞掉了旅店的工作，她的手也证明了这一点，红肿的皲裂已经消失了，她正在从事，哈哈，创造性工作。自从离开内戈廷那个家伙之后，她就和一位朋友合租了一套公寓，朋友有个孩子，一个七岁的女孩，还有一个前夫，时不时过来探望。这位前夫是个萨满，是的，我为什么会不敢相信呢，不，他不是内戈廷人，但也来自世界的那个部分，显然她注定要和那里来的人纠缠在一起，不管他们是自行车修理工，还是萨满，或是萨满的妻子……我可以在她的智能手机上看到她新男友的照片，照片很漂亮，很清晰；这是她的祖父，九十多岁了，依然精力充沛；这些是她用宣纸做的灯罩，还有五颜六色的床罩……不，不是她做的，是她的新男友在波兰的母亲做的，那也可能是她未来的婆婆，一百欧元一条，如果我喜欢，她可以给我买一条，或者两条，我想要多少都可以；这些是小丑的鞋子，她做了一双，还有一个小行李箱，都是为剧院做的……是的，她还和长颈鹿一起工作，和它们一起旅行，但她也一直在考虑离开，组建自己的街头剧院，她正在开设学习班，教别人踩高跷，有人对这个感兴趣，特别是在波兰，因为那里没有工作，年轻人们四处寻找生存下去的办法……的确，到目前为止，她只举办了两次学习班，她告诉学生们，与其说这是一种平衡的艺术，不如说是一种运动，你必须习惯高跷。人们通常认为迈出第一步就足够了，但重要的是她所谓的全身的表达，这才是关键所在，知道如何用你的身体来表演，毕竟你的脸被面具遮住了……同时，她也很平静地接受了这样一个事实：她会永远是一只长颈鹿，因为没有任何人允许她成为别的东西，哦，是的，如果她愿意，她还可以做一只斑马，但那又有什么区别呢？所以她决定尽快脱离剧院，去波兰开办她自己的学校，不，她不会在这里做的，她的男朋友正在教英语课，他就是这样养活自己的，那些被他辅导的人根本不在乎他的资质，因为他们都是老人，孤独的灵魂，为报名参加一门合适的语言课程而焦虑，但他们很开心能学一点英语……时代是全新的，网络时代已经到来，任何一项服务都能找到感兴趣的群体，对了，我也可以去试试，年龄根本不是问题……

不知道为什么，我的心中涌起了一阵愤怒，而不是怜悯，也许是因为那一阵阵烟雾的缘故，玛琳需要用它们来掩盖自己的真实状态，而愤怒是怜悯的另一种形式；也许是她的踩高跷学校让我的血压飙升；也许是因为她反复提到事业这个词，但她连小学都没上完；也许是因为她建议说，对了，我也可以去试一试（"任何一项服务都能找到感兴趣的群体"），年龄根本不重要……总而言之，我说了一些话，用严厉的措辞批评了玛琳的隐形高跷，我不记得都说了什么，语气比内容更重要，这语气玛琳听懂了，她像水晶杯一样颤抖起来，看起来似乎要碎掉了，但她没出声，也没有哭，相反，她吐出一句话：我尽最大可能做我知道的事。然后起身离开了。当然，我们彼此承诺要经常见面，但我知道她不会再来了，也不会再打电话了，她永远不会原谅我突然对她的形象发难，那是她为自己精心塑造的。

玛琳离开后，我坐在电脑前，在网上搜索她的街头剧场及其在阿姆斯特丹的永久地址。终于，在他们的网站上，我看到了一段长颈鹿的视频短片。很多长颈鹿，一整个家庭，大的，小的……它们在阿姆斯特丹的公园里漫步，兴奋的观众向它们涌来。人们轻轻抚摸着长颈鹿的口套，仿佛这些玩偶是真正的动物，仿佛人们并不知道、或成功地假装并不知道它们只是踩高跷的人扮演的大玩偶。玛琳结结巴巴努力阐释的全身的表达是正确的，的确，重要的不是真实性，而是幻觉的艺术。长颈鹿优雅地弯下脖子，伸出可爱的口鼻、大眼睛和长睫毛，跳起了一种不是很灵巧的舞蹈，但笨拙的样子却很可爱，它们把脖子蹭在一起，小长颈鹿在大长颈鹿的腿下蹭来蹭去……玛琳也在其中，但我不知道她的心脏在哪只长颈鹿的身上跳动。

玛琳对我一无所求，我本可以很轻松地称赞她几句，说她所做的一切是多么了不起，当别人都在苦苦挣扎的时候，她是如何勇于尝试；在这个许多人都没有工作的艰难时代，她是如何善于应变，她选择了一个多么令人钦佩的、古老的技艺……但我没有说这些话，只有那些更优秀的人，至少也是自我感觉比谈话对象优越的人才能说出如此慷慨的话，而我被以下发现蒙蔽了双眼，即我自己也是个踩高跷的人，但技术不如玛琳，也比她老得多，还有，"我尽最大可能做我知道的事"。当然，在这个廉价的真相之下，还隐藏着另一个更廉价的真相：玛琳之所以出现在我家门口，并不是因为她对我特别关心，而是因为她想知道我需不需要有人打扫公寓，就像以前那样，好让她赚些外快；而我突然对玛琳发火则是因为如下事实：我的确需要人打扫卫生，但我已经没有钱来支付这项费用了。

11
贝利尼广场

第二天早晨，我坐上出租车，让司机带我去圣卢西亚大酒店，我想我应该能在早饭时找到遗孀，好向她道歉。

"这位女士今天早上离开了。"前台的人说。

"今天早上什么时候？现在刚八点半！"

"她坐了很早的航班。"他说。

"她有没有留言？"

他递给我一个酒店的信封。"有，是给您的。"他说。

全部秘诀就在于良好的姿态！这是我全部生活经验的总结。所以，挺起腰杆来吧！还有，别忘了——注意脚下！

我拿着遗孀的纸条，就像拿着一张彩票。和所有名言一样，这是一句"幸运曲奇"里的老生常谈。遗孀彬彬有礼的姿态让我深受感动，我根本不配拥有这样的姿态。实际上，最令我感动的是她敏锐的洞察力（她怎么知道那天早上我会来酒店找她？）以及语调中的孩子气。那么我呢？我急匆匆跑来与其说是为了道歉，不如说是为了再听一两句关于我自己的话，再听听人们称之为艺术品的那个神奇包裹成功的秘诀，难道不是吗？老实说，遗孀从来没有辜负过这些期望。还有比它们更幼稚的东西吗？这一整套把戏真的摆出了良好的姿态吗？

我走到街上，向后打开肩膀，感受着肩胛骨拉伸时轻微的刺痛。大海和蛋堡在我面前熠熠生辉。我坐出租车去了城市另一边，去了山顶，到了圣埃莫尔堡，在那里能一览那不勒斯的壮丽景色。整座城市在我面前的日霭中发出微光，就像一场盛大的那不勒斯宴会，一块浸泡在朗姆酒中的 Baba，这是一个美妙的象征，象征着人类生存的活力，也是调和一切的美：穷人和富人，英俊的人和丑陋的人，老人和年轻人，初来乍到者和已经归化的本地人。

下山后，我去了历史中心，沿着狭窄的街道漫步。我买了几个 portafortuna①，几把 corno② 钥匙扣，一个托托，一个普尔奇内拉③……我禁不住别人劝说，买了一个小盆栽，里面是一株茂盛的当地罗勒，这很傻，因为我敢肯定海关工作人员不会让我带着它过海关，在机场摆弄这个花盆会让我很痛苦。我坐在贝利尼广场的一家小咖啡店里消磨时间，准备待会儿去膳宿旅馆取行李，然后在旅馆外面等待会议主办方承诺会帮我叫的出租车。在我前面裸露着一个大型考古发掘现场，这也是贝利尼广场的主要景点。现场发现希腊城墙的遗迹是那不勒斯历史地层中最古老的部分。

如果有人强迫我通过这个张开大嘴的深坑向过去的时代和人们传递消息，我会首先说些什么？ Hakuna matata？我们该如何面对眼前的一幕？就在我们喝着卡布奇诺、等着出租车的时候，一个深坑在我们鼻子尖儿下打

---

① 意大利语，意为：护身挂件。
② 意大利语，意为：角状。该钥匙扣通常为红色，相传可以辟邪。
③ Pulcinella，意大利经典喜剧角色，起源于十七世纪那不勒斯木偶戏。

着哈欠，就像一口盛着热水准备煮通心粉的锅，时间在锅里慢慢沸腾。深坑四周是宁静的现在，沐浴着阳光，被蔚蓝色天空的穹顶笼罩着。再往前几步路，是新耶稣广场，被裁员的工人正在那里抗议。几英里外，兰佩杜萨的海岸线正在被数百名非洲移民占领，很多人抵达的时候已经变成了尸体，他们在船只的甲板下窒息而死，而那艘船原本是为了带他们奔赴更加美好的生活……

如果我的耳朵再敏锐一些，我就能听到愤怒的喧嚣，听到人们像啮齿动物一样四处穿凿寻找食物。同样和啮齿动物一样，他们开始互相蚕食只是时间问题。事实比看上去更脆弱，那不勒斯人比所有人都更清楚这一点，他们已经学会了与之共存，与他们的"火山官能症"、他们的"混乱"共存，因为随时有人可能踩到"维吉尔的蛋"[1]，然后，悲剧发生了；因为愤怒的维苏威火山可能第二天就向这座城市喷射熔岩，然后，悲剧发生了；因为一个喜怒无常的Jettatore[2]正用邪眼凝视着我们，然后，悲剧发生了。

---

[1] 据称，古罗马诗人维吉尔也是一名法力超强的男巫，为保护那不勒斯城免受摧毁，他用水晶球创造出一颗蛋，并将其藏在蛋堡的支撑点上。如果蛋被打破，城堡就将变成废墟，继之城市也会被摧毁。

[2] 在意大利民间传说中，Jettatore通常是一名瘦高男子，会给周围的人带来不幸，该诅咒可通过佩戴坚硬的柱状物破解，上文中的红色角状钥匙扣即属此列。

如果我的目光再锋利一点，我就能看到那不勒斯的一幅幅画面，它们像巨大的蜂群一样在我四周涌动：北非难民在难民营前四处游荡，不知该何去何从；透过公交车窗，黑黢黢的影子如幽灵般在街头出没；难民像沙漠狐獴一样在田园风光中徐徐站起身，他们在垃圾堆旁、在破败的公寓里生根发芽，而他们的阳台上开满鲜花；人群如墓地十字架一样到处扎根，遮挡住了维苏威火山的风景；一个女孩用手肘撑在窗台上，凝视着排列整齐的微型仙人掌；在一个市场摊位上，阳光照耀下的水果像是发光的纸灯笼；一个小姑娘用纤细的手指熟练地抖开贝壳千层酥（sfogliatella），仿佛那是一团羊毛线……那不勒斯就像装在宽大、扁平的圆形展示盘中的鱼，在我面前活蹦乱跳，法院街上的小贩使用的正是那种盘子。影像、气味（腐烂的味道，街头食物的味道，树的味道，柠檬的味道，大海的味道，甜美、刺鼻、令人沉醉的味道）和声音的狂欢让我无法呼吸，头晕脑涨，阻止我停靠在自身视角的安全港湾。而我自己的视角不停转换，一会儿晶莹剔透，一会儿又模糊不清，下一刻又重叠在一起，它翻转在悲剧和喜剧之间，好像眼前经过的东西没有一样不带着自己的两面性：没有一个生灵不在背上拖拽着自己的尸体，没有一个好运不连着厄运，没有一种爱不在背包里随身携带着恨。

唯一确凿不变的东西就是失去。每个人都以这种或那种方式处在失去当中。我们都在走下坡路,唯一重要的只有我们放慢速度的技巧。橘子树就向我们展示了这种技巧,它们生长在圣塞巴斯蒂安诺附近的人行道上,把果实砸向车顶和聒噪的摩托车手。

里娜·韦特缪勒的《七美人》是一部卓别林式的电影,主人公是一个那不勒斯小混混,名叫帕斯夸利诺。电影结束时,他从德国的集中营回到那不勒斯。"帕斯夸,你还活着!"他母亲用一种相信活下来是唯一选择的语气这样说道,但她又充满了歉意,因为她和她的女儿们都是靠卖淫才活了下来,而帕斯夸利诺为维护母亲和姐姐们的尊严花去了半生的时间。"是的,我还活着。"帕斯夸利诺阴沉地说。为了活下去,他也出卖了自己。他脱掉集中营的破衣烂衫,唱着那不勒斯歌谣《亲爱的玛利亚》,站到卡波①面前——一个女卡波,他竭尽全力地在性上取悦她,却只换来她残酷的羞辱,她像喂狗一样把食物投给饥肠辘辘的他("吃吧,那不勒斯来的")——当他站到她办公室

---

① Kapo,指在德国集中营里监管其他囚犯的犹太囚监,他们按照集中营指挥官和警卫的意志行事,往往和党卫军一样残酷。

中央那块带有纳粹符号的圆形地毯上时,他也把活下去当成了借口和自我辩护的理由。

一座城市就是一个文本。每个文本之所以能生存下来,都要经由复制刻板印象,以及颠覆刻板印象;穿越琐事,然后逃避琐事。我为这座城市写下了一个简短的脚注,不过是重走了一条词语的老路,这些话已经被说过太多次。当然,重要的不是我,而是脚注。脚注是生存的一种形式。

我带着香气,像色彩一样从那不勒斯渐渐淡出,隔着飞机舷窗,融化在那不勒斯湾的蓝色中(*Nel blu dipinto di blu*[①])。海关官员让我通行了,真是奇迹中的奇迹。我全程都把罗勒花盆放在膝盖上,每遇到一次颠簸、哪怕是最轻微的颠簸,罗勒都会狂烈地散发出令人陶醉的香气。

[①] 意大利语,直译为:在被涂成蓝色一般的蓝天上。出自意大利歌手多米尼科·莫杜尼奥(Domenico Modugno)1958年创作的同名金曲。

尾声

尾声一

帕索里尼的电影《十日谈》最后一组镜头大部分是在那不勒斯拍摄的,由讲当地方言的业余演员出演,讲的是乔托(或乔托的一个学生)在那不勒斯的圣嘉勒教堂完成了一幅壁画,壁画描绘了圣母玛利亚抱着耶稣的情景。每个人都很高兴,教堂敲响庆祝的钟声,工人们为这一作品的成功欢欣鼓舞,但是,由帕索里尼亲自扮演的乔托(或乔托的学生)却说:Perché realizzare un'opera quando è così bello sognarla soltanto? 为什么要把一幅艺术作品创造出来呢,既然梦想它要甜蜜得多?去做关于艺术作品的梦,而不是制作艺术作品本身;并且敢于放弃对这样的梦进行浮夸的雕琢,这更接近女人关于创作的感觉还是男人的?

尾声二

维克多·什克洛夫斯基在《马戏团的艺术》中这样写道:

"任何艺术都有其结构——结构将材料转化为艺术性的经验。

"这种结构可以通过各种创作策略得到呈现：节奏、音韵、句法以及情节。策略为非审美性的材料赋予形式，将其转化为艺术作品。

"就马戏团而言，事情发展得很奇怪……

"耍蛇者，举重物的大力士，骑独轮车的人，将油光锃亮的头伸进狮子嘴巴的驯兽师，还有驯兽师的微笑以及狮子的体态——所有这些都不是艺术，但我们却把马戏团视为艺术，认为它们和英雄史诗没有区别……

"没有困难，就没有马戏团；因此，在马戏团里，杂技演员在穹顶下的表演比在花坛中的表演更具艺术性，尽管在两种情况下，他们的动作是完全一样的……

"让事情变得困难——这就是马戏团的策略。因此，在剧场里，如果造假成为惯例（比如纸板做的铁链和剑），如果观众发现大力士举起的重物比海报上写的要轻，他们就会理所当然地表示愤慨。而戏剧除了简单地制造困难之外，还有其他手段可以利用，所以离开困难它仍旧可以运转。

"马戏团的一切都与困难有关。

"马戏团中的困难,是与创作中取得突破的一般规律联系在一起的。"

"最重要的是,马戏团的装置事关困难和陌生。在文学中,与情节突破有关的一种困难发生在以下场景中,比如说,主人公陷入了爱与责任的两难困境。杂技演员用跳跃征服距离,驯兽师用眼神驯服野兽,大力士用力气克服重量,而俄瑞斯忒斯用对父亲的愤怒克服了对母亲的爱。这其中就蕴含了英雄史诗和马戏团之间的亲缘关系。"

尾声三

那不勒斯之行过去一年后,我在媒体上看到一篇文章,说遗孀已经离开了人世,死于心脏病发作。网上流传着几张她年轻时的黑白照片,总是在列文身畔。列文在照片中如同幽灵一般,遗孀则用她惊人的美貌吸引着所有的目光。在其中一张照片里,遗孀身着白色无袖连衣裙,领口开得很低,衬托出她优美的锁骨和宽阔的肩膀,她头上裹着一条波点头巾,还戴着一副大大的太阳镜。在所有照片中，最醒目的总是她那夺人心魄的脸庞，上面细致入微地刻画着智慧、神秘以及一种原始的性感。我翻阅了几份报纸，你知道吗，关于她去世的地点，每张报纸说得都不一样！巴黎的报纸说她死于巴黎；《纽约时报》称，她是在短暂逗留纽约期间在瑞吉酒店去世的；而根据《意大利晚邮报》的报道，她死于那不勒斯的维苏威大酒店。这是个太无足轻重以至于不值得纠正、不值得关注的小错误吗？还是另有隐情？我当然无从得知。报纸引用了列文几句模棱两可的诗句，可被解读为一种浪漫，诗句或许是献给遗孀的，但也没有明确的证据。她的讣告被一篇采访抢去了风头：纽约一家重要的出版商宣布，他们即将出版列文未发表的日记，日记将被命名为《彼岸》，并将被翻译成几种语言。

真是条狐狸，我想。即使在死亡中，她也掩盖了自己的足迹。遗孀这样一个美丽而沉默的助手，斜倚着大马戏团团长用他那万无一失的刀子瞄准的箭靶。我想，文学史有时会朝始料未及的方向发展，如果是那样的话，遗孀耐心、安静的英雄气概或许能在将来带给她回报。历史，尤其是文学史，总是和文学本身一样制造着幻象，所以这也有一点公平的意味。是遗孀创造了列文，而不是列文创造了她；起初，列文是她微薄的启动资金，这些年来，她通过精明的投资不断扩大规模。就像所有成功地从艺术中获利的人一样，遗孀是列文文学遗产的经纪人，一个精明而务实的女商人，不管那利润是真实的，还是象征性的。

当然，我立刻就采纳了那不勒斯的版本（见《那不勒斯与死亡》）。我确信她死在维苏威大酒店，那是名流云集之地，可以看到大海和蛋堡。她在符号管理上颇有一套。而且，就像塔罗牌一样，这个版本更容易推测选择背后的理由。她给自己安排了海妖帕耳忒诺珀的角色，一个女人头的鸟，一个鸟身的女人，一个处在第二等级的神话名人。帕耳忒诺珀没能用神曲引诱到奥德修斯，因此她跳海自杀了。海浪把她的尸体冲到岸上，也就是那不勒斯今天所在的位置。这座城市建立在帕耳忒诺珀的尸骨之上，她是这座城市的守护神，这里的人有时也称自己是帕耳忒诺珀人。哦，顺便说一句，有一种说法认为，帕耳忒诺珀的母亲是墨尔波墨涅，掌管悲剧的缪斯。

还有另一个传说，穷人的版本，更接近游客的想象。一个名叫维苏威的半人马爱上了帕耳忒诺珀，这激怒了宙斯，他把半人马变成了一座火山，让它永远渴望着帕耳忒诺珀。与此同时，宙斯把帕耳忒诺珀变成了一座城市，一颗宝石，也就是那不勒斯。

还有第三个传说，是基督教的版本。在欧洲妇女被大规模处死的猎巫时代，基督教相应地制造出了一种流行的宣传体裁（以保持平衡！），在这些体裁中，一些神话中的女性接受了基督教的宣福礼，或者被圣母化了，换句话说，她们经历了基督徒式的改头换面。基督教对于女性主人公的这种标准化，是通过引入替身的策略来推进的，目的是削弱原作的力量。历史上的挪用始于文艺复兴时期，随后在巴洛克时期，大量适合教会的女性名人被制造出来。所以，在十四世纪，流传着这样一种说法，说帕耳忒诺珀是西西里国王的女儿，国王曾向上帝许过誓约。但是，在经历了几个世纪的圣母争夺战之后——至少就那不勒斯城而言——圣帕特里夏最终胜出。她下定决心永不结婚，把自己的一生奉献给上帝，于是她逃离了家乡君士坦丁堡，从当时的教皇手中接下面纱，前往神圣罗马帝国的庇护下生活。父亲去世后，她把尘世的财富捐给了穷人，乘船前往耶路撒冷。船在中途失事，她的尸体被海浪冲到了那不勒斯海岸，到了梅加利得斯小岛，也就是今天的蛋堡。在十七世纪，那不勒斯经历了一场大规模的天主教和巴洛克式改革，圣帕特里夏成了那不勒斯的保护女神，更残忍的是，她的遗骸被重新安葬在卡波纳波利山上的一座修道院里，而这个地点曾被认为是帕耳忒诺珀的埋葬地。

于是，作为帕耳忒诺珀神庙的闯入者，圣帕特里夏被宣布为那不勒斯的圣人。这两个女人，都是处女，都是外国人，都是来自东方的移民，最后都落脚在那不勒斯海湾，被留在那里争夺声望。

但是，帕耳忒诺珀和帕特里夏（据一些研究者称，帕特里夏也就是圣卢西亚）之间的竞争是不对等的。圣帕特里夏是强大的天主教产业的产物，一个现代人物，我们时代的人物，一个典型的天主教女恶棍，一个艺人。提起她，人们就会想到她的治愈能力；比如传言说，一个朝圣者从她的头骨上掰下一颗牙齿，放入自己的圣物箱里，这时牙齿突然流血了。这些血液被收集在两个玻璃瓶中，随着时间的推移逐渐凝结，但一到每年的 8 月 25 日，它就会恢复为液体。圣帕特里夏的血液每年都会液化，这一奇迹提升了她圣人的地位，而端庄的帕耳忒诺珀却逐渐被人遗忘。帕特里夏是（廉价）艺术成功的象征，在她背后是一整个强大的、影响深远的天主教产业，帕耳忒诺珀则是历史欺骗的受害者，一个失败的女人。帕耳忒诺珀没有成功地用她神圣的歌声吸引到奥德修斯，仅仅是因为奥德修斯用蜡堵上了自己的耳朵。天真的帕耳忒诺珀对奥德修斯的伎俩一无所知，他冷漠的无动于衷为她的艺术自信带来了毁灭性的打击，她宁愿跳入海里，也不愿再去唱一首取悦不了任何人的歌。帕耳忒诺珀象征着为艺术的卓越性、为高超的艺术标准所做的斗争，象征着与现代艺术可怕的嘈杂声所进行的斗争，但与此同时，她也象征着惊人的天真：很明显，大多数人一出生，耳朵就被蜡堵上了。

艺术领域的庸俗专制就像一个丑陋的谣言，每个拒绝在基督教仪式上变成圣徒的天才女性都会受到它的挑战。根据这样的谣言，包括帕耳忒诺珀在内的海妖们向缪斯发起了一场音乐比赛，却失败了。为了惩罚她们，缪斯拔光了她们的羽毛，让她们无法飞翔。缪斯用可怜的海妖的羽毛为自己编织了胜利的花环，而海妖们则跌入大海。至少从女性创造力的历史而言，这个谣言支撑了这样一个观点，即永恒的女性竞争，从根本上说是生物、生殖能量的竞争。

总之，遗孀选择了帕耳忒诺珀作为自己象征性的化身。遗孀年轻时就已经象征性地自杀了，好像她知道自己的歌声不会取悦列文（显然，他也会玩那个蜡的游戏），所以她扼住了自己的喉咙，沉默不语。她让列文永垂不朽，为此付出的代价是扼杀了自己想做一名小人物的强烈冲动。她为他树起一座纪念碑，并把自己插在碑中，就像那些著名的建筑师一样，在建筑中铸入自己沉默的影子。

不知从何而起，遗孀的话突然像一阵急切的钟声一样在我脑海中响起：时不时地，我会发现一首放错位置的诗，一个故事，或者他日记中的一页……我有没有告诉你，lelkem，他是个乱放东西的大师？眼泪顺着我的脸颊流了下来。我细细端详电脑屏幕上的照片。她的眼睛微微歪斜，是蜂蜜的颜色，紧紧注视着我，好像我是她潜在的猎物。然后，大概是由于我的泪眼，她的眼睛看起来更歪了，好像她正在忍住一阵大笑或者一阵抽泣。然后，我关上了电脑。

第三章

恶魔的花园

"嘿,你觉得你正在去往哪里呢?"
"我在回家!"

——乔·舒马赫,《城市英雄》

1

麝鼠（Ondatra zibethicus）是湿地鼠的一个品种，比海狸小，但比普通的老鼠大，连上尾巴可以长达三十英寸，体重可达五磅。它因使用麝香标记领地而得名，通常繁殖速度很快，雌鼠每年可产四胎，每胎有四到六个幼崽。印第安人很崇拜这种麝鼠：在他们的创世神话中，麝鼠从海底挖出了原始的淤泥，地球就是从这种淤泥里诞生的。

二十世纪早期，麝鼠被引入欧洲，最初被养殖在捷克的农场里。二十世纪二十年代，麝鼠皮大衣曾风靡一时。但是，老鼠失去了控制，四处逃生，从此以后它们占领了欧洲，尤其是那些水源比较充足的地区。荷兰因为地势较低成了它们最自然的栖息地。对荷兰人来说，muskusrat是一个持续的威胁，它选择波尔多河做自己的栖息地，给荷兰精心设计的防洪系统带来了威胁。灭鼠人在荷兰很受重视，并能获得丰厚的报酬。比利时的餐厅（尽管只是少数）发明了一道麝鼠美味：给麝鼠抹上盐，用洋葱腌渍，然后放入啤酒中炖煮。在新西兰，麝鼠是被严格限制的物种，但是，用麝鼠皮缝制的帽子却为加拿大皇家骑警的冬季制服增色不少。

这些关于麝鼠的细节是一位荷兰作家朋友讲给我的，是她向我讲述一件小事时漫无边际的开场白。她在创作小说的时候，发现需要对麝鼠做彻底的了解。于是她买了一个刚宰杀的麝鼠，剥了皮，一边回忆着高中的生物解剖课，一边把它剖开。她仔细研究了它的内脏，在烤箱里烤了一下，然后吃了起来。她又剔出麝鼠大大小小的骨头，把它们放在一个锡盒子里，然后埋到了花园中。

我的朋友是一个镇定而清醒的五十岁女人，很满意自己的生活。每次我们见面喝咖啡，我都会想起她的故事，然后对她产生一股敬意。在我面前坐着一个勇于面对她的麝鼠的人，解剖她的问题，享用她的问题，然后消化她的问题，再把不可食用的残骸埋葬掉。每次我都会问自己：我什么时候才能面对我的问题？

我之所以不愿意面对，与其说是出于胆怯，不如说是出于一种徒劳的感觉，进而是我对文学声音及文学形式的非法性的感觉。女人的声音当然不是非法的，但女人似乎仍然没有接受或征服所有形式的文学表达。尽管原因各异,但无论男性读者还是女性读者,在阅读文学文本时都表现出的特定的阅读障碍,这也让征服变得不可能。总之,大多数女孩还在写浪漫爱情小说,而《地下室手记》则是男孩的专利;叛逆者的忏悔是一种男性文学叙事,因为叛逆者无一例外都是男人,是我们的悲剧英雄;但是一个悲剧女主人公的故事则被解读为疯女人的故事,原因就是我提到的那种阅读障碍。我们能在大街上遇到这样的疯女人,她们似乎在跟一个看不见的对话者嘀咕着什么。与她们相遇引起的更多是不安,而不是同情,路人通常会走开,并转移视线,尽管疯女人从不看向任何人。很明显,这些女人早已明白她们不能依靠任何人。她们独自战斗。

2

事情肯定已经酝酿一段时间了,所以我无法确切说出这个念头是什么时候第一次在我脑海中闪过的,也说不清最初心不在焉的冲动花了多长时间变成一种决心。也许视线紧盯前方——不管前方在哪里——已经让我疲惫不堪,所以我正在向后滑落,仅余温吞的抵抗,单调而浅显,没有力气跳起来重新开始。也许我走过多年的那些城市已经不再能够推我前行，它们正在拖慢我的脚步，并激起一种我无法解释的模糊的焦虑。也许城市空间的反射性特征让我晕头转向，就像在镜子中一样，我能看到自己在城市中的倒影。我利用城市景观衡量我自己的状况，好像它是一个煤气表。我把城市的地图想象成我内心的地图，通过城市的脉搏感受我自己的脉搏，用地铁的路线图比照我自己的循环系统。别人有精神分析师，我有城市。

也许我的堕落可以追溯到几个月前在加尔各答的旅行？在从机场到酒店的路上，我透过弥漫着晨雾的阳光，看着几英里长的裸露出钢筋的混凝土柱子，突然产生了一种末日般的焦虑。我不清楚那是一个开工后遭到遗弃的建筑工地，还是一个压根儿没打算完工因此也永远不会完工的工程，抑或是一个最近才矗立在那里的现代建筑废墟，正如我无法判断这座城市是过去的遗迹，还是现在的遗迹，抑或是为我们所有人准备的将来的遗迹。加尔各答有一种生气勃勃的喧嚣，尽管喧嚣也可能是组织混乱的同义词。居民们像蛞蝓一样寄生在城市中，像蚂蚁一样蚕食它，拖着它蹒跚而行，好像它是一张被掏空的兽皮，他们用唾液、粪便和汗水将它填满，然后再拆除、钻探和重建，把它塑造得更适合自己。那些无家可归的人也像热带的蛞蝓，他们占领了城市，将其变得支离破碎，也在另一种意义上加固着它。他们把黑黢黢、烟雾弥漫的走廊建在人行道上，里面蒸腾出食物的味道；他们的家像纸板箱一样堆集和散落在大街上；而家，通常就是一个纸板箱、一张废弃的塑料、一块旧油布，是废弃房屋里的墙洞，是大桥底下、铁路沿线或屋檐之下的避难所。腐烂作为一种更高的原则无处不在：在笼罩着城市的厚厚的灰尘下；在植物不仅色泽如泥土、质地也如泥土的树林、灌木丛和草地上；在我的旅馆浴室新粉刷过的墙壁上出现的霉斑中，在四处弥漫的硫酸味道里。人们把自己的破衣烂衫、床单和被罩拖拽出来，搭在路边的栅栏上。人们似乎什么都不做，除了给他们的老鼠洞通风、洗洗刷刷、修剪头发、刮脸剃须、性交、生育、死亡、祈求神灵、排泄、准备食物、养儿育女、饲养牲口……而这一切都发生在大街上。在这令人痛苦的、完全敞开的生活过程中，也有一些地方是受控制的，是纯洁的地方，比如我酒店旁边的高尔夫球场，在那里，早已去殖民化的印度人模仿着他们的前殖民者，带着高尔夫球杆漫步在神圣、宁静的果岭上。我感觉这整饬一新的草地的景象、在上面四处走动的人影，是无声的、缓慢的，可能是因为就在几步之遥的栅栏外面，一越过穿制服的警卫和入口坡道，便立刻开始了人类无边的喧嚣。

在这里，在加尔各答，我被蜂拥而至的声音、形象、气味和颜色所侵袭，毫无预兆地哭了起来。这是痛苦的抽泣，似乎我体内积聚了多年的怒气现在终于找到一个裂缝喷涌出来。我回了酒店。平生第一次，我觉得一个普普通通的酒店房间就是我的家。同时堆积在我心里的，还有一丝隐隐约约的挫败感。

也许，早些时候在伦敦发生的一段插曲可被视为一个警示信号？我来伦敦参加一个商务会面，我们会在午餐期间讨论工作，或者在工作期间吃午餐；我此行的另一个目的，也是向会面对象证明，从阿姆斯特丹到伦敦的旅行对我来说是轻而易举的。这种感觉一直持续到我置身于旅馆的时候，那是我在网上预订的廉价酒店，像这样的酒店在帕丁顿车站附近有很多。游客们在前台附近转来转去，多半是意大利和西班牙大家庭（意大利人和西班牙人有独自旅行过吗？）。我的房间只有一口豪华棺材那么大，洗手间像个微缩模型，人得弯着腰才能站到花洒下。床是儿童床的尺寸，镜子安得如此之低，简直让人疑心这个旅馆优先接待十二岁以下的客人。镜子周围放着一系列物品，包括一个吹风机，一个电炉，一个放了两三包茶叶和速溶咖啡的小碟子。会面结束后，我没有急着赶往博物馆和美术馆，也没有去拜访我在伦敦的朋友，而是在这样一个旅馆中蜷缩到了第二天早上,沉湎于455号房间已不复存在的幻觉,从我走进房间关上门的那一刻开始,墙壁就封死了。早上,我挣扎着起身,地面铺了整室地毯,它被我前面成千上万个光脚丫踩踏过,现在痛苦地嘎吱作响,听上去都要塌陷了。我鼓起勇气出门,任由意大利和西班牙家庭的喧嚣声涌入,但我只走了几步路,就在一家咖啡店坐下来,喝起了早晨的咖啡。我花了一个多小时观察一群建筑工人,他们是来吃早饭的罗马尼亚男人;我观察一个女服务生,她是俄罗斯人,给我端来加牛奶的咖啡;我观察一个年轻女人,她带着一个面容略有残缺的小女孩(她们也是俄罗斯人),还有两个走进咖啡店的女人,也是俄罗斯人,乳房高耸,迈着阅兵式的步伐……我绞尽脑汁思索女服务员和开咖啡店的俄罗斯女人是什么关系,她们之间的移民纽带是什么。离开后,我左转走向地铁站,随后又改变主意回了酒店,在那里度过了剩下的白天和黑夜,直到出发去机场。

从伦敦回阿姆斯特丹的时候,我一路都按着一个想象中的遥控器,渴望把音量调低。在我前面几排,年轻的男人们像火鸡一样嘶哑地大笑。他们的笑声喷射出男性荷尔蒙,透过阳光产生的朦胧视线和飞机小小的舷窗照在旅客身上。这群男人就像一则面向啤酒饮用者的电视广告。我不知道该如何解救自己,沙哑的火鸡笑声刺激着我敏感的双耳。一个穿T恤的女人坐在我旁边,她赤裸的胳膊几乎一直在摩擦我的胳膊。她的胳膊上有一个文身,是一个光头男人的素描,长着高耸的蓝鼻子,嘴唇黯然地垂下来。女人的胳膊肉嘟嘟的,闪着脂肪的光泽。她皮肤的颜色暗示她常年待在日光浴沙龙里。我心慌不已,觉得自己可能会窒息。汗珠在我脸上打转。她胳膊上的男人脸色阴沉地耷拉着脑袋,用炯炯有神的目光凝视着我,两个黑点。"我该回家了。"我自言自语道。我能回的家在哪里?! 家在哪里? 我问自己。我若有所思地回答说,我不知道,哪里都可以,只要是家就行……后来,当我清醒过来的时候,我想起了另一段关于家的往事,它发生在二十年前,另一个城市,纽约……

3

我发现自己一度陷入这样的境地:空袭警报(起初我并不明白它的意思)、电台、电视广播还有我最亲近的邻居,都在惊慌失措地央求我赶快到地窖去,并无论如何带上一个装有基本必需品(bare essentials)的袋子。当时我没有意识到,作为战时词汇的一部分,这个短语昭示了我人生中一个彻底的分水岭。起初，我尽职尽责地琢磨这样一个袋子里应该装什么基本必需品，但我很快意识到这引发了一个真正的难题：我的南斯拉夫护照没什么用，因为新的克罗地亚政府即将更换护照；钱没什么用，因为银行正处在破产的边缘，然后货币就会被换掉；我的家也没什么用，因为它随时可能变成废墟，就像我随时可能被毁灭一样。如果我活下来，第一个可能就是，我将用余生补偿这些损失。还有一点：战争发生的时候，人类最糟糕的一面会浮现出来。谁活下来，谁就要面对后果。现在我知道了。但在当时，在事情发生的时候，我对这些一无所知。

自从1991年我第一次听说"装有基本必需品的袋子"这句话后，它就一直在我耳边回荡。我经常把那些想象中的物品打包再打包（是的，这也是倒退的一种形式），就像小时候，我经常为一个问题所苦恼：如果我遇到一个许愿精灵，允许我在财富、快乐和智慧之间做出选择，我应该选什么？天知道我怎么就认定了只能选一种，认定得到一个会自然排除另一个。因为在童话的世界里，傻瓜伊万这个最愚蠢的角色就实现了他全部三个愿望——财富、快乐和智慧。我还记得自己为这个问题大伤脑筋时那种难为情的感觉，就像我的小侄女把圣诞愿望清单藏到枕头下面一样，要么是出于尴尬，要么是认为别人如果知道了，愿望就无法实现。我趁她不在房间时读了那张清单。她的愿望给了我一种几乎是肉体上的震颤，大概是因为它们让我想起了我和许愿精灵那永远不会发生的会面。虽然她比那时候的我大一些，但她的愿望似乎更迫切、更诚挚。她的第一个愿望隐含了财富："我希望爸爸能有一份工作"；第二个愿望——"我希望被允许穿高跟鞋"——我想，意味着快乐；而"我希望在学校取得好成绩"，则可用神话的语言翻译成智慧。我唯一无法解释的是，为什么我亲爱的小侄女把"我希望拥有干净的牙齿"也列入了圣诞愿望清单呢？她按时刷牙，定期检查牙齿，拥有世界上最甜美的笑容。也许在她的世界里，高跟鞋和干净的牙齿是快乐、富有、智慧生活唯一有效的门票。

最深的欲望从看不见的地方袭来，埋伏在我们身边，掐住我们的脖子，阻断我们的呼吸。有一年七月，我去了纽约，那时我刚在美国一个大学城待了两个学期，在回欧洲的路上顺便去了纽约，但我回欧洲不是回家，因为我已经没有家了。我住在纽约朋友的公寓里，他们出城了。这是他们送给我的慷慨礼物。我悠闲地漫步在炙热的城市中，在苏荷区一家店铺前驻足观望，然后迈步走进那个冰冷而雪白的空间：木地板被漆成了白色，货架是白色的，所有东西都是白色的。这个商店出售一系列高档奢华的居家用品：毛巾、窗帘、床上用品、桌布、餐巾……丝绸的，蕾丝的，还有亚麻的。还站在门口，我就哭了起来。店员们停下手里的动作，好奇地看着我。我又回到了街上。人行道、混凝土以及空气中鼓噪的热浪很快就止住了我的泪水。现在我明白了，我在经历了那个装有基本必需品的袋子后对自己许下的承诺根本不可能实现，那个承诺就是，永远、永远不要期望有一个家。对家的渴望是强大的，它拥有原始本能的力量；短期的心态经过时间的滋养，固化为一种执拗的道德原则，它比我想象的更危险。如果我不给它点吃的，缓解一下它的饥饿，或者换句话说，如果我不给它安个家——如果我愿意，我还可以从这个家里再次弹射出去——它就会与我为敌。事情总是往复循环，每个移民最大的壮举似乎就是建立一个新的家园；很多移民不惜冒着生命危险逃出他们的国家，仅仅是希望迟早能买一座房子，悬挂上他们所生活的国家的国旗。此外，很多人选择在两个家中度过一生，一个家在离开的故土，一个家在终老的国度，以防被痛失一个，或者同时失去两个的创伤所击垮。

回到阿姆斯特丹后，我决定不再像以前那样租短期公寓，是时候给自己提供更多稳定性了——我几乎颠覆性地下定了决心，就像从自己的钱包里偷钱一样，带着一种既胜利又挫败的感觉。也许我的心里一直有个谨慎的声音在盘算,我已经从一个地方到另一个地方流浪了太久,是时候安顿下来了。是不是纽约那家通体白色的店铺和突如其来的呜咽牵动了我的心？我不知道。我只知道我把新家弄成了炽热的、近乎神经质的白色：白色手工蕾丝窗帘,白色毛巾,白色亚麻床品,白色墙壁,厨房和浴室中的白色地板和白色瓷砖,白色的架子……一切都是白色的,基本的白色,如同遗忘。至于污点,那是后来才出现的。

4

高中时期,我阅读世界文学名著——简·奥斯汀、狄更斯、巴尔扎克、司汤达、左拉、陀思妥耶夫斯基、福楼拜——发现它们实际上都是关于金钱的,人物关系几乎全部由金钱操纵,尽管我们的文学老师不是这样教我们的。像狄更斯这样的作家之所以生前就大受欢迎,可能正是因为,在他们的小说中,金钱驱动着一切,而关于这一点,绝大多数读者都能够领会。随着现代主义的发展,钱溜出了文学的后门。诚然,弗吉尼亚·伍尔夫在她那篇广为传颂的《一间自己的房间》里说过,一个女人如果没有一间自己的房间以及每年至少五百英镑的收入,她就不可能成为作家。一个世纪以来，这句话一直吸引着文学界的注意。事实上，自从这篇文章首次发表以来，时不时就有人动起念头，把五百英镑按照时下的生活标准进行换算。

我有房间，但我没有每年五百英镑的收入。接下来，我发现除了我自己的房间外，我还拥有了另外一个房间，这要归功于一位绅士的突发奇想，他仰慕我的作品，在遗嘱中为我留下了一笔财产。这让我很不安。我不记得收到过比一本书或一束花更贵重的礼物，但现在，猝不及防地，在一个我从未听说过的村子里，我有了一栋带花园的房子。我很少有机会听说乡下的事，去乡下生活这种念头从来没有吸引过我。我唯一熟悉的乡村是一种英式变种，是我在BBC的PMTP（不动产电视购物）节目中看到的类型。节目的名字都很可爱（逃到乡村，买还是不买，像房屋一样安全，等等），叙事结构很像色情电影：一个年轻漂亮的房屋中介带着一对退休的中年夫妇去英国乡下看三两处房产。他们四处参观着房子，然后一座神秘的房子会在最后出现。我那座神秘的房子位于克罗地亚的一个村庄，而不是英国。生活也会写小说，但支撑故事的地理环境和文化背景却各不相同，正是这些让一本小说从根本上和其他小说区分开来。

我的第一个念头是拒绝这个我几乎不认识的人留给我的礼物，但我取得所有权所要缴纳的税款几可忽略不计，律师劝我说，拒绝这样的事简直是犯傻。所以就这样，我默许了，在文件上签了字，然后把整个故事置之脑后。这位老先生去世的时候显然没有直系亲属。他在萨格勒布的公寓留给了一位长期照顾他的护理员。他饶有兴致地读了我的书，至少他在寄给我的一沓信里是这么说的。但这样的事不会让我受宠若惊：一个人必须首先了解他的读者及其文学品味，才能决定是否要把他的赞美放到心上。

事情就是这样。就连我的律师也无法告诉我更多关于这位老先生的事。有些人是如此自得其乐，甚至连自己的影子都一同带进坟墓，而另一些人则把自己的生活建成博物馆，连用过的针头线脑也要摆到醒目的地方。

5

即便在今天，在他去世四十多年后，我依然能回忆起那个深紫色的斑点，那是小时候让我着迷的东西。我不知道事情是如何铭刻在我们记忆中的，不知道是我们选择了记忆，还是记忆选择了我们。父亲拒绝谈论战争，即第二次世界大战。实际上他话很少。他从没提过他的双亲,只说他们死于战争,然后就用不容置疑的语气终结这个话题,也随之葬送了我对祖父母的兴趣。他不到十七岁就加入了游击队。他也不喜欢谈论这件事。他从战场上回来时,一条腿上嵌着德军的弹片,伤口一直没愈合,留下了一个腐肉色的疤痕。他拒绝把弹片取出来,坚持说这对他没有影响。我当时根本不知道什么是弹片,或许这就是为什么这个故事如此撼动我童年想象力的原因。疤痕不会引起我的反感,也不会让我害怕父亲。我好奇地研究它,像研究一幅地图。疤痕之所以看上去那么大,只是因为我太小了。父亲去世时还不到四十九岁。他就带着德国人的弹片进了坟墓,墓碑上刻着一颗游击队的星标。他身体中的弹片是一个隐喻,但我要到很多很多年后才能明白这一点。

母亲比他多活了三十年。在这些年里,她几乎将他从我的记忆中完全抹除了,但我怀疑她不是有意这样。母亲是个实实在在的胜利者:她比父亲多活许多年,而且,跟父亲不一样的是,她喜欢讲故事。我知道她所有近亲、远亲以及很远的表亲的故事,知道她的熟人、世交、她住的那栋大楼里的邻居的故事。多亏了她的故事,至少在一段时间内,这些人成了我延伸家庭的一部分。到了生命最后几年,她开始编造一些虚构的小故事,把一些人从她的精神领地中抹去，尽管其中很多人已经去世了，很多人她已经多年没有见过。随着时间的流逝，她见的人越来越少。在她的名单上，女人渐渐占了上风，尤其是那些已经不在人世的女人。男人跟女人不同，他们渐渐淡出，从名单上掉了下来，或者被她那多疑的天性的墨水涂抹掉了。他不是个好人，她会这样说一个可怜的家伙，言之凿凿如同已经超凡脱俗，而这个家伙很久以前就进了坟墓。她不信教，事实上她鄙视教会。我想她只是开始慢慢收拾行李，并且在脑海中选择她准备带走的人，以及她不愿意带走的人。

所以，尽管父亲是"一个非常非常好的男人"，但我不确定母亲是否把他纳入了自己的精神领地。也许她会在死亡抹掉她之前的最后一刻把他抹掉；也许她是在惩罚他，惩罚他抛下她，让她独自生活这么多年。而我们这些子女，只有在她身边的时候，才能给她带来安慰。

6

每次来萨格勒布，我都住在母亲家。她去世后，公寓里的家具被渐渐搬空。朋友、邻居、邻居的朋友，只要有需要，就会来搬东西。大衣柜被从墙边拉开，藏在后面多年的丑陋、陈旧、破烂的墙纸露了出来，就像一面象征投降的白旗，在这个空空荡荡的房间里飘扬了很久，直到某次在萨格勒布逗留期间，我才鼓起勇气着手干了起来。我换了窗户，因为鸽子已经在威尼斯软百叶窗的室外防护罩上筑了巢，没办法把它们赶走。新窗户发挥了作用，但鸽子仍旧继续飞到上面的墙上，想办法重回它们曾经占领过的地方，那是它们长久以来的家。我在窗台上粘了几排塑胶钉，阻止了鸽子，但这只是暂时的。我安装了新的厨房餐柜，重新改造了浴室，把墙壁和木制品粉刷成了白色，打磨了拼花地板。房子没有特色，没有家具，苦行僧的感觉，这一切都令我感到安慰。除了母亲的书以外，公寓里不再有任何属于她的东西，也不再有属于我的东西。整个空间产生了一种令人麻痹的效果。

只是在有些时候，在黄昏时分，我会产生一种印象，仿佛听到了沙沙的声音，声音来自餐厅角落靠窗的地方，那里以前有一个宽大的窗台，母亲曾在上面摆满花盆。声音来自一只无形的笼子，一只无形的金丝雀在里面紧张地踱着步，它那机敏的黑眼睛像一根烧得发白的针一样灼烧着我，直接刺入永不愈合的耻辱那软弱的核心。当母亲在我现在这个年纪的时候，有一次，我送给她一只金丝雀。一开始她有些无措，她从没养过宠物，觉得宠物很不卫生,但后来她明白了,我带这只金丝雀是为了给她作伴,那时我觉得金丝雀正是她这个年纪的女人该养的宠物(不是吗?)。养老院会给老年妇女提供塑料娃娃,她们连续几个小时晃动它,用节奏来麻醉自己。为什么医生和康复师如此确定娃娃是女人唯一的玩具?为什么我如此确定金丝雀是最好的选择?

我在毁掉她。我在羞辱她。我记得她惊讶、微斜的目光和她眼睛的颜色:浅褐色中带着琥珀色的斑点。那是一个小女孩从游戏中败下阵来的表情,她的眼里闪过一阵年轻人似的抗议,但很快又恢复了平静……她大度地咽下了这个羞辱,像接受一个她无力招架的打击一样顺从地接受了金丝雀,渐渐地,她习惯了、甚至喜欢上了这只鸟的存在。每次从国外给她打电话时,我都会问候这只金丝雀,这很傻,但令人惊讶的是,这很有帮助:我们是在围绕一些活生生的、不痛不痒的、轻飘飘的东西,围绕一个缓解疼痛的替代品,来缠绕我们谈话的毛线。

7

那个村子名叫库鲁祖瓦克,在萨格勒布东南方向约三十英里处。我从一位老朋友那里借了一辆车……

"你确定你不需要车吗?"

"是的,不需要。再说我用它干什么。把它便宜卖了会很傻,但我现在连汽油钱都拿不出来……"

"我是不是该向你付点租金?"

"不用了。你回来的时候把油箱加满就行了。我们都会胡子一大把①的。"她说。

虽然没什么不妥,但这句话听起来怪怪的,可能是因为我有段时间没有听过"胡子一大把"这几个字了;可能是因为我自己出了问题。很多时候,我交谈的人,或者大街上、电车上的陌生人,他们说的词句听起来都很怪,像断掉的弹簧一样从四面八方蹦出来。我找理由安慰自己说,我已经很多年没在萨格勒布待过了,但事实并非如此:我每年都回来两三次,每次至少待一个月。普通人所说的语言已经被一种不自然、不协调、不安全的东西渗透了。也许是因为偶尔有一些单词、短语或方言,如卡伊方言,出现了不恰当的地方;也许是因为内心的一阵不安全感,让说话的人在开口之前停顿了一两秒,而这种心理上的小插曲会以一种丑陋的方式呈现在他们的话语中。语调

---

① 原文为 i pana šaka brade,克罗地亚传统俚语,意为意料之外的喜悦。

已经变了,年轻人现在有了自己的节奏,说话的速度也变了。克罗地亚语配音的儿童卡通和动画长片、美国青少年剧集、广告和广播轮番上演,所有这一切都在过去二十年间加快了克罗地亚语的速度。而这种语调和节奏在我听来是粗俗的新事物。

抱着最终看看房子的目的,我降落在萨格勒布,这时问题来了。二十二年前,当我弹射到国外的时候,不是一次都没想过自己会变成什么样子、会去往哪里,又将如何前行吗?当年我离开家,抛开摇摇欲坠的住所,难道不是因为空气中弥漫着浓浓的恨意,让人无法呼吸吗?而现在,你看,在一块块奶酪的引诱下,我稳稳地向那个古老的捕鼠器爬去。我在想什么!家?什么家!为什么?我不是在阿姆斯特丹有个家吗?朋友?什么朋友?我的朋友们不是把我一笔勾销了吗?他们是猫,我是鼠,当掌权者把我打得晕头转向的时候,他们沉默地看着,表现出的冷漠让我的血液结冰。他们有没有好奇过我去了哪里?还会不会回来?是否需要帮助?你看,在做了这么多年朋友之后,他们对这些小事毫无兴趣。那后来呢?他们有没有找过我?二十年的时间难道还不够长,让人至少想起一次失去的朋友吗?还有那些宣称对我放开言论管制的人呢?那些从我的皮毛上获取战利品的猎人呢?他们不是还待在报纸、大学、电视、出版社的旧岗位上吗？是的，他们是我的同事。多年来，书商不是拒绝在书架上展示我的作品吗？面对我那些好不容易出版的书，记者们不是要么保持死一般的沉默，要么对它们甩出夸张、无知的恶言吗？他们中有任何一个曾为多年来的憎恨表达过歉意吗？在整个故事中，那些清白无辜者又如何呢？那些还没来得及被仇恨侵染的年轻人呢？他们会不会邀请我加入他们的行列，通过某种方式把事情搞清楚呢？不正是他们，顺从地维护着从邪恶的社会游戏中继承来的规则，把我从大学课程、中学阅读书目、文集、教科书、出版目录中除名吗？我的同事、编辑、出版商又如何呢？在政权急剧更迭期间，我的出版商不是一跃成为克罗地亚警察部队的首领，并在有天晚上醉醺醺地敲响我的门，命令我打开吗？和很多人一样，他已被权力冲昏头脑，他在寻找自己智力匮乏、专业匮乏和性匮乏的替代性治疗，即一把左轮手枪。我的同事不是在拥挤的电车正中央谴责我背叛了自己的祖国、把其他乘客当成他的热心听众吗？我的女同事们呢，她们表现出了团结一致吗？她们不是急忙出版了一些讽刺性的小册子，其中没有基于事实的论证，只有包裹在虚假争论中赤裸裸的嫉妒吗？她们，女孩子们，也把削笔刀插进血肉之躯。她们和男孩子们一样喜欢血腥味，她们学着男孩子的样子，集体报复性地向我涂满焦油的身体甩出羽毛。这一切，连同更多事情，不是当时已经发生了，并且在整整二十年后依然在发生吗，带着同样愚钝的冷酷？如果是这样的话，那我这么低头猛冲着回来是在想什么？是为了一个打在脸上的新耳光吗？为了新鲜的唾沫星子像鸽子屎一样涂抹在我的脸颊？为了一记把我打到喘不上气来的猛击？而我那正义的志愿者，我那不识字的刽子手，我已经不明白他到底在做什么。他用呆滞的目光盯着我，嘴巴松弛，口水从嘴角淌下，他存储着唾液，用舌头弄来弄去，好像那是一块硬糖，然后，啪的一声，他像只羊驼一样把唾液甩到我脸上。我在想，我是对这种羞辱上瘾了吗？或许我需要的是更大的剂量？如果不是，那我为什么不能一劳永逸地改掉这个习惯呢？！

我夸大了自己的情况和重要性；他们甚至没注意到我已经走了，因为他们一开始就不知道我来过这里，再说，到现在为止，我从一个地址搬到另一个地址的次数还不够多吗？那么，为什么我要扯着他们的袖子，我到底在想什么？我不是在定居的地方生活得很好吗？我如此执着地回来，岂不是有些奇怪？每个时代都有自己的音乐，时间在我身边逝去，二十年是整整一个时代了，所有让我心痒难耐的事情都发生在上个世纪，那个时候，看在上帝的分儿上，人们都快死了。我应该高兴没什么可怕的事发生在我身上，瞧，战争就是战争，战争已经结束了，人们已经把它抛到脑后，他们已经迈入了新的世纪、新的纪元，年轻的面孔出现在媒体屏幕上，新的娱乐明星，新的电视主播……当然，还有新的作家。那么，我又为什么要在意呢？我在自己的作品中说过他们的好话吗？我不是拒绝做一个克罗地亚女人吗？我不是拒绝做一个塞尔维亚女人吗？所以我在寻找什么？在只需要选边站的时候，我没有选边站，这不是他们的错。而且我不是多次在公开场合宣布我只是个无名小卒吗？那我还指望什么呢？做我的客人，夫人，做个无名小卒，嘿嘿，别让我们阻止你做个无名小卒，嘿嘿，去和你的无名小卒生活在一起，写你寂寂无名的书，寻找你寂寂无名的读者，但是，我们，嘿嘿，让我们清静一会儿！

四月下旬一个晴朗的日子，我出发去侦查我继承的房子。我带了手电筒、睡袋、毯子、被褥——以防我决定在那里过夜——还有其他几件实用的必需品。我沿着乡间小路行驶，这里自有其绝妙之处，穹顶般的天空，明亮的蓝色，一幅幅图画在窗外闪过：绿油油的、长满蒲公英的田野，开满鲜花的果树，村庄里的房子丑得令人绝望。当我看到紫色的丁香花一簇簇开放在农家院子的篱笆上时，我强烈的抵触情绪消失了；接着又有一幅画面浮现在我记忆中，这把我彻底征服了：一个孩子弯曲大拇指，在皮肤上形成一条皱褶，其中插着一朵丁香花。皱褶挤压在一起，好让花朵直立起来。我们小时候就是这样把花放在大拇指的皱褶里的，我们小心地带着丁香花走来走去，仿佛端在手上的是一托盘水晶酒杯。我们是小小的杂技演员，全神贯注地从事着自己的工作，那就是决不能让小花翻倒。这突如其来的画面让我喘不过气来，它从记忆深处浮现出来，提醒我童年时代的一切都是特写镜头，而且是高分辨率的特写镜头——每一棵草，每一只蚂蚁，每一片叶子，每一个细节——我怀着关注和喜悦，饥渴地将其一饮而尽。那是一个丁香花的年代，一个充满小小奇迹的年代。

8

　　房子比我想象的要好很多。它位于一排房子的尽头，离蜿蜒穿过村子的公路稍远一些。一条短短的、未铺设好的岔路缓缓上升通向房子。它是全木结构的，那种很少能完整保存下来的乡下木屋。它有一个宽大的门廊，我已经能想象出自己坐在那里，凝视着地平线上蓝（天空）绿（原野）相间的缎带。当我转动钥匙的时候，一股强烈的快感传遍我的全身。然而，从门口看到的内部景象表明，那里明显住着人。我放下自己那傻乎乎的女童子军行李，走进厨房打开冰箱。架子上放着各种食物：牛奶、黄油、鸡蛋……在与厨房相连的客厅里，有一个放着电视机的小桌子，一张旧沙发，还有一把扶手椅。我拿起遥控器，打开电视机。它还能用。客厅里还有一张书桌和一个书架，书虽少，但出人意料地选择精良，此外，我还注意到几本最新的克罗地亚语翻译作品。在沙发旁的边桌上，我发现了一本克莱扎尔的小说《理性边缘》的早期版本，和我的版本是一样的。一楼是一间卧室和一个带厕所的盥洗室。床没有整理。我走上阁楼，很明显，那人现在不在。上面有嵌入式衣柜、一个大大的床垫，还有一个半浴室。楼下浴室里的洗漱用品表明，侵入者是个男人。

我走进院子。低矮的门廊两边盛开着早春的花朵，勿忘我、三色堇和白色的雏菊。房子两侧各有一簇很大的紫丁香丛，不知什么原因，这种近乎幼稚的对称深深打动了我。一个宽阔的花园和果园在房子后面铺展开来，里面有十几棵果树，看起来被照料得很好，有人定期清理杂草。花园里，莴苣刚刚冒出芽，还有几簇大葱。花园的一部分种满了鲜花，我认出两丛还没开花的牡丹，还有几花田牛眼菊。附近没别的房子：果园后面紧接着就是树林。

我打电话给律师，告诉他，那里明显有个侵入者。

"沉住气，别慌，有可能会出现侵入者，不管怎样，我肯定我们没扯上什么犯罪行为。"

我坐在门廊的长凳上，看着夕阳西下。远处的田野沉入一片粉红色的雾气中。天气温暖而静谧，我倚靠在房子的木头墙壁上，它温暖着我的后背。我闭上双眼，几乎快要睡着了。然后我听见汽车碾过地面的噼啪声。一个和我差不多年纪的男人下了车，迈着轻快的脚步来到门廊。

"你好，"他热情地说，"欢迎来库鲁祖瓦克。"

"你是……"

"你的侵入者，博扬。"他说，向我伸出手。

"你怎么知道闯进来的人不是我？"

"你的律师告诉我的。"

这让我很惊讶。

"我们现在该怎么办？"我问。

"你什么都不用做，我现在就拿走我的一些东西，明天再来拿剩下的。这样可以吗？"

"当然……我很抱歉……"

男人把几件衣服装进袋子，收起浴室里的洗漱用品。

"听我说，我的猫可能会来。她白天都在外面闲逛，但晚上会到房子来，所以请让她进来。"他说。

"绝对不行！我受不了猫！"

"那你受得了睡鼠吗？"

"什么？"

"一种啮齿类动物。介于老鼠和松鼠之间。我来的时候，它们爬满了整个阁楼。自从有了猫，这里就再也没有睡鼠了。"

我惊讶地看着他。所有这一切都说不通。我撞上了一个新的文学流派：乡村科幻故事。

"好吧，我来喂她。我看冰箱里有牛奶。"

"晚安。"他说。

我突然想起来，我还没问他去哪里过夜，但我不得不怀疑自己是不是疯了。我真的担心一个我一无所知并且闯进我房子的人去哪里过夜吗？但话说回来，他不是说和我的律师有联系吗？这岂不是说律师认识他，却没有对我说一个字？这个时候，我发现我的所有权本能（我的房子，侵入，侵入者）以闪电般的速度表现出来。

即使那天晚上猫出现过，我也不会知道了，因为我很快陷入熟睡，并且一觉睡到天亮，直到猫的喵喵声唤醒了我。她是为她的牛奶碟子而来的。

9

第二天早上,我开车去了最近的有商店的地方,去看看我的社区能供应什么东西。那是我前一天经过的一个十字路口,距离库鲁祖瓦克大约五六英里。那里看起来不怎么样,只是地图上的一个斑点,最多能被称为一个广场,因为它不是一个城市或小镇,甚至不能被称为一个村子或一个居民点。在克罗地亚整个内陆地区,有很多类似这样的外省无域之所,它们看起来都一样。我就出生在一个这样的地方,在那里长大,一直生活到上大学,一路走来,我对外省及其风俗习惯产生了一种永久性的过敏反应。诚然,这里有几座宏伟的奥匈帝国式的老房子,为花园增色不少,但它们的外立面曾遭弹片痛击。我看到一家杂货店,一家药店,一个卖家用亚麻制品和织物的商店,一个为乡村居家生活提供便利商品的商店,还有一家面包店。市政大楼被翻新过,前面悬挂着克罗地亚国旗。公园里生长着郁郁葱葱的灌木,简陋的喷泉喷出不可预测的水流,一座崭新的雕像僵立在那里,纪念1991—1995年在克罗地亚战争中牺牲的卫士。我猜,这里本来是另一尊雕像,用来纪念1941—1945年民族解放战争中法西斯的受害者。

各处纪念碑的情况都差不多,游击队雕像被拆毁,取而代之的是新的祖国雕像,有时候只是对原有的游击队雕像略作调整。毕竟,他们唯一需要做的就是把数字4换成数字9,然后用祖国代替民族解放。

我在杂货店买了几样简单的食品,然后在咖啡店坐下来,点了杯卡布奇诺。当地的孩子们正在那里消磨时间,男孩们总是太吵,女孩们总是很沉默,化着太浓的妆。

"怎么了,大妈?你迷路了吗?"其中一个嬉皮笑脸地问道,其他人则为他的厚脸皮吃吃傻笑。

孩子们显然是把美国都市街头俚语中的Mamma翻译成了克罗地亚语的大妈,这很可能就是他们对所有不符合祖母范畴的女性的称呼。

我把目光移开——这是我遇到强者时保有的防御姿态——喝掉我的卡布奇诺,起身离开了。"嘿,大妈,你不会是害怕了吧?"厚脸皮在我身后叫了一声,其他人嘲弄着,窃笑着。

我想知道现在的孩子都用什么话来顶嘴。在我那时候是换碟或者换台,现在会用什么打比方?

重启?管他呢,如果孩子们除了奚落一个中年妇女之外无事可做,那他们一定是无聊透了。咖啡店的名字叫你好(Zdravko)。

回到房子后,我开始查看厨房餐柜。厨房很简陋,但设施齐全,几乎什么都不缺。我在柜子里发现了清洁用品和一个真空吸尘器。房子里几乎有我需要的一切。我查看了花园柴房,在那里发现了一套整洁有序的工具:锄头,铁铲,割草镰刀,给花园浇水用的橡胶软管,还有几样用途不明的东西……视察的过程令人振奋,我的(我的房子,我的花园,我的树)这个词像毛刺一样紧紧粘在我的词汇表上。

我首先拿出真空吸尘器,吸干净一楼的尘土,然后用一块湿抹布擦了木地板。我换了卧室的床单,把脏床单扔进一个塑料袋。前一天晚上,我是在客厅的沙发上睡的,盖的是我自己的睡袋,因为我没有力气也没有意愿用新床单铺床。然后我用湿抹布擦了阁楼的地板,把椽子上的蜘蛛网扫净。我发现柜子里放着被单、几条干净的毛巾,还有一些男式衣物。我猜,所有这些都是那个侵入者的。

我下楼去了花园,摘了一些还没成熟的莴苣和洋葱,还沿路摘了一些法兰西雏菊,准备放到屋内一个花瓶里。就在我剪雏菊的时候,周围的草晃动了一下;一个东西从我身边溜过,然后逃进了树林里。侵入者的猫?我回到房子;客厅现在差不多已经像样了。窗户上的小窗帘惨不忍睹，我取下来扔了出去，然后擦了窗户。带着一股新鲜的活力，我又去了卫生间，一边擦洗一边思考，这股几乎是肉体上的愉悦是从哪里来的？打扫房间对我来说通常是件苦差事，而不是一种乐趣。仿佛很久以前的那些画面都涌入我的脑海——主要是电影里的——拓荒者们为了追求更好的生活前往美国西部冒险，在这些画面中，勤奋、坚韧的女主人公们拯救废弃的木屋。这是安慰人心的景象，是母性伦理、贫困美学，是擦洗的象征主义。清洁总是标志着向新的、更好的生活过渡。当我把目光落到我刚刚摆到桌子上的雏菊花瓶上时，我意识到我正在表演一种老派的戏码，而我多年前就把它内化成了自身的一部分。顺便说一句，这一发现丝毫没有减弱我在为混乱带来秩序中所感受到的喜悦。

我刚洗完澡就听到有人敲门。是博扬。

"进来，进来，请坐。"我说。

我的话，还有我说话的语气让他有些惊讶，但他还是礼貌地坐下了。我没有吭声：看在上帝的分儿上，这个人前一天还住在这里，现在我却用一副新晋主妇的口气（这是从何而来？）邀请他进来坐坐。

"我可以洗一下手吗？"

"当然……"

我邀请他一起吃饭,他默许了。我做了番茄奶酪意面,还用花园里的春莴苣做了一道沙拉。

"这里有什么动物吗?除了那些已经消失的睡鼠,还有你的猫。"我问道。

"你为什么问这个?"

"因为当我在花园里摘莴苣和葱的时候,有个东西从我身边溜过去了,然后逃到了树林里。"

"一只狐狸……"

"狐狸?"

"一只我一直想驯服的小狐狸,我一直用食物贿赂它……"

"你喂它什么了?"

"鸡肉。我从本地农民那里买的。"

"《小王子》中的那只狐狸。"我带着嘲讽说。

"哈,是的,《小王子》中的狐狸。"他说,无视我的嘲讽。

"那是哪辈子的事了!那种感觉,我是说……"我说,并没有道歉。

"那是我们刚上大学的时候,廉价的唯灵论是时尚的巅峰:要爱情不要战争,赫尔曼·黑塞,日本禅道和自行车,异国的佩奥特掌①和本地的大麻。《小王子》……"

---

① 仙人掌科仙人掌属植物,原产于北美,因具有致幻作用而闻名。

我们吃完了被他夸赞不已的平常饭菜，然后移步到了门廊上。我开了一瓶酒，给我们每人倒了一杯。

"你搬进来还不到二十四小时，就已经完全像在自己家一样了。"他友好地说道，然后冲我举起了杯。

我没有回答。我不知道该说什么。

房子里有网络，是他安装的，没有网络会让他不知所措，他认为网络对我来说也一定很重要。如果我带了笔记本、iPhone，或者iPad，我们可以测试一下网络。有一个电话插口，但没有电话。他只用手机……其实，他也没什么要告诉我的。洗衣机坏了，他可以找人修一下，但我最好买个新的，这台太旧了。他对这个村子了解不多，有几栋房子，一些靠种地为生的老人，还有少量牲畜，主要是猪和家禽。据他所知，这附近没有别的周末客了，这是他所知道的唯一一座消夏小屋，附近的村子里还有几座。我已经见过市中心了，那里很方便，有杂货店，医生一周来两次，还有一个小药房。大约十五英里外有一所学校。乡下很可爱，有几个很漂亮的地方，比如树林里的一个池塘。如果我愿意他可以带我去。树林里到处都是蘑菇、牛肝菌和鸡油菌，人光靠这些蘑菇就能活下来——应季的时候很新鲜，其他时候都是干巴巴的。还有蓝莓和野草莓。

"那果园呢？"

"走，我带你去看看……"

果园在我看来很大，但他说这种规模的果园只够一户人家用。有两棵杏树，他用上面的果子做了果酱，我能在厨房的柜子里找到去年剩下的几罐。这些都是苹果树，只有两个品种，一种是黄魁，早熟苹果；另一种是秋天结果的莱茵特；有两棵樱桃树，上面的樱桃他根本摘不完；一棵梨树，是彼得洛夫卡，还有一棵果子比较小，当地人叫它扁梨。那边还有两棵李子树，一棵白李子，一棵皇后李子，有个邻居每年都把它们摘下来蒸馏成白兰地。这边，我们还有酿酒用的桃子，这在如今是很稀有的品种，也是最好吃的品种。这边又是什么？一棵醋栗。这里的人对这个不熟，但他种了一棵，好能试着做醋栗酱。这都是受俄罗斯文学作品的启发。他记得有地方提到过醋栗酱，是契诃夫吗？我知不知道？没错，果园并不是纯粹的生态和生物，在没有化学药物的前提下，维持果园的生命力是一个很大的挑战。

"这其实是你的房子，博扬。"我打断他，懊恼地说。

"现在是你的咯，"他说，"我搬进来时主人不在附近。没错，我把房子和花园打理得很好，没有我的话，这里肯定杂草丛生了。一座房子里里外外有很多事要做，我不知道你对这类事是不是拿手。"

那只猫出现在花园里,围着博扬的脚踝打转。

"你来了,你这个小流浪汉。"他说,摩挲着它的头,转身回屋去给它找吃的。我跟在他身后。

"博扬,你在这个村子里做什么?"

他停顿了一下,然后有点难为情地回答说:

"我是个排雷手。"

"什么?"

"我是清理雷区的……"

"什么雷区?"我傻傻地问。

"不是我一个人,我们有一整个团队,战后有很多地雷被遗弃了。这附近的战争很可怕。你看到十字路口那些房子了,它们遭受的破坏……像瑞士奶酪一样。"

"这一切都太愚蠢了!"

"你说得没错,愚蠢……"

"那你的团队在哪里?"

"离这里不远,如果你愿意的话,我可以带你看看我们的工作区,我们的 MSA……"

"MSA?"

"Mine suspicious area(地雷可疑区)。"

"你是说这附近有地雷吗?"

"好吧,这么说离真相也不远。"

"那你做什么?"

"搜索那些已被指定为 MSA 的区域,当我们发现地雷的时候,就把它排出来。"

"有多少地雷?"

"克罗地亚官方给出的数字是六万枚,波斯尼亚的数量是这个的三倍。但非官方的数字要高得多。"

"所以仅仅根据官方的消息,就有六万具潜在的克罗地亚人的尸体?那非官方的呢?是不是每个克罗地亚人都有可能是受害者?"

"你思考问题像个筹款人。幸运的是,踩到地雷的人只有三分之一会丧命。"

"那其他人呢?"

"他们可能会缺胳膊少腿。"

"跟你聊天真是提神啊。"我说,倒上了更多酒。

我沉默下来。太阳快落山了,一股寒意悄悄袭来。我起身拿了件毛衣,又回到门廊上。

"听我这么一说,你是不是感觉每走一步脚下都埋着地雷?"他说。

"没错。这是不是说明我是个胆小鬼?"

"不,只能说明你是个正常人。"

"花园里没有地雷吧?"

他笑了。

"或者果园里。"

"没有。"

"那树林里呢?"

"没有,这些树林没有被列入MSA。"

"不过,谁也不知道……"

"没错,谁也不知道。不过,如果你走那些老路,我觉得什么都不会发生。本地农民都知道这一点。"

"不过,仍旧有人时不时被杀死,是吗?"

"的确有这样的事。"

"太愚蠢了……"我重复着这句话,像一阵丑陋的抽搐。

"战争就是盲目的。现在虽然结束了,但地雷还在我们身边。而且整个问题已经陷入非法状态……"他说。

"非法状态?"

"所有人都不再关心战争,除了那些认为它仍旧有利可图的人。我们各方的英雄都已被免除了战争的罪责,他们中的大多数人永远不会坐牢。少数入狱的也被当成凯旋的英雄。新的雕像被立起,退伍军人得到抚恤金,但流亡者不会回来了,因为他们无家可回。只剩下地雷还在提醒我们这里曾经发生的事……"

"你这些话听起来像是小说的开场白。"

他咯咯笑了。

"最有意思的悖论是,排雷手做这份工作是为了谋生。"

"你说什么?"

"一开始他们承诺报酬丰厚。除了欧共体外,克罗地亚政府也拨了一大笔钱来清除克罗地亚的地雷。私营排雷公司遍地开花,仅在克罗地亚就有四十多家。"

"这不是件好事吗?"

"如果他们都诚实的话,就是件好事。"

"他们不诚实吗?"

"在这个行业工作的都是些正派人。甚至还有女人。比如有一个来自波斯尼亚的女人,每个人都认识她,她来自利弗诺的达沃尔卡,是一位单身母亲,独自抚养了六个孩子,她是个排雷明星。但是……"

"怎么了?"

"男孩子们不喜欢女人出现在工作场所……"

"为什么?"

"女人会带来坏运气。排雷手就像水手,水手也不喜欢女人上船。"

博扬站起身。

"时间不早了,我该走了。"他说。

"那你睡哪儿?"

"别操心这件事了。明天我会回来拿东西,明天是周末。快中午的时候可以吗?"

"要不你在这里睡吧。"我小心翼翼地说。

他听出了我声音中的谨慎,犹豫了一下,但是同意了。他去阁楼上给自己铺了床。

我们回到门廊上,又坐了一会儿。外面一片漆黑,天空缀满星星,房屋变得模糊,天鹅绒般的寂静笼罩着一切。

"我不记得上次看到星星是什么时候了。"我说。

"我们这里只有星星。"他笑着说。

"星星和地雷。"我补充道。

很明显,我就待在二十年前逃出的那个捕鼠器里。从捕鼠器里看,天上的月亮就像一个难以企及的圆形奶酪。现在,它看起来像个不起眼的小地雷,那种地雷因为外形酷似一罐肉酱,所以又被称为帕西塔(pašteta)。

10

早上,我被厨房里一阵轻轻的敲打声吵醒了。

"早上好!"我走进客厅时,他说。

我不记得上次有人跟我说早上好是什么时候了。他的嗓音随意、深沉，他慢慢地斟酌着自己的词句……

"对不起，又来了？"

"我可什么都没说。"

"我发誓我听到了一些内部评论。"

"所以呢？"

"但这一天才刚刚开始。"

"还没……开始呢。"我抱怨着，心绪不佳。

"请坐。"他平静地说。

桌上煮着黑咖啡，一把新摘的红萝卜和香葱摆在盘子里，篮子里有烤面包片，我的盘子上有两个软软的单面煎蛋，非常圆。"新鲜的本地鸡蛋。母鸡今天早上才下的。专为你准备。母鸡叫毕塞卡，已经是我的朋友了。"

"我快要哭了。"我说。

"为什么？"

"因为我最喜欢的一部电影里有个美国文学教授，一名研究贝尔托·布莱希特的专家，每次他的波兰女朋友为他准备早餐煎蛋时，他都会哭。"

"为什么？"

"我不知道。也许那个文学教授把这当成温柔的终极姿态。"

"我同意。但是我选班尼迪克蛋作为我的终极姿态，你明天早上就能吃到。"他开玩笑地说。

"既然我们谈到这个问题……"

"不是现在，明天。"他笑嘻嘻地继续说。

"但我的意思是……"

面对这个我几乎不认识的男人，在没有开场白、没有发问、没有邀约的情况下，我脱口而出一大堆语无伦次的话。他才刚刚醒来，好心地给我做了早餐，而我的话就像没有味道、没有感觉的粥，是我夜间沉思的混乱总结。我说我不知道该如何处理这座房子；我来这里不是为了住的，而是来看看情况；我不认识房子的主人；我不知道那个人为什么把房子留给我；房子比我想象的要好得多，实际上它就像一个"关于家的深层隐喻"（这是我的原话，虽然我不知道我说的是什么意思）；或许恰恰是因为这个原因，我发现这一切都令人费解；我经常旅行；我不在克罗地亚生活；当然，我时不时回来看看；我不确定有没有准备好搬回来；现在我很迷茫；我对一切都不确定；我没有计划；所以我们最好不要改变任何事情；我们要让事情保持原样；我明后天就回萨格勒布；我想请他继续住下去，就像之前那样，尤其是他已经和房子融为一体了——而我永远做不到那样。

我喘了一口气。

"看看这两个单面煎蛋创造的奇迹吧。"他轻松地说。

我们都沉默了。清晨的阳光从窗户照进来，我站起来，打开门廊的门。远处，湖水闪闪发光，远远望去就像有人在摆弄镜子，随时准备弄瞎那些看过来的眼。

"远处是什么？是水吗？"

"去年冬天留下的沼泽，湿地。"

远处灿烂的景象，博扬，这座房子，所有这一切都激起了一阵模糊的不安。这些东西包裹在一起，共同触动了我内心封锁已久的东西，我突然发现自己处于高度戒备状态，就像我的安全系统受到了攻击一样。

我不知道这一切从何而起。也许人真的每隔七年就更换一次全身的细胞，我不是很确定，但我知道的是，每一次大的变化都会留下一些罅隙。第一道裂缝，第二道，第三道，终于到了某个时点，茶杯自己就裂成了碎片。我们会说，你看，它就这么碎了。我在认识的人身上看到过这种反应。当天然的胶水、荷尔蒙、健康仍发挥作用的时候，把事情保持在一起很容易，当皮肤平滑而有光泽的时候，当肌肉紧绷的时候，当我们处在最佳状态的时候，当我们被爱着的时候，当我们仍有目标的时候，当我们爱着别人的时候……但是，当这一切都消失的时候，会发生什么？

11

那是个星期天,博扬提出带我去他的工作区看看。他说得没错,那里离房子一点都不远,不超过八英里。我们开车沿着一条土路穿过树林。

"左边是 MSA,右边不是……"

"你怎么知道右边不是?"

"我们有情报。军队之间有条约。关于地雷埋藏地点的精密地图是很珍贵的商品。"

"你说什么?"

"那是值得跟敌方讨价还价的情报,可以用它交换战俘什么的……"

"能相信吗?"

"某些条约必须尊重。"

"所以树林左边很危险,右边不危险?"

"没错儿。"

我们下了车。我不记得上一次闻到树林的浓郁气息是什么时候了。树木仿佛在为《国家地理》杂志拍照一样闪着光。阳光穿透浓密的树冠,化作一束束金箭,像中国的红灯笼一样从内部照亮了茂盛的蕨类植物。到处都是红丝带，标记一直延伸到树林深处。这里犹如一座异教的神殿。被阳光照亮的红丝带就像某种神秘有机体的脉搏，在林间的蕨类植物中跳动着。两台像儿童玩具一样的小机器立在路边。扫雷机器人……

"你说得对……这树林就像个神殿。我不知道你注意到没有，这些机器也有合适的名字，宙斯、泰坦……跟所有武器一样，地雷也是男性性幻想的一种隐喻。它们大多是阳具的形状，如果排成一排，看起来就像情趣用品商店的性玩具一样。手榴弹则像睾丸。印度传统文化崇尚林伽，它们散落各处，大小不一。这些西方的版本比较矜持，经过了伪装，但本质上是一样的。你大概知道，男人们喜欢互相插科打诨，给阳具取外号。他们对武器的态度也是一样的。"

"为什么？"

"可能是为了帮助他们克服恐惧。"

"地雷都有什么绰号？"

"肉丸，跷跷板，玉米棒，铃铛，白佬，沙丁鱼……"

"最危险的是哪种？"

"毕业舞会，一种杀伤力巨大的喷雾弹。致命的。去年，我们一名队友被一颗毕业舞会杀死了。"

"那其他种类呢?"

"有时候我们能遇到'二战'时期留下来的地雷。当我们的队员在拉斯托沃附近排雷的时候,他们真的碰上了一颗英国地雷。它在那里躺了六十年、沉睡了六十年后,又杀死了我们的一名排雷手。"

不知为何,一切都安静得出奇,就像被裹在棉絮中。

"我也有那种感觉。我们是不是在不知不觉中已经为一场爆炸做好了准备?你知道埃及人怎么称呼地雷区吗?"博扬说。

"怎么称呼?"

"恶魔的花园。"

"你说话声音为什么这么小?"

"因为排雷手就像水手一样,不喜欢噪声。船上是禁止吹口哨的,你知道吗?"

"为什么呢?"

"口哨会引来风暴。"

就在这时我们听到了哨声。

"瓦隆。"

"瓦隆是谁?"

"是个东西,不是人。金属探测器。瓦隆工厂制造。"

我们听到了瓦隆悲壮的颤音。

"你能看到那个人吗？那个穿防弹背心、拿着金属探测器的男人？那里，在左边，就在灌木丛那边。"

在离我们不远的地方，我看到一个穿浅绿色防弹背心的人，扫荡着树林的地面。

"他发现地雷了吗？"

"探测仪能探测到金属，可能是任何东西。"博扬说。

"到爸爸这里来，哦，我可爱的小姑娘，我的小地雷，小娘们儿，到我这里来，让我绕着弯儿走，可恶的老家伙，我知道你在那里，快出来，快出来，叮当小仙女，快让老子看一看……"男人嘟囔着。

"那是终结者。他总是跟地雷聊天。"

"为什么他今天还在工作？今天不是星期天吗？"

"自从有颗地雷把他的左手炸掉后，他就变得不太一样了。他已经退休了，但他仍然回来工作。我们甩不掉他。他总是在工作。他对地雷着了迷，把它们当成活物对待。他说，人比地雷还坏，地雷夺走你的胳膊和腿，人则夺走你的灵魂……"

男人看见了我们，挥了挥手。

"嗨，法官，你怎么样？"他大声说。

"我顺路来看看你怎么样！"

男人再次挥了挥手，然后继续自己的工作……

"看到了吗，小叮当，小仙女，他们来看我们呢，好像我们孤男寡女不够好,我们单独在一起开心多了,是不是?小地雷,小姑娘……"

12

"为什么终结者叫你法官?"开车回家的路上,我这样问道。

"那是我的绰号。就像地雷一样,我们都有绰号。"

"那为什么叫法官呢?"

"因为我过去就是个法官。"

"这话是什么意思?"

"嗯,我做过一段时间法官。"

"但现在不是了?"

"不是很适合我。"

"为什么?"

1991年,他还是坐在萨格勒布民事法庭的一名法官,目睹了新政权解雇他的塞族同事,只因为他们的档案上写着他们是塞尔维亚人或南斯拉夫人。没错,当时正在进行一场战争。战争就是战争,这种事情是意料之中的。然而,在那个尴尬的时刻,他发现自己对克族人和塞族人都感到羞耻。他是个榆木脑袋,选择了最愚蠢的抗议方式,但不能说是最无效的,因为所有的抗议都同样蹩脚:战争一旦换到高速挡,就很难停下来。他在派特里斯卡大街萨格勒布警察局排队等候办理新的身份证,当柜台后面的女人询问他的民族时,他大声而清楚地宣布自己是塞族人。

"但你的档案显示你是克族人!"女办事员说。

"不对,我是塞族人。"

"我看你非但不觉得羞愧,还有些得意呢。"女办事员说。

"塞族,就写塞族。"他不耐烦地说。

"切特尼克!"女办事员咆哮道,但她没把这句话输入电脑。

当所有正常人都想方设法掩盖跟塞族人的任何关系时,当他们因为塞尔维亚亲戚、离婚、改姓等问题吵得不可开交时,他的抗议,无论多么微弱,都在人满为患的等待室里回荡起来,并传到了他的上司耳中。

"你很勇敢。"

"不,我是个笨蛋。"他闷声说。

他从法官的座位上一路下滑,不过的确滑到了一个柔软的栖息地,进了一家私营律师事务所做律师。他们都是"他的哥们儿",大部分是塞族人,跟他一样流落街头。但和他不同的是，他们速战速决，开了一家私营律所。其中一个是他的朋友，邀请他加入。起初进展很顺利，但突然间，那位朋友变成了一个发电机。法律职业突然成了克罗地亚最负盛名的职业。ICTY，也就是前南问题国际刑事法庭（International Criminal Court in The Hague）已经开始工作，对战争罪和战犯的审判也已经开始，而在国内，在地方层面，克罗地亚腐败的深度和广度突然开始浮出水面。他的伙伴们投身于为罪大恶极者辩护的行动中去，并显得颇为游刃有余。一开始他们还找些借口，法律是法律，犯罪是犯罪，医生救人性命，而不是只给自己喜欢的人看病，等等，等等。一切都像丝绸一样顺滑，他们发了财，当地的教父和突击队员释放时，受到了国家英雄般的欢迎。有些事情不太对头。他的哥们儿变成了热门人物，和一般的骗子没什么区别，他们穿着雨果·博斯的套装出现在报纸上，看起来像个卑鄙小人，为自己在1991年所受的短暂羞辱捞取巨额补偿。现在他们忙得不可开交，然后这样一来，你看，流氓们就都逍遥法外了。没有人向无辜者施以援手。毕竟，无辜的人没办法支付律师费。他的哥们儿，都是塞族人，已经变得比克族人更像克族人，而与此同时，你知道吗，他，博扬，被贴上了一个永恒的标签——切特尼克！这是最令他抓狂的地方。

"正常人都会抓狂的。"我说。

"没那么简单。抓狂没有让我变成一个英雄,我之所以抓狂,也不是因为我富有英雄气概。"

"什么意思?"

阳光照在车窗上,鲜明地勾勒出博扬的侧影。他努着嘴,想咬住嘴唇上的一块干皮。个体是没有过错的,过错是一种情势,激发出大多数人身上的潜力,他用嘲讽的语气强调着潜力这个词。从此,很多人都带着那种陶醉的感觉,走火入魔了……战争以这种或那种方式摧毁了很多人的生命。所有这一切都应该被遗忘。正常人都会尽力去忘记的。

"你是其中一个吗?"

"是的,女士。"他笑了。

"但是你做了排雷手。"

"那又有什么矛盾的呢?"

13

我的小侄女眼泪汪汪地从学校回家了,因为她不知道怎么回答为何要发动戈里战役这个问题。"我怎么知道他们为什么要打那场愚蠢的戈里战役?"小女孩大哭着说。

"你是说1573年的戈里亚尼战役①？那是关于不动产的。"我解释说。

"什么是不动产？"

"你知道的，就像夏季别墅、公寓一样。"

"姑妈！"她气鼓鼓地说，让我明白她知道我只是在逗乐而已。

每场战争都为不动产而战。这也是上一次战争发动的原因，或者当一切都被说尽、一切都做尽的时候，事情看起来就是如此。有些人失去了财产，另一些人获得了财产，一些人搬进去了，另一些人搬了出来，一些人捣毁了别人的雕像，一些人烧毁了别人的家园，一些人将另一些人连根拔起，夺取了工厂、银行、媒体、政治职务、矿山、船厂、外交职务、铁路线、高速公路……鲜血为不动产而流。战争贩子用家园称呼不动产，这样人们就会少一些不安。既然"他爱上了他的祖国"听起来更为可信，又为什么要说"他爱上了不动产"呢？买卖不动产获得佣金，而保卫祖国获得勋章。上次战争的狡猾参与者获得了佣金和勋章，以及更多的：不动产。

---

① 指1573年10月9日发生在戈里亚尼的一场战役。戈里亚尼位于今天的斯拉沃尼亚（在克罗地亚东部），是匈牙利小规模战争及百年克罗地亚-奥斯曼帝国战争的一部分。

来库鲁祖瓦克之前，我去萨格勒布探访了V。他认识我父亲，尽管他们并不熟。他们来自同一个村子，都在少年时期参加了游击队，那时他们还不到十七岁。几个月前，V给我写了有史以来唯一的一封信。他在信中流露出恐惧，说他已不久于人世了，希望能见见我。在责任感和好奇心的驱使下，我给他打了电话，定下了会面的日子。

老人迎接了我，显然喜出望外。他那比我年轻几岁的儿子也在那里。没有女人操持是显而易见的：老人的妻子因阿兹海默症而瘫痪，在一家老年护理机构过了最后的日子。儿子摆好桌子，我对他们提供的小吃表示满意，这让老人高兴不已。V显然渴望交谈；但他的儿子不经意地用闲聊填补着谈话的空白，努力减轻因年龄而变得迟缓的父亲的压力。V频繁地摸索着词汇，几次徒劳地试图加入谈话之后，放弃了。在某一刻，他确实用手势吸引了我的注意力，然后把我拉进了他的房间。他有一张老式的小学书桌，还有一台老式的打字机。桌子对于老人来说太小了，也太不舒服。他给我看一个书架，我在里面发现了两本我自己的书。然而，他想见我的真正原因在另一个架子上：他的一摞手稿，用打字机打得整整齐齐，装订在浅蓝色的布质封面间。我立刻明白了我应该怎么做：我挑了一章，答应看完后再还给他。老人脸上露出真正的喜悦。

接下来，他四处打量着房间，大概是寻找其他什么东西给我看，这时，V非常意外地摔倒了。他摔倒的方式是刚学会走路的孩子和老人摔倒的方式，我母亲在她去世之前的那几年，很知道如何这样摔倒，出乎我意料的是，每一次她都能毫发无损地站起来。我因恐惧和怜悯而愣住了。老人的儿子跳进房间，熟练地抓住自己的父亲，把他从地上提了起来。我们像什么都没发生过一样继续交谈着，但气氛已经变得阴沉。我感觉头顶某个地方响起了无声的警报，告诉我是时候离开了。我们互相道了再见，老人和他的儿子把我送到门口，就在我走进电梯的时候，老人又说了句什么。

"你说什么？"我问，又迈出了电梯。

"很抱歉我倒下了！"他重复道。

我笑了。他也回以虚弱的微笑。他选的动词让我很惊讶，本来说摔倒更正常，但他用了倒下。而结尾处含糊不清的s说明，他的假牙出了问题。

南斯拉夫的解体和新的战争把V推回过去。和许多前南斯拉夫人一样，这位老人也退回了五十年前；这个社会的象征图腾也在倒退，陷入"二战"创伤的中心，人们原以为那个创伤早已愈合。V的回忆录以他童年时代的第一次噩梦开始,用屈辱和自我贬低的言辞结束(他把自己称为不值一提的人)。这让我感到不安,可能是因为这些东西并不是这类文体的典型;一般来说,人们写自传并不是为了自我贬低,而是为自己树起一座纪念碑。V的自传不过是给普通南斯拉夫公民的自愿投降树起了一座不起眼的纪念碑。他的故事无法激起同情,也许是因为他并没有在寻求同情。文中散发出令人不快的耻辱的污点,而这种耻辱从未被探究过。人们所期待的控诉、对时代不公的谩骂,无力地滑向了悔恨的哀号。"很抱歉我倒下了……"

我发现我能用头脑理解V和其他类似人的不快,但用心只能理解一部分。我想知道,这种冷酷是从何而来呢?我之所以缺乏自发的同情心,难道不是因为就交战双方而言,打败我们的不是塞族人或克族人,而是地痞、流氓、杀人犯、扒手、骗子、疯子、卑鄙小人、懦夫、暴徒、小偷、强盗以及无名之辈吗?我们因缺少与他们抗衡的意志而败下阵来。他认识到了敌人的真实面目,这才激起了固执的否定,以及随之而来的自怜的余波,这场震荡的受害者都会像分泌黏稠的唾液一样分泌这种自怜。而在触动我们心灵的事物的清单上,自怜并不占据崇高的位置。

我为自己缺乏同情心而感到自责。据说普通人的血管约有六万英里长，也就是说，如果把我们的星球想象为一根线轴，那么人的静脉、动脉和毛细血管首尾相连地连成一条长线，大概可以绕地球两周半。至少，我小侄女的教科书上是这么说的。也是这个小侄女，不久前哭着从学校回来，因为她不知道人们为什么要发动戈里战役。你看，她的眼泪像滚烫的蜡一样，直接穿透了我坚硬的内心。我理解她孩子式的抗议：她被迫使用不属于她的参数来认识世界。

也许，当我的父亲为他的过去画下不容商量的休止符时，他是对的。他1973年死于癌症，死时仍旧很年轻，像个影子一样无声地飘过，把他那真实的和象征性的弹片带去了坟墓。谁知道呢，也许当他意识到他的小女儿是多么迷恋他身体里的弹片的故事时，他选择了一劳永逸地终结他的过去。当孩子们正朝自己光明的未来蹦蹦跳跳前行时，把爆炸性的家庭遗产纪念品扔进他们的背包，岂不是很任性？因为当面对这些真相时，一个人所能获得的只有关于平庸的知识，恶的平庸：没有改变我们生活的发现，没有正义，没有悔恨，没有羞耻，没有慰藉，没有渴望中的净化，没有任何东西……

1971年的南斯拉夫,在克罗地亚上演的一幕,对二十年后发生的事进行了预演①。南斯拉夫的政治审查官紧急叫停了这一幕,并把它的作者们送上了法庭,一些人进了监狱。他们说,这部前传震动了南斯拉夫这个国家的最核心。很多克罗地亚人把这个短暂的时期称为"克罗地亚之春"②。

同一年,1971年(那时我父亲已经病得很重),我母亲偷偷塞给了我一张名单,上面有我父亲的名字。我看不懂上面说了什么。这是一份在指定收件人之间流传的黑名单,并最终(偶然或者有意)落到了我父母手中。它列出了我们生活的这个小镇上要受到严密监视的人,这些人是"克罗地亚之春"的幕后黑手,明确意识到了他们在政治上所要实现的目标。名单上的人要受到审查、排挤、控制和清算,虽然没用这么多字眼来表达。另一方面,指示越模糊,执行起来就越有针对性和有效性,二十年后,克罗

---

① 具体是指1971年,三位克罗地亚语言学家出版了一本名为《克罗地亚正字法》的拼写和语法教科书,该书相当于从词源学上否认了官方指定的塞尔维亚-克罗地亚语,因此被禁止和销毁。
② 二十世纪六十年代末克罗地亚共产主义者联盟发起的一场文化和政治运动,该运动反对大一统,要求在南斯拉夫联盟进行经济、文化和政治改革,包括让克罗地亚在南斯拉夫境内享有更高的自治权。

地亚文化部向各个图书馆发出的指示也同样模糊，这份指示要求各个克罗地亚图书馆清理非克罗地亚书籍。虽然并没有明确出现焚烧或销毁的字眼，但实际上许多书都被烧掉了，还有一些进了垃圾桶。显然，并没有一份明确的要被销毁的作家和书籍的清单，但狂热的克罗地亚图书管理员的文学品味一致认为：被丢弃的应该主要是塞尔维亚作者的书籍，用西里尔文印刷的书籍——哪怕作者是克罗地亚人，南斯拉夫作者的书籍，"左倾"作者的书籍，共产主义者和反民族主义者的书籍。

与此同时，在同一时间，1991年，在明显没有上面指示的情况下，克罗地亚敢死队对不合适的克罗地亚人进行了清洗。如果真是敢死队主动所为，那为什么时至今日，在罪行发生的二十年后，只有很少的肇事者进了监狱？

为了建设一个新社会，我的父亲献出（是的，就是这个词）了他的生命，在这个新社会中，第二次世界大战的罪行将被宽恕和遗忘，每个人都被一视同仁地允诺给一个更好的明天；在这个新社会中，知识就是力量，兄弟情谊和团结将被视为珍宝，工人、农民和诚实的知识分子将建立起平等的关系；这个新社会的未来光明、简洁而一目了然。从那以后，我常常想，自从看到那张名单和自己的名字后，我的父亲就已然羞愧至死了。他的确是在几个月后去世的，把弹片带去了坟墓，既包括他腿上的弹片，也包括数不清的象征性的弹片。

1971年，我母亲立刻销毁了那张写着名单的纸。二十年后，她扔掉了父亲剩下的文件，包括他在结核病疗养院住院期间和回来的路上给她写的信——当时她怀孕了，正等着孩子出生，那个孩子就是我。她保留了一大堆通常贴在街区楼房上的死亡通知书，毫无意义的三十多份，还有同样毫无意义的一大摞吊唁电报。清理改造她的公寓时，我把它们都扔了出去。母亲用她糊里糊涂的审查员一般的努力，只留下了父亲死亡的证据，而销毁了他活着的证据。除了几张照片和一些奖章（表彰他在实现社会主义理想的过程中所做出的自我牺牲）之外，什么都没有了。

我对那张黑名单的匆匆一瞥，成了深埋在遗忘中的东西。这张名单就像白墙上的霉斑一样，只是浅浅地浮在表面上。下一刻我就已经洗掉了它、擦除了它，然后重新粉刷，好像它从来都不存在。没有比忘记一次跌倒，尤其是忘记屈辱更强大、更富有人性、更自然的冲动了。我们不会用这些东西麻烦自己，它们不属于心灵的权限。我们的自我防卫系统深谙此道，是遗忘的橡皮擦。

14

我们回到房子，就在开门的那一瞬间，我突然觉得我失去了时间感。好像我们已经一起开过一次门，不止一次，而是许多次。这种感觉既珍贵又廉价，就像科幻电影中的人形机器人，它们愉快地回忆着那些从未在它们身上发生过的事。

他洗澡的时候，我做了晚餐，我洗澡的时候，他摆好了桌子。吃饭时，我又一次没能抑制住自己的好奇心……

"我的笨脑袋还是没想通，你到底是怎么从法官变成排雷手的？"

"那我就不明白你的判断立场了。"

"为什么？"

"因为你明明知道我们的生活被彻底改变了，难道你的不是吗？"

"的确，是的，我永远也想不到……"

"我也无法想象！"他稍微抬高嗓音，打断了我的话，"其他很多人也不能！没有人能想象！那么，为什么我的情况就比那个一夜之间变成瑞士百万富翁的克罗地亚卡车司机更离奇呢？我退步了，而他，你不知道吗，一飞冲天！那是不是说明我是个傻子，而他是个天才？一个来自帕科什坦山区的穷孩子能梦想成为克罗地亚的国家偶像吗？成为一个孩子们在学校里读到的英雄？成为一座别墅和一个工业化养鱼场的所有者？难道所有这些都是他把二十万塞尔维亚平民驱逐出克罗地亚而获赠的礼物吗？所有这些都是因为他没有去上学，而是逃到了克罗地亚边境，学会了如何扣动扳机！一个从雷普什尼察小乡村出来的面如土色的农村小子，能梦想到有一天他会摧毁一整座克罗地亚工厂，然后为自己在伦敦买一幢别墅，送他的孩子们去牛津上学吗？然而在这整个可笑的事件中——这个命运的轮子，这个往复循环、没人知道它何时停下的轮子——你竟然问我是如何从法官变成排雷手的？而我注意到，你没有问克罗地亚法官是如何变成罪犯的！在这个国家掌权的不是阿尔伯特·爱因斯坦，而是流氓！"

"所以呢？"

"你还没有放弃吗？"

"没有。"

"发挥你的想象力吧。"他风趣地说。

"我没有想象力。"我刨根问底。

"我当时没有工作，看到了一则广告，付费参加了一个排雷课程。一开始他们跟我们承诺说工资很不错。"

"所以你是为了工资才进的排雷这个行当?"

"无论我怎么说,你都不会相信我的。如果我说干这份工作是为了钱,你不会相信我。你会说我完全错了,还有风险更小的谋生方式。如果我告诉你我是出于道德的原因,因为到了最后,总得有人清理战争留下的废墟,你也不会相信我。你会说我在自我吹嘘,对不对?"

"你总不可能说你喜欢干这个。"

"你不会相信我,但我的确喜欢。"

"你真是个怪人!"

"那又有什么不好呢?"他笑容满面地说。

然后他从桌子旁慢慢起身,向我道了晚安,但他没有去阁楼上的床铺,没有去他的房间,而是转身走向一楼的卧室,我的房间,这是习惯,他本能地这样做,毕竟在这之前,那里一直是他的房间,我跟在他身后,我解释不了原因(难道我在维护自己的领地?)。我们在门口停住了,我走了进去,他吓了一跳,向后退了几步,然后我们转向彼此,只隔着几英寸的距离。他把手放到了我的脸上。这个手势把我弄糊涂了。然后,我仿佛第一次掌握了一直在研究的一种本土仪式,也把自己的手放到了他的脸上。我们像阅读盲文一样阅读着彼此,在我们指尖下流淌着对方身体的历史,一个身体向另一个身体表达敬意,就像老年探戈舞者,或者上了年纪的重量级摔跤手。其中也有一些深沉的仪式感。这凝固的时刻只持续了一秒、两秒,也许更长,然后我们一言不发地脱光衣服,躺下,做爱。我们带着温柔的克制做爱,不慌不忙。我猜,这就是我们这个年纪的人做爱的方式,从一种漫长而痛苦的孤单中恢复过来。我用颈背感受着他的呼吸,睡着了。在我坠入梦乡之前,我想:回家了。

早上,我被鸟儿吵醒了。我爬下床,留博扬一个人睡在那里,然后走到门廊上。空气中流淌着一阵阵睡意蒙眬的雾气,丁香花的香气弥漫四周。我走下台阶,摘了一簇丁香花。回到门廊,我坐到长凳上,揪下一朵像高脚杯一样的小花,把它戳入大拇指的缝隙里。我坐在那里,大拇指伸在前面,手肘撑在膝盖上,小心翼翼地不让花儿翻倒,呼吸着一个全新的早晨。我不记得有比这更新鲜的早晨了。

15

博扬上班后,我的第一个冲动就是上车离开,回萨格勒布，然后抢占前往阿姆斯特丹航班的第一个空位。这股冲动如此强大，仿佛我正在为最后一盎司氧气而战。我坐进车里，但没有开回萨格勒布，而是绕着当地的小路巡游，驱散着内心的不安。那天早上他去上班之前，我们说了几句话。我熟练地避开了任何需要在更正式和更亲密的语气之间做出选择的语言学困境。这是一种我很熟悉的尴尬，迟疑地叫出伴侣的名字，愚蠢但不可避免的外交式警惕，更多是暴露而非掩饰了自己。

开着开着，我遇到一个荒废的、破烂不堪的房子。我停下车，被院子里一棵巨大的核桃树的秀美吸引住了。一个瘦削的男人坐在树前的长凳上抽烟。他旁边有一个男孩，正执着地用足球撞击房子的墙壁。我下了车。一个穿土耳其长裤的女人从房子里探出头，然后又退了回去。

"你好。"我说。

男人心不在焉地嘟囔着一些听不清的话。

"我好像迷路了。你能告诉我库鲁祖瓦克怎么走吗？"

男人没有理会我的问题。男孩继续撞击着球，无视所有人。穿土耳其长裤的女人走出了屋子。

"我们不知道。"她说。

"你们不是这附近的人吗？"我问道，尽管他们显然不是。

"从波斯尼亚来。"她说。

"他是你儿子吗?"

"孙子,米尔萨德。"

"多大了?"

"十二岁。"

"他上学吗?"

"这附近没有学校。"

"他不是应该待在学校里吗?"

"是的,但谁带他去呢?要先走一个小时的路去公交车站,然后再坐半小时的车才能到学校。"

"你有工作吗?"

"你自己看啊。"

"那你们怎么办?"

"我们喝西北风。"她说,然后做了个鬼脸,佯装一笑。他们也不是只喝西北风。他们的儿子,也就是米尔萨德的父亲,几年前去世了;他们的儿媳,米尔萨德的母亲,在意大利打工。她在那里照顾一个年迈的女人,同时打扫房间。她还能干什么呢?她给他们寄一点钱,否则他们就会饿死。但目前,她还无法负担把米尔萨德接走跟她一起生活。

核桃树上贴着一张海报,我的一个老熟人肿着脸在上面咧嘴大笑,那时她已经成了克罗地亚的政治家。浮肿是由于鼓入海报下面的空气,它们慢慢地掀动海报,将其吹落到地上。我指着海报,看着这个女人,眉毛一挑,询问道:

"哦,她在这里,这位女士,她贴了海报,还承诺说会送米尔萨德去学校……"

"然后呢?"

"没有然后了。他们四处经过,甚至来到这个墙洞,并不是说他们没有来过,而是说他们再也不会回来了。所有人都把我们忘了:包括上帝,包括魔鬼……"

我思考着包括男孩在内的这些人,他们是如何被抹去的。这个女人不屈不挠地模拟着从前的生活,洗衣,做饭,打扫房间,但即便她如此勤劳,她的家还是变得越来越不可见。很快他们就会消失,不留一丝痕迹。他们会跟这座摇摇欲坠的房子一起,慢慢被羊齿草、葡萄藤、杂草所掩盖,然后核桃树的树根会像章鱼的爪子一样将房子包围,最后把他们彻底挤走。来这里之前,我在阿姆斯特丹殡葬博物馆的展览中看到过类似的一幕:一条树根吸出了一个人的头骨。

人们以各种方式被抹杀。有时,一个群体会残忍地抹杀另一个群体,就像二十年前塞族人在斯雷布雷尼察所做的那样[1],一夜之间屠杀了八千多名男人和男孩,都是穆斯林,给他们贴上包裹的标签,将他们处死,连眼睛都没眨;或者一个群体有意无意地杀死另一个群体,消殒于波斯尼亚的平民,数量激增到以万计;人们或者收到死亡威胁只好主动离开,要么一个人,要么成群结队;或者被解雇;或者所有的氧气源都被切断;或者家园被烧毁,再也无处可回;或者被迫搬走,让别人搬进来,就像这附近的克族人驱逐本地的塞族人一样,然后,他们让波斯尼亚人搬进塞族人腾出的房子,而波斯尼亚人,正是被塞族人驱逐出了他们在波斯尼亚的家园。然后,你瞧,二十年过去了,战争依然没有结束,因为很多人都有兴趣延长战争,依然有包裹在四处移动,寻找一个地址,到处都是长出地面的人骨。上帝和魔鬼都忘了这两个未老先衰的民族,以及更多人。很多人没有选择地被移去一个平行世界,从那里,在一面玻璃墙后面,他们向我们发出信号,像金鱼一样张开嘴巴,无声地吐着泡泡,上演着一个悲伤的哑剧,指着他们的心脏说他们还活着。我们就在这里,墙倒塌后还不到四分之一个世纪,堤坝决裂,数百万人像蚂蚁一样被洪水淹没。他们没能获得胜利,然而那又是谁的过

---

[1] 指1995年7月发生在波斯尼亚和黑塞哥维那的斯雷布雷尼察的一场大屠杀,由塞族共和国军队在波斯尼亚战争期间执行,被认为是"二战"后发生在欧洲的最严重的一次屠杀行为。

错呢!他们不会游泳,然而那又是谁的过错呢!那些傻瓜逆流而上,不知道该如何驾驭潮流!他们为什么不紧紧抓住水岸?为什么不抓住一根树枝?有些人一举成功,而其他人没有——这种差别,就像死刑一样没有商量余地,是收起同情心的借口。他们能做什么呢,他们能去哪里呢,这些五十多岁未老先衰的人们?他们能期望的最好结果就是,一旦他们的子孙变得更加孔武有力,变得头脑发昏或者歇斯底里,能用枕头一把闷死他们,让他们脱离苦海。

回去的路上,我逛了逛我的社区,买了一些补给。在布料店,我买了一些质量还不错的棉质床单,还有一块按码数计价的白色亚麻布,准备用来做窗帘。我买了缝纫用品和剪刀,因为我不确定家里有没有。我发现收银员脸上挂着笑容,才意识到我全程都在微笑,完全出于无意。回车里时我经过你好咖啡店。同一群孩子仍旧坐在那里,跟上次一模一样,好像自从我上次见过他们后就再也没动过。

"嗨,大妈,搬过来了?"厚脸皮打趣道。

"怎么,你介意吗?"我踌躇了一下,反问道。

"我倒是不介意,不过其他人都逃走了……"

"所以呢?"

"没有哪个正常人会搬来这里。"

"所以呢?"

"你看起来挺正常的!"厚脸皮说,周围的男孩一阵阵地起哄,帮衬着他。

"那你怎么不走?"

"因为我不正常。我没钱买汽车票!"

男孩们咯咯傻笑着,有几个击掌表示赞同他的评价。

我转身朝车走去。

"大妈,给我买张车票吧!"厚脸皮跟在我后面,用唱歌的声调笑着说。

"一张车票,一张车票。"其他男孩子一起唱着。

"一张去美国的车票……"有人独声唱出。

我想,在这场业余制作的外省悲剧中,这些孩子就像一支歌队,但他们不知道自己是歌队,也不知道歌队的功能是什么。

然而,那孤零零的一嗓子从其他人当中跳脱出来,三十年前的南斯拉夫怀旧金曲(……给我买条漂亮裙子,银项链,红树莓,还有一张去美国的车票……),它打动了我。我想,这正是送给大妈的礼物。

16

谁知道呢?也许业余歌队这个愚蠢的比喻像根精神

毛刺一样，被我一路拖回了家中，因为当我和博扬晚饭后待在外面露台上的时候，我感觉自己不是"坐在生活里"（我的一个朋友曾经说，"我坐在生活里，就像坐在电影院中一样"），而是坐在舞台上，面对着空荡荡的观众席，有人关掉了音响和灯光，也关掉了与世界交流的一切通道。

"我肯定出了问题。"我说。

"哪方面？"

"交流方面。"

"接着说……"

"我的小侄女回的邮件中，从来都没有我想要的答案。"

"是吗？"

"相反，她用笑脸和跳动的心脏铺满整个屏幕。打电话时也好不到哪里去。比如说，她从不回答像'你好吗？''你怎么样？'这些平常的问题，相反，她对着听筒哈气，像这样，哧哧哧哧，吱吱吱吱吱，或者咝咝咝咝。或者吐气，噗噗噗，噗噗，又笑又吹口哨……"

"这个孩子不习惯传统的语言。"

"没错。她正处在摆弄表情符号的阶段。手头没有电脑的时候，她就徒手乱画，生气的时候画一些暴躁的面孔，伤心的时候画一些看起来傻乎乎的眼泪汪汪的表情。她觉得常规语言不属于她，也永远不会属于她。那是教科书上的语言，是戈里战役的语言，是献给亲人和祖国的诗歌，是成年男子用来传递信息的语言。她已经察觉到了这种语言里的男性暴力，以及她对这种语言的排斥。"

博扬起身进了客厅。一分钟后，他带着一本书和一个手电筒回来了，他打开手电筒读了起来……

"诗人是一朵云，他随着雷霆劈下，随着冰雹落下，用神圣的甘霖浸透沟壑与河流，或者仅仅闪耀在庄严的地平线上，消失在烈日和星辰之后，像一声叹息，阴冷而昏沉。克罗地亚的草场势必化作一片焦土，不留一丝云彩……你凭什么认为男性语言暴力给我带来的痛苦更少？是这种被奉为经典的文学色情作品吗？就因为我是个男人？"

"这是谁的诗？"我问，不好意思承认我不认识这个诗人。

"你应该知道的，一首克罗地亚经典之作。"

"Zuji, zveči, zvoni, zvuči, šumi, grmi, tutnji, huči... To je jezik roda moga... 这一首吗？"

"哈，不是，不过没关系……我想说的是，我跟你小侄女一样，也是个受害者。学习法律是为了适应一种语言而进行的严酷训练，就像刚才这首诗意巴洛克一样，一点一滴都是对寻常语言的背离。我是在官僚巴洛克中获得我的学位的。我们都是某个人的大话的受害者……从这个意义上看，文学和政治拥有共同的基础。"

他说得没错，但我没有回应。今天晚上，天空仍然繁星点点。当我抬头凝视它们时，我的头脑中有一种轻微的眩晕感。

"今天早上我在车里，差点儿逃回萨格勒布。"我说。

"为什么？"

"我不知道。"

"你害怕了？"

"我没有理由害怕。你是个好人。"

"这是个问题，还是个断言？"

"一个问题。"

"我不是好人。我没有耐心。但做坏人需要耐心。我已经厌倦了。"

"厌倦了什么？"

"厌倦了我们这些男人，我们就像新西兰的毛利人一样，永远在克罗地亚或塞尔维亚的哈卡舞中跺着脚。他们大喊大叫，挥动舌头，伸展肌肉，转动眼珠，咆哮，怒号，恐吓敌人。这一切不断持续，丝毫没有停下来的迹象。"

"还有吗？"

"厌倦了我周围的环境，无法撼动的愚蠢，不智的行为。庸俗和愚蠢———一种致命的鸡尾酒。我们的人民并不和善，他们宁死也不说一句好话。我们的文化是农民的文化,这里的人相信,在某种程度上,任何一种礼貌都是在掩盖勒索或欺骗。"

"还有吗?"

"愚蠢的重复。这里的日常生活就是令人疲倦地不断重演狐狸和鹳鸟的寓言。狐狸为什么不肯让步,把煮熟的青蛙装在细颈瓶里给鹳鸟吃?鹳鸟为什么不肯让步,把鸡肉装在平底盘里给狐狸吃?为什么狐狸不肯用尾巴轻抚鹳鸟的长喙?为什么鹳鸟不肯用长喙梳理狐狸的皮毛?为什么永远不能?"

"然后呢,还有吗?"

"还有边远地区的乡村音乐,那与其说是一种曲调,不如说是求欢的声音。"

"哈哈……"

"我就知道你会喜欢这个。"

"然后呢,还有吗?"

"还有这样的对话。"

"为什么?"

"因为这是女人的话题。"

"你说什么?"

"警察的审讯。"

"这不公平!"

"但就是这样。你问我的是一回事,但你真正期望的是另一件事。"

"我想知道如果我说我喜欢你,你会说什么?"

"这么快?"

"你并不是第一个。所有女人都为排雷手疯狂。"

"为什么?"

"因为你永远不知道他们会不会回家!嘿嘿……"

17

有一次,我半夜在阿姆斯特丹的公寓中醒来,去厨房倒水喝,注意到一个极其微弱的声音,奇怪地共鸣而有穿透力,很像水晶杯发出的叮叮声。这个奇怪、细弱的叮叮声在空气中尖啸,然后消失不见了,虽然它并不刺耳,却留给我一种隐隐的不安。我无法解释它从哪里来,也无法锁定它的源头;它从某个地方落下,像一只蜘蛛沿着蛛丝旋转向下,然后消失了。也许在外太空的某个地方,有人敲了下调音叉,音调逃了出来,像只水晶苍蝇一样,在我的公寓中嗡嗡作响。是什么让一个缝隙如此开裂,又是什么时候开始开裂的?内部的侵蚀、崩塌、滑落是什么时候开始的?总之,堕落是什么时候开始的?它是如何宣示自己的存在的?是夜晚的寂静中,几乎无法听闻的水晶般的叮叮声？还是像那些深坑一样突然打开，在我们面前打着哈欠？

我翻遍了博扬有限的盒式录像带，发现了乔尔·舒马赫导演的一部老电影《坠落》。我已经按照长度剪好了在本地商店买的亚麻窗帘，现在需要给它们锁边。我知道这项工作很花时间，所以我想，有了这部我很久之前看过一次的电影陪伴我，锁边的工作会变得轻松些。

比尔（德芬斯！）·福斯特，一个穿着熨烫一新的白色短袖衬衫、系着领带的男人，开车回家时被道路施工堵在路上，然后咔嚓一声断掉了。那是一个炎热的日子，他车里的空调坏了，一只讨厌的苍蝇开始嗡嗡地飞来飞去，愤怒的人试图把它赶出车外。他的视线融化成碎片，仿佛正在跟随他的内心世界下滑。我们这些旁观者，和福斯特一起，透过车窗捕捉到了一系列特写镜头：咄咄逼人的人类嘴唇，狰狞的笑脸，传递着毫无意义的信息的广告……从这些镜头中我们可以推断出致命的重压、社会上无权者（流浪汉、乞丐、孤零零的示威者）的痛苦。这个快速、尖锐、短帧的旋涡来自洛杉矶的日常生活，与福斯特的内心崩溃不谋而合。他想尽快赶去女儿的生日派对，但现在，道路施工堵住了他的去路。他勃然大怒，弃车步行上路了，当其中一个司机问他"你以为你能去哪里"时，他简单地答道："回家。"整个如陷沼泽的处境，还有他在回家路上遇到的人和事，都在阻挠他回家的决心：坏掉的电话亭，不肯给他找零让他打电话的售货员，一群出来招惹是非的年轻小混混，一个呆若木鸡的女服务员，一家军需用品店的老板——疯狂的新纳粹尼克，还有福斯特的前妻，当他终于用电话联系上她时，她不肯让他来，并用警察威胁他；还有一个警察侦探，他正在度过退休前的最后一天，处理他的最后一个案子。福斯特固执地捍卫自己的人格尊严和最低限度的人权，但终于被逼到了墙角，他没有自首，而是在警察的帮助下自杀了。他让警察杀了他，这样他的寿险保单就能归他女儿所有了。他最终找到了回家的路，并且给了女儿一份生日礼物。

对我来说，这部电影完美地诠释了一个人的崩溃机制，与此同时，它也是克尔莱扎的小说《理智边缘》一个更年轻的、电影化的、美国式的孪生兄弟。诚然，克尔莱扎的时代背景不同，地点、文化、手法也不同。克尔莱扎主人公的堕落机制开始于他和其他几个客人围坐在餐桌旁的时刻，他把主人的行为定性为犯罪、血腥，以及道德病态，这符合事实。至于坐在餐桌旁的其他人，要么不同意他，要么没有勇气表达他们的赞同。

福斯特几乎是可怜巴巴地为他的基本自由而战：言论自由、责任感、理性、选择的自由，不同意的权利，但最后，他被荒诞逐渐累积的连锁反应打败了。导演似乎一直在试图说服我们相信，问题在于福斯特和他那脆弱的神经，在于他的失败（比如他失业了），而不在于他周围的东西。四周的一切都一如往常，但福斯特没有顺从它们、模仿它们、默许它们，避免与它们的冲突，而是倔强地捍卫自己的意见、自己的人性，捍卫正常。最后，在遵从别人的意见度过了一生之后，他想知道这一切、这场崩溃，到底是如何发生的。

坠落始于无路可退之时（比尔说，"我已经越过了不归点"），坠落是受重力制约的，它之所以开始，是因为我们由于某种原因（触发器最终是个未知数）跌出了主流，退出了人群（像吐出一个恼人的面包屑一样把我们吐出来），作为一个孤独的人冒险前行。考虑到我们和剩下的世界间不同的轨迹和速度，我们越来越觉得是他们错了，而他们则认为是我们犯了规。他们认为我们违反了规则，在引力机制中失去了稳定的步态，我们没有调整好。而与此同时，我们认为我们在捍卫自己的基本人权。当那个军需用品店的疯狂老板尼克在一场有可能升级为（针对福斯特的）性侵犯的暴力行动中试图铐住福斯特的时候，福斯特说："我不行。""为什么？"尼克问。"我已经堕落了。"福斯特平静地回答道，之后他出于自卫，刺伤了尼克。

窗帘已经锁好边了。我花了几个小时用手工缝制，但这是值得的。洁白的亚麻布料给整个房间带来了惊人的清新感。我一直都知道，精心挑选的窗帘能为窗户带来奇迹。然后，不知道为什么，我把录像带塞到了架子底层其他录像带的后面，好像看这部电影是做了什么不该做的事，我得掩盖自己的行踪。

博扬进门时注意到了窗帘。"现在我们知道：春天来了。"他欢快地说。

他带回两个花盆，里面有两个小小的圆形仙人掌。

"你从那里弄来的？"

"我一个同事的妻子送过来的。"

他小心翼翼地把仙人掌放到窗台上。它们的刺碰触在一起。

"好了，"他说，"看到了吗，连仙人掌都喜欢拥抱。"

这是一个奇怪的说法，奇怪之处在于有一种与他的年龄不符的热情。

18

"之前发生了什么……"我们坐在门廊上,我喝着酒。

"在什么之前?"

"来库鲁祖瓦克之前。"

"库鲁祖瓦克之前是……库鲁祖瓦克,"他说,然后又说,"在库鲁祖瓦克之后,还是库鲁祖瓦克!"

"如果你不想说可以不说。"我说,感到一丝怨恨,更多的是对我自己,因为我发现自己又在试图了解一些或许跟我完全无关的事情。

作为一个大方的让步,他开口了。成年人一般都会通过提供自己的信息来建立相互间的信任:姓名、地址、婚姻状况、子女……诚然,我们都是前互联网、前脸书、前自拍、前数码时代的一部分,不习惯把这些东西展示出来。他向我开诚布公,一扫我侵犯他隐私的不安。

他是家里唯一的孩子,一位受人尊敬的经济学教授的儿子,一名优秀的学生。他以优异的成绩毕业,找到了一份工作,获得了法官资格,并买了一套公寓。跟同龄人比起来，他获得这些不费吹灰之力。他到处旅行，享受生活……然后他遇见了她，维斯娜，一个比他年轻几岁的医生，他们结婚了，并生了一个女儿，朵拉……旋风般的岁月最终都卷入了1991年一个混乱的泥潭：南斯拉夫解体，政治动荡，他母亲去世，新的克罗地亚，战争，朵拉出生……当人们转动地球仪寻找这一切所发生的地点时，几乎找寻不到，整个南斯拉夫都不比库鲁祖瓦克大，而克罗地亚只有库鲁祖瓦克的三分之一。从这个有利的角度看，我们所有的动荡都是茶壶里的风暴，但分摊给我们每一个人后仍是疾风骤雨。当他隔着四分之一个世纪（上帝啊，真的过去了那么长时间吗？）的距离回头看的时候，那是风险和压力最大的年代。之前，我们认为我们的世界是稳定的，然后突然间，它开始四分五裂，一种地震般的体验，人们感到脚下的土地在晃动，幻灯秀开始了，我们的世界变得难以忍受的透明，突然之间，好像所有事物，每一个笑容、每一次面部的抽搐、每一条皱纹、每一个如影子一样滑过人们脸庞的谎言，都被置于放大镜之下。这是一个面具真正脱落的年代，赤裸裸的人类恐惧浮出水面，无论这听起来多么可悲。他很乐意避免直面人类的恐惧，这是他最不安的经历之一。不，并不是说他并不害怕，而是周围人的恐惧令他如此震惊，以至于他无暇顾及自己的恐惧。他终其一生都无法理解这种恐惧来源于何处，无法理解是什么东西让人们在没有明显外力的促使下，变成了一个颤颤巍巍、气喘吁吁、哭哭啼啼、惊恐万状的群体。在我们的童年时代，滋养我们的故事讲述的都是勇气、人类的尊严、牺牲、英勇的游击队员和卑鄙的敌人，都是关于诚实、真诚、兄弟情谊和团结以及英雄主义。无论是社会主义故事还是宗教故事，借鉴的都是同样的道德律例，需要说明的是，这两者并不像人们所认为的那样背道而驰。赤裸裸的人类恐惧或许是他收获的最大的启示，它向我们展示了我们所有人的忍耐力之低，我们就像老鼠一样，哪怕见到发条猫也会四窜而逃。而其他的一切都与万有引力定律有关。那些加入逃命大军的人被宽恕了，那些奋力挣扎决不倒下的人被击败了。英雄最终总被击败。暴徒颁布了规则和标准，一有机会就把恐惧改写为勇气，把过失塑造为英雄主义，如此等等……维斯娜拥有健康的本能。她的活力系数远远超过他。她来到这个世界上是为了枝繁叶茂，而他只是勉强应付。他们是用不同的布料剪裁而成的。她的话里开始时不时地冒出一些短语，比如"搭上末班车"，或者"宁可谨慎有余，不可追悔莫及"；或者"谁跟钱有仇"，或者"入乡随俗"；或者"现在轮到我们了"，他觉得她肯定是在一段时间之前就已经从本能上吸收了这些短语，但直到现在才开始使用它们。虽然他知道错一定在他，但她所说的一切在他听来都粗鄙而庸俗。她注定要活下来。虽然他对整个战争期间和战后的局势感到惊骇，但她似乎觉得很刺激，至少他当时就是这么认为的。当所有像维斯娜一样的正常人都在努力维持生计的时候，他却在思索生活的庸俗性。总而言之，克罗地亚日常生活的紧迫性严重侵蚀了他们之间的关系。她认为他真的需要好好适应，真是个傻子，他应该"好好收拾一下他的烂摊子"，应该"屁股动起来"；也许他们最好还是出国，就算不是为了他自己，也是为了朵拉，维斯娜适应起来不会有问题——人人都需要麻醉师，但他的日子会变得不稳定，他必须面对这个问题，在法律领域找工作会很艰难，而他又没有其他的天赋或者技能，因为他"连个灯泡都不会换"。也许他应该赶紧"面对现实了"，"把鼻子贴在磨盘上"，不要再"自找麻烦"了（"自找麻烦又有什么意义呢？"），况且，只要他睁开眼睛看看，就会发现四周到处都是惊人的机会，都是些千载难逢的事，是时候振作起来了，没有必要等到"胖女人唱歌的时候"。他没有注意到周围的人，他的熟人和朋友，都"像蟑螂一样"在社会阶梯上一窝蜂往上爬吗？所以他为什么不也往上爬一两级呢，无论如何他应该"脚踏实地"！……他丢了工作，她更加恶毒地指责他的无能、懒惰、不称职，然后就发生了那场事故：他出了一场小交通事故，当时维斯娜和朵拉都在车里。这是压死骆驼的最后一根稻草，或者是压死维斯娜的最后一根稻草。朵拉没有受伤,但维斯娜的锁骨骨折了,还在医院的时候,她就要求尽快离婚。他卖掉了公寓,把卖房所得全部给了她,她已经给自己和朵拉买好了去瑞典的机票,那里有一份医院的工作在等着她。从那以后,她有多久……没联系他了?她从来没有回头看过那个疯子,他失去了理智,以至于危害了两条生命,她的生命和女儿的生命。甚至在她离开后,他仍旧无法消化发生的一切。他搬去了父亲家,而他父亲主动要求住到养老院去,不久他就死在了那里。

在他的领域内找工作很困难;克罗地亚的居民比一个柏林市还少,很快就有流言说他这个人不"灵活"。而他自己也不想再与那些日益肮脏的交易有任何瓜葛了。他无意暗示自己是如此一个道德楷模,他觉得"僵化"和"缺心眼儿"是他的系统性错误,他没有办法改变,他已经迈上了不归路。的确,缺心眼儿的人会固执地认为自己是一切错误的罪魁祸首。只要他们卷起袖子,做一点点额外的努力,只要他们真的努力了,只要他们更灵活一点,只要他们做了这个或那个,只要他们尝试了,真正尝试了,一切或许都会变得不同。但一切都还是老样子。当他意识到这一点后,他决定离开萨格勒布,去做一名排雷手。他把从父亲那里继承来的萨格勒布的房子租了出去。尽管赚到的租金不多，但他都汇到了一个海外账户上，都给了朵拉。如果有一天她回萨格勒布，他会把房子留给她。他的朋友（也就是我的律师）建议他搬进村里那套多年来无人居住的房子。在律师的庇佑下，他非法居住在那里。他需要的很少。唯一令人痛苦的问题就是朵拉。他渴望见到她。有时她会跟他通个简短的消息，只是为了让他知道，她还活着。她正在伦敦的金史密斯学院写毕业论文，这是他从她那里收到的最后一条消息，而这已经是一年多以前的事了。他对维斯娜一无所知，只知道她的生活蒸蒸日上。像维斯娜这种靠本能向前冲的人是无价之宝，一切都会为他们带来回报。现在他对她只有深深的感激，感激她如此迅速而有效的介入，抛弃了一种"走投无路"的生活，拯救了朵拉。也许有一天朵拉会明白这一切。随着时间的推移，他自己想清楚了一些事情，但那时境况已经无法挽回了。他知道时间已经把他抛在了尘埃中，而让他感到意外的是，他毫发无损。这世界是个混乱的地方，我们通常是在耗尽最后一丝力气说服自己生活在最好的世界之后，才得出这样的结论的。而我们生活的时代几乎不能称之为一个时代，它粘滞、无味、了无生气、不善不恶，像一碗几乎无法消化的粥……从这个意义上说，他与我前几天向他描述的那两个波斯尼亚人并无太大区别。他也同样偏离了轨道。

"我想你不会为此道歉吧?"

"不会。而且,我不是一个可以依靠的人。我生来就是为了被淘汰,而不是为了进化。谁知道地球上这些东西是如何加加减减的?但是,请记住这个无害的事实:在过去二十年间,全世界有数百万人戒烟。数百万人不再吞云吐雾,蓝色的烟雾不再是我们风景的一部分。数百万人不再吃糖,那些小糖包变得如此无关紧要,以至于人们把它们做成迷你海报,上面写着被遗忘的诗行。数百万人开始锻炼身体,这是一件他们以前从没做过的事,但现在他们做了,好跟上竞争的步伐:新技术在兴起,生活在加速,人们痴迷于长生不老。我们首先要考虑的问题是进化。"

"哎哟,夸夸其谈。"

"直到现在我才开始喜欢上生活,喜欢上生活现在的样子。我正在做一些有用的事,比我待在司法部门时要有用得多。我正在学习一些有用的东西:园艺,种植莴苣,采摘蘑菇,制作杏子果酱和醋栗蜜饯,换灯泡……总而言之,我每天都在长心眼儿。"他带着嘲讽的语气说。

"为什么我突然觉得,我们两个人的对话就像伏尔泰《老实人》中的人物一样。"我评论道。

"说得好,我们剩下的唯一一件事就是照料我们的花园。"他回答说。

我们为此碰了一下杯,然后喝了一口酒。

19

作为对生活的隐喻，文学体裁已经因为过度使用而被磨损得七零八落，但人们仍不厌其烦地把人类生活描述为史诗、喜剧、悲剧、闹剧、惊悚剧、不为人知的故事、百老汇的演出和扣人心弦的浪漫传奇。他们仍旧热衷于把自己的生活比作一部小说（"哦，你知道我生活的故事，那可真是高潮迭起啊"）、一部戏剧或者一个传奇。的确，我们被电影、电视和电脑屏幕所环绕，所以人们会按照一个剧本来过自己的生活，或者坐在自己生活的导演席上。生活隐喻的最新选择与数字技术紧密相关（"这是我的头像，不是我！""他的生命已经被简化为一条微博"），而数字技术也许终有一天将超越文学。

最古老的生活隐喻是海洋性的，所以我们经历沉船，体验把我们抛到异国海滩的极端天气。人们把好舵，然后起航，这是一帆风顺的航行，生活意味着在欲望和罪恶之前控制好方向，我们钉紧舱门，掌握好诀窍，在恶魔与深蓝色的大海中守住自己。生命中的极端天气是对我们罪孽的报应，激流和怒波是我们的人生经历，而人生风暴图上的灯塔,则象征着我们对于上帝的信仰。

在我看来,所有这些陈腐的比喻都是速记,就像我们今天的短信或推文一样。在我们的故事——博扬的故事和我的故事——中,这些比喻闭合得都太快、太轻易了,就像一副副手铐,啪嗒一声就铐在了业务不熟的小偷的手腕上。所有这一切,包括我们的故事,还有我自己,都接近于一场闹剧,博扬的死也一样,无论它本身有多么真实、多么可怕……

博扬走进公路右边的树林,那是安全的一边,不是地雷可疑区。他踩到了一个杀伤性 S 型弹跳地雷,一定是某个塞维利亚士兵或准军事战士在没有告诉任何人的情况下放在那里的一枚毕业舞会。那是他的小玩笑,他的恶作剧,他留在别人门前的一堆屎,是帕提亚人的枪声,留给大妈的真正的告别礼物,再见了,多保重,别难过,再见,给我滚蛋,去你妈的,一二三万岁岁岁,一个用来纪念我的小东西,我们都化成了灰烬……灰烬,一个用来温暖他的甜美的小秘密,无名的傻瓜,在未来无聊的日子里,这能让他在某个晚上突然惊醒,让他在那里咯咯傻笑,扬扬自得。谁知道呢,也许,怀着片刻胜利的冲动,他会猛地扑向睡在他身边的女人,然后沉沉睡去,在他的脑海中,敌人已如泥鸽靶一样被撕成了碎片……博扬去路右边的树林做什么呢？没人能告诉我，也许他只是过去散个步，呼吸一下森林的空气，那里没有弥漫在道路左侧的危险气息。

那之后的一切都发生得很快，好像是在雾中。队员们在报纸上刊登了博扬的讣告，希望认识他的人能看到并且现身。他电脑上可能有些联系人的电子邮件地址，但他们没有密码，打不开电脑。一些队员驱车前往萨格勒布，努力寻求电脑服务机构的帮助，但无济于事。没人知道博扬的妻子姓什么，说不定她已经再婚了，或者用的娘家的姓。兴许她已经不在瑞典了。他也没有留下任何关于他女儿朵拉的信息，可能是因为他对她的下落一无所知。队员们知道他往一个国外账户上汇款给她。我打电话给律师，希望他能知道更多信息，但他知道的也只有这些。

队员们有一笔基金来支付丧葬费。他们把博扬葬在了树林里，就在他遇难的地点附近，从土路过去，沿着一条小路就能到达。为了能把他葬在树林里，他们申请了一个许可。他们说，博扬肯定高兴坏了。他们说，左边还有个坟墓，就在工作区，他们带我过去看。他们喜欢我无所畏惧地跟着他们。他们还说，克罗地亚总统去年来过这里，上帝啊，他不敢……

出乎所有人意料，排雷手里年纪最长的终结者做了一场体贴、坦诚、感人至深的墓前追悼。队员们买了一个花圈，上面的字略显尴尬：安息吧，排雷手。其中一个队员，最年轻的那个，把一个儿童塑料玩具蛋扔进了坟墓，蛋里放了一个手榴弹拉环。他给我看了看拉环，然后把它塞回蛋里，扔进了墓中。这是他的护身符，他总是随身带着，放在自己防弹背心的口袋里。"让它跟博扬去吧，帮帮他，去天堂，帮他付路费。谁知道呢，说不定能派上用场。"他说，抬起下巴仰望着天空。

队员们都很善良，他们愿意伸出援手，他们本能地把我当成了博扬的遗孀，我委婉地否认了。他们要了我的地址，好在墓碑落成时把照片寄给我，对此我没有拒绝。他们说，那是一块小石头，很像我在左边看到的那种，但他们定制的墓碑不是普通的长方形的，而是一块圆形的石头，一方面是因为博扬不信教，另一方面是因为圆形不会给树林带来侵扰，能够悄无声息融入周围的景色。他们希望我不要介意。

我们谈话的时候，他们小心地望着我。虽然他们都很友善，但我知道，他们当中的大部分人都相信是我给博扬带来了厄运。

20

我把一个插电式电炉推到了塞满海藻的旧沙发下，打开它。我知道，干燥的海藻很快就会被点燃，然后剩下的一切都会化作燃烧的火焰。我仔细关紧了所有窗户。然后，你看，透过面向果园的窗户，我看到了迷人的景色。一阵清风吹来，花瓣从果树上飘落，像雪花一样在空中飘荡。那只红狐狸像弹簧一样在花园中蹦蹦跳跳。我屏住呼吸看着这一幕。然后，狐狸好像察觉到了我的存在，迅速穿过草丛，溜进了树林。

我拿着那两棵仙人掌，锁上房子，把钥匙扔到了沟里。我沿着一条乡间小路驶向萨格勒布，开了差不多十英里后，我把车停在岔路旁一片三叶草旁边。附近没有住所，也没有人。我蹲在车后小便。当我直起身来时，感觉膝盖一弯，一阵突如其来的、强烈的睡意向我袭来。我没有躺到车座上，而是舒展四肢躺在了三叶草地里。地面整日沐浴在阳光下，令人感觉很温暖。

儿时的画面在记忆中浮现出来：大计划和小奇迹的日

子。我们住的简陋的工人房后面是一片花园，包括我父母在内的居民们在那里种了果树和蔬菜。小时候，我们用樱桃装饰耳朵，把酸梅当作口红，用红色和粉色的花瓣就染指甲。我们用口水把花瓣粘在指甲上。我们仔细查看膝盖擦伤后的伤口（我们的膝盖，总是我们的膝盖！），仿佛那是宏伟的火山口。那些微小的奇观在我们心中激起一阵兴奋，让我们无法呼吸——薯虫在马铃薯叶背面产下小小的橙色的卵；一个孩子太阳穴透明的皮肤下流淌着蓝色的血管；毛毛虫像轮带一样缠绕在手指上；蜗牛留下乳白色的痕迹；沉甸甸、香喷喷的牡丹犹如书本一样绽开；一个孩子手臂上的金色汗毛被阳光照亮，还有一只蚂蚁在金黄的叶子上寻找出路。在一个个晶莹剔透、令人心醉神迷的特写镜头中，童年的世界在我眼中旋转。

我从梦中醒来，时间似乎过去了整整一个时代。但我的手表显示我只睡了十五分钟。我觉得我在库鲁祖瓦克度过了生命中的大部分时间，但我在那里只待了不到三个星期。我想，我又耗尽了另一个幻觉，就像我获得它时那样迅速。

我站起身来，因为短暂的睡眠而感觉有些昏沉，我拂去衣服上的泥土，摘下一片三叶草别到了后视镜上。回到车里，我竖起中指向我的村庄告别。我回想起了我那懵懂的歌队，当地咖啡店里的孩子们。这根中指也是献给他们的。我闭了一会儿眼睛。一幅壮丽的景象在我脑海中翻飞。在落日辉煌的背景下，一阵强大的花香爆发出来。数以百万计的丁香花如弹片一样在空中飞射，浓烈的花香与火药味掺杂在一起。哇，快看，大妈点燃了烟花！

我把车开上大路。绿色的田野在我身边掠过，与天色一起慢慢变暗。我思绪飞扬，小侄女最喜欢的那首数字歌像毛刺一样萦绕着我：……一只小老鼠去偷食，可怜的小老鼠，我该拿你怎么办；猫带着孩子来了，把老鼠和小老鼠都吃了；狐狸带着孩子来了，把猫和小猫都吃了；狼带着孩子来了，把狐狸和小狐狸都吃了；熊带着孩子来了，把狼和狼崽都吃了……世界是一片雷区，也是唯一的家。我想，我必须习惯这个事实，然后慢慢向萨格勒布驶去。

第四章

忒奥克里托斯的冒险

他转向别格莫特说:"喂,别格莫特,把小说拿过来吧!"

——M.布尔加科夫,《大师与玛格丽特》

1
细如谷粒的牙齿

她的头发被染成深浅不一的蜂蜜色,还有一缕是淡紫色的。她频繁地用同一个手势把头发拨向一边。总是同一边。她用年轻女人的方式撩拨自己的头发,因为她们喜欢模仿对方;她像使用发夹一样用手指把头发缠绕在颈后,然后又松开。这个姿势很娇羞,几乎像色情片里的动作。她快四十岁了,但看起来要年轻一些。她毫不掩饰地注视着我,但我们的眼睛看向不同的方向:她的目光从下往上移动。她的眼睛没有暴露太多信息:她是控制视野的人,不是世界进入她,而是她进入世界。

在她看来,如果没有营销策略,什么都不会实现,绝对不会。她穷尽手里的每一个选项。她发脸书、发推特、发博客。出版第一本书时她就想明白了这一切,那也是她迄今为止唯一一本书,虽然很快就不是了。她给自己的小镇取了个名字,叫大后方。然后她补充道:"当然,这取决于你面朝哪个方向。"她笑了,牙齿闪闪发光——细如谷粒。不，她说，她不认为自己是天才，但她确信自己个好作家。再说，别忘了作家天才们是如何在隐姓埋名中死去的。尤其是来自我们那个小后方的我们的天才，就算诺贝尔奖也无济于事，她说，就拿伊沃·安德里奇来说吧，哪还有人听说过他呢？！于是我问她，为什么她觉得我们的天才值得关注，而不是，比如说，比利时或罗马尼亚的天才呢？她没听懂我的问题。那为什么她认为自己值得关注呢？她简短回答说：她对世界的看法也许能引起别人的兴趣，比如说，在她的新小说中，她描述了和前男友的恋爱和分手，她写的是感情，如今很少有作家处理感情了。此外，自从她来到这里之后，她发现自己拥有一具身体。不仅仅是文学意义上的身体，也是字面意义上的身体：她给画家们当模特儿。她收到的工作请求多得让我吃惊！他们当中有些人自诩为画家，有些人则是为了消遣——画一个活生生的模特儿——还有些人是为了追求它的治疗价值。这是一个富裕的国家，人们有能力取悦自己。她花很长时间在脸书和约会网站上，由此了解各式各样的人，建立起自己的人格，这些都对她的写作产生了帮助。在这个过程中，她也在寻找一个丈夫，或曰一个能帮她搞到各种证件的人。她第一本书里有大量自拍，多媒体散文，是叫这个吗？她的指纹也是一张自拍。一切都是她的指纹。她读书不像以前那样多了，事实上她根本不读书，首先她没有时间，其次，她太厌倦了。她厌倦了其他人看待世界的方式，她自己手里已经有太多……观点了。她的牙齿再一次闪烁，细如谷粒。她认为艺术必须为自己争得受众，争得读者、听众和观众。文学的全部价值就在于游说。她的终极目标就是把最多的信徒拉到自己这边。从这个意义上说她没有道德。无论怎样都好过半死不活。最近她读到，在美国一个地方，某家旅馆忠实复刻了一个凡·高的房间，就是阿尔勒那个有着黄色木床的房间。人们为在里面住上一夜而疯狂。荷兰人肯定后悔得揪自己的头发，因为本来应该是他们第一个想到这个主意，在凡·高美术馆附近建个一模一样的凡·高的房间。这是一件多么动人的事啊，蜷缩在一幅著名的艺术作品中，在一幅画中度过一个夜晚，然后第二天早上高高兴兴地付款。她希望读者也能舒服地栖身在她的书中，就像栖身在一个旅馆房间中一样，在那里过夜，然后第二天早上结账。在销售一件产品时，一切都很重要，一部文学作品就是一个产品。比如说，她就知道外表是个很大的加分项，这就是为什么她如此密切地关注着自己的外表。她自己从来不读丑陋的作者写的书。这位著名的艺术家，来自我们小后方的行为艺术女王，用力地梳理她那美丽浓密的头发，甚至到了疼痛的程度，坚持认为艺术必须是美的，而在这个问题上，她是对的。

我一边听，一边研究她那精心护理过的双手和长长的、闪光的粉红色指甲，一边努力回想她是如何一步步潜入我的公寓的，她在这里跟我聊天，就好像她是我最好的朋友似的。她像水蒸气一样慢慢潜入我的空间，从门缝缓缓渗入，没有一丝气味。我的同胞要求见我，我不好意思拒绝她，就好像我是个什么社会主义工人作家，某个马克西姆·高尔基。她从没读过我的任何东西，我之所以吸引她，仅仅是因为我成功地在海外出版了作品。她当然没有这样说，她很有礼貌。不过她也很想做同样的事，而且她一定会做的。她张大嘴巴，等着我扔给她一小块食物，任何可能在那个方面发挥作用的东西。她的眼睛是浅色的，炯炯有神，在通往目标的道路上，没有什么东西能够阻挡她，对成功的幻想令她头晕目眩，成功是让她保持前行的毒药。她并不穷追猛打，大概每隔三四个月给我发一封邮件，但她说她每周都来我的大楼，所以我们每周都可以一起喝咖啡。她为这栋楼里的一个熟人打扫卫生，他付给她的工资是市场价的三倍，她很幸运，其他人也肯为了类似的工作付给她高薪。我这位邻居卷入沙发冲浪的潮流，一群人在他的公寓里流连忘返，而他自己却很少在家……

她的上半身很苗条，显得弱不禁风，哪怕只是前倾一下都好像要翻倒似的；她的下半身比躯干要笨重，好像她是由两个截然不同的部分拼接而成的。但她努力让人们注意到她的下半身：她穿着紧绷的豹纹紧身裤和一双华丽的靴子，靴子外面覆盖着人造皮毛。她走起路来像只企鹅，身躯微微前倾，下半身托举着后背，好像随时要跑起来的样子……

我听着她说话，好奇自己是哪里来的这种感觉，我没来由地觉得自己比这个女人优越。但本质上我们并无不同。我们所有人——年轻的和年长的、男人和女人、出版过作品的和没出版过作品的、老手和初学者、显赫的和寂寂无名的、高产的和结不出果实的、受过教育的和没受过教育的、成功的和不成功的、聪明的和愚钝的、被崇拜的和不被认可的——实际上都是一样的。我们蓄势待发，等待着宣布比赛开始的枪声，给我们的小卵子加油鼓劲，为其涂上我们自己的精子，自己让自己受孕。然后，我们缠着别人，让他们把目光投向我们矫揉造作的创造物、我们的艺术后代。而我们之间并无不同，我们都有同等的机会，参加比赛的人数远远超出了以往……所有这一切只能用没有风险来解释。没有风险让我们的努力变得令人欣慰，也变得如此不重要。

2
谁是多伊夫伯·列文？

如今一切都不同了，一切都能从互联网那神赐般的、去等级化的档案中打捞到。以前，在前谷歌时代，人的想象力弥补了信息的不足。就在二十年前，这个世界还神秘而广袤，令人着迷。现如今，互联网就像一个神圣的机械羊驼，把冷漠的答案啐到我们脸上。但这些答案是轻飘飘的、不可靠的、流动的，其程度与我们获得它们的方便程度成正比。

谁是多伊夫伯·列文？很长一段时间内，他都是俄罗斯先锋派文学中最短的脚注之一。如今，这个脚注多少变得长了一些。鲍里斯·米哈伊洛维奇·列文1904年出生于白俄罗斯维捷布斯克省的小村庄莱亚季。有资料显示，1941年1月初，他在保卫列宁格勒时英勇牺牲。他死亡的时间和地点没有可靠记录，例如，俄语维基百科称他于1941年12月17日死于波戈斯蒂村。其他资料的日期没那么言之凿凿，只说鲍里斯·米哈伊洛维奇·列文于1941年至1942年之间去世。

二十世纪二十年代初，列文前往彼得格勒（今圣彼得堡）求学。他是艺术史研究所戏剧系的一名学生，并加入了最后一个先锋派文学团体——真实艺术协会。该艺术团体的成员包括丹尼尔·哈尔姆斯、亚历山大·维邓斯基、尼古拉·扎博洛茨基、康斯坦丁·瓦吉诺夫、伊戈尔·巴赫特列夫，以及多伊夫伯·列文。列文为儿童和青少年读者撰写了几部虚构作品，列文同时代人根纳季·戈拉和伊戈尔·巴赫特列夫在回忆录中提到，多伊夫伯·列文在一次（或多次）文学聚会上，朗诵了他的小说《忒奥克里托斯的冒险》中的片段。俄语维基百科将这本小说称为《忒奥克里托斯的起源》，而另外的资料则称其为《忒奥克里托斯的生活》[①]。除了同代人在两三本简短的回忆录中提到的内容外，没有进一步的证据证明这部小说曾经存在过。俄语维基百科在东方（意指列文的文学倾向）这个条目下列出了先锋主义。还存在另一个鲍里斯·米哈伊洛维奇·列文，在发现有人跟自己重名后，列文在名字中加入

---

① "二十年代末三十年代初，列文写了一部有趣的著作《忒奥克里托斯的生活》，但是没有完成，并且手稿在列宁格勒保卫战期间消失了。"（伊戈·别赫捷列夫，《N.扎博洛斯科夫回忆录》）——原注

了多伊夫伯这个绰号[1]。

在为数不多的资料中（几本简短的传记），这两位作家的信息并不是截然分开的，它们经常有所重合。就连网上出现的、附有两人简介的小幅黑白照片（唯一保存下来的几张）也经常被混淆在一起。多伊夫伯·列文看起来比他的重名者更帅气。十月革命、苏联肃反运动、第二次世界大战——在那些年不停旋转的残酷的大乐透中，多伊夫伯获得了比他的同名者稍好的身后运，而讽刺的是，这要归功于他的作品的缺席，而不是在场。也许这就解释了为什么是多伊夫伯·列文而不是鲍里斯·米哈伊洛维奇·列文，成了接下来故事的主人公。

---

[1] 他的同名者鲍里斯·米哈伊洛维奇·列文1899年1月5日出生于维捷布斯克州的扎戈罗季诺镇，距离多伊夫伯·列文的出生地不远。他为讽刺性报刊撰稿，记录学生和官僚的日常生活。他曾在苏木萨尔米附近参加过苏军和芬兰军队的战斗。1940年1月6日，他在庆祝自己四十一岁生日的第二天、也就是芬兰军队获胜的前两天英勇牺牲，被安葬在牺牲的地方，也就是苏木萨尔米。这位鲍里斯·米哈伊洛维奇·列文是俄罗斯文学中一个完全被遗忘的人物。俄语维基百科为这个列文选择的类型标签是通俗剧。——原注

3
被遗忘的真实艺术协会

多伊夫伯·列文的身后生涯应主要归功于作家和艺术收藏家根纳季·戈拉。在回忆录《慢动作》(*Slow Motion*)中，戈拉写到了二三十年代列宁格勒的文学艺术景象以及最后一个俄罗斯先锋团体真实艺术协会。在《真实艺术协会宣言》的一行文字中，列文以鲍尔·列文的身份出场了："鲍尔·列文，散文作家，目前正在以实验性风格从事创作。"根纳季·戈拉回忆了一场文学晚会，多伊夫伯·列文在晚会上朗诵了自己作品的片段。

"真实艺术协会的散文作家多伊夫伯·列文……朗诵了他的小说《忒奥克里托斯的冒险》中的一章。列文的小说令人联想起马克·夏加尔的绘画作品。和夏加尔的画作一样，在《忒奥克里托斯的冒险》一书中，现实和梦境之间的界限被抹去了。在夏加尔式的幻想屋里，一楼住着一位普通的苏联官员，二楼则生活着一个长了牛头的神话人物。作者用奇思妙想将古代和现代连接在一起，隔开这两个时代的，只有中间的天花板。"[1]

把列文的散文和夏加尔的绘画联系在一起，完全有可能是受到了如下事实的启发，那就是夏加尔和列文都出生在维捷布斯克省的正统派犹太社区。列文的莱亚季小村庄生活着哈西德派犹太人，著名的拉比施奈尔·扎尔曼[2]就来自那里。列文为自己选择的名字 Dovber，在希伯来语（Dov）和意第绪语（Ber）中都有熊的意思。萨穆伊尔·马尔沙克[3]给列文起了个绰号叫喜马拉雅熊。莱亚季小村庄曾遭遇过灭顶之灾，它的所有居民都在大屠杀中遇难，建筑物在"二战"期间被摧毁。作家和民俗学家、列文的同乡 S. 米勒曾在回忆录中提到，列文的母语是意第绪语，他也懂希伯来语，并且自学了俄语。米勒记得列文很有女人缘，并回忆了当地的貌美女子索尼娅·沃尔科娃爱上列文的故事。用米勒的话说，列文离开她给她造成了"残酷的精神打击"。令米勒深感遗憾的是，心碎的索尼娅·沃尔科娃在嫁给瑞典大使后，就消失得无影无踪了。

---

[1] 根纳季·戈拉：《慢动作》，几何森林出版社，列宁格勒，1975年。——原注

[2] Shneur Zalman of Liadi（1745—1812），正统派拉比，也是哈西德派犹太教的一个分支哈巴德（Chabad）的创始人和第一位拉比。

[3] Samuil Marshak（1887—1964），俄罗斯诗人、翻译家，数度荣获斯大林文学奖和列宁勋章。

从列文的另一位同乡 L. 潘捷列夫那里，我们得知列文喜欢读易卜生、莎士比亚、汉姆生和普日贝谢夫斯基；他住在列宁格勒的契诃夫大街（"他确实在那里住过，但以后不会了。他既不住在这里，也不住在地球上任何地方。"1944 年，L. 潘捷列夫在他的日记中写下这些残酷的语句。）他草草记录了他们最后一次会面，列文对迫在眉睫的世界大战感到恐惧，说："都结束了！全世界所有的灯光都熄灭了。"他还提到列文娶了个漂亮的共青团姑娘（"我想知道他们的女儿艾拉现在在哪里。她多大了？七岁？"）

在真实艺术协会的文字档案中，除了宣言对多伊夫伯·列文有所提及外，一篇报纸文章中也出现了他的名字，这篇文章名为《一场反动杂耍》[①]，作者名叫 L. 尼尔维奇（可能是被派去监视文化无赖的线人的化名）。多亏尼尔维奇的文章，这些关于列文作品的描述才得以保存下来……

"列文是第一个朗诵的。他读了一篇充斥着各种废话的故事。有个人变形成了两种生物（一个男人，但是有两

---

① L. 尼尔维奇：《一场反动杂耍》，斯梅纳，1930 年 4 月 9 日。——原注

个女人：一个是妻子，另一个是配偶），然后人变成了小牛，还有其他马戏团的把戏。"尼尔维奇的文章还记录了列文对观众提问所做的回答：

"列文说，他们现在不被理解，但他们是一种新艺术的唯一代表（！），这种新艺术的宏伟大厦正在建成（！）。"

"你们为谁而建？"他们问。

"为全俄罗斯。"一个典型的回答。

评论家瓦雷里·迪姆希茨在为列文百年诞辰所作的《被遗忘的真实艺术协会成员》[①]一文中提到，除了《忒奥克里托斯的冒险》外，列文还写了一篇名为《帕尔芬尼·伊凡尼奇》的短篇小说，同样失传了。令人遗憾的是，迪姆希茨没有引证任何资料，以证明这篇小说真的存在。

迪姆希茨不乏善意，但缺少令人信服的论据，他认为列文的儿童小说是复杂的；他试图将其与俄罗斯先锋派诗学联系起来，更将其引申至真实艺术协会与荒诞和宙姆[②]

[①] 瓦雷里·迪姆希茨：《被遗忘的真实艺术协会成员》，2004年10月。——原注

[②] 宙姆（Zaum）是俄国未来主义诗人克鲁乔内赫于1913年创造的一个词，由俄文的前缀 зa（超越）和名词 умь（思想）构成，意为一种超逻辑、超理性的语言，成为未来派诗人们的艺术目标，并影响了后来的视觉艺术、文学、诗歌等领域。

的亲缘关系。但是，迪姆希茨在列文的儿童小说中寻找到的宙姆的例子，并不完全符合赫列勃尼科夫关于宙姆是鸟的语言、神的语言、星星的语言的观念（即并非每个拟声词都是宙姆），但这是一位批评家值得赞美的尝试，吸引人们关注这位被忽视的作家。

"它（一只公鸡，op. Au.）似乎睡过头了，很难为情，所以现在尽可能地大声啼叫, ri-kuuuuuu!，意思是早上好！"

通过善意但笨拙的复活尝试，迪姆希茨把列文从遗忘中解救了出来，并对列文的儿童文学进行了现代化的解读。列文的小说《鞋匠街》的主要人物是个四海为家的男孩，小流氓伊尔姆，他加入了一个革命团体。这个细节满足了人们现在普遍的（俄罗斯式的？）预期，即革命者都是流离失所的小流氓，这为列文增添了超前的光环，使得他与今天的意识形态环境相吻合。至少，迪姆希茨复杂难解的假定就是这样暗示的。

萨拉曼德拉 P. V. V.[①] 提到了哈尔姆斯的文件，其中

[①] 萨拉曼德拉 P. V. V.：《来自真实艺术协会的熊》，斯拉夫自由州，2013年。——原注

保存了1928年12月真实艺术协会演出的节目单。这次演出被取消了,但节目单显示,列文被安排表演一场尤卡利克散文(尤:好,卡利克:美丽)。尽管没有任何形式的佐证,但另一个值得注意的说法是,在哈尔姆斯的促成下,画家帕维尔·曼苏罗夫(1928年8月正在意大利旅游)带走了真实艺术协会成员的若干文件。据推测,其中包括列文的四篇故事。序言的作者没有透露其论断的根据,但她确实列出了其中三篇故事的标题。[①]

借助萨拉曼德拉P. V. V.的序言,列文的地位得到了一定程度的恢复。例如,序言提到了列文为真实艺术协会的演出开展组织工作的证据[②]——这次更有说服力了。然而,列文仍停留在背景中,似乎仅仅是这场卓越的先锋实

---

① 列文三篇故事的标题分别是:《河边街》("Ulitsa u reki")、《山羊》("Kozel")和《第三个故事》("Tretii rasskaz")。值得注意的是,G.戈拉一篇据说已失传的小说也叫《山羊》。列文已遗失的小说《山羊》与瓦吉诺夫的《山羊歌》在标题上相差不远。这样的巧合还有很多,这表明动物想象并非真实艺术协会成员的强项,或者表明同代人是不可靠的见证者,他们的作用更像是"耳边传话"。——原注
② 在多伊夫伯·列文组织的一次类似演出中,丹尼尔·哈尔姆斯坐在橱柜上朗读他的诗句,亚历山大·维邓斯基骑着三轮车上台,康斯坦丁·瓦吉诺夫朗诵了《我是一个悲剧娱乐诗人》,而芭蕾舞演员米丽兹·波波娃则扮演成古代芭蕾人物,伊戈尔·巴赫特列夫在朗诵完后,出人意料地打了个滚儿。——原注

验的候补队员，而最有才华的丹尼尔·哈尔姆斯和亚历山大·维邓斯基，才当之无愧地扇动着他们的羽翼。此外，序言的作者将列文差强人意的儿童文学称为"复杂的形式主义试验"，这充其量是一种过度阐释，尤其是她没有提供任何论据来支持自己的主张。紧接着，她把列文写给年轻读者的作品描述为"怪诞、笔法严密的散文，描述了大革命和内战之前犹太人定居点的日常生活"，说这是没有"青少年内容"的散文。她说，列文儿童文学的真正要点，是"历史灾难的血雨腥风；邪恶、荒谬的言论；具有预言性质的梦境"。这一论断颇为贴合列文的儿童文学诞生的时代，但跟作品本身并没有太大关系。

用迪姆希茨的话说，列文这个"被遗忘的真实艺术协会的成员"成了所有成员中"最被忽视"的人，但这保证了他在俄罗斯文学中拥有稳定的前景，尽管听起来这是一个悖论。"手稿是烧不毁的！"沃兰德在米哈伊尔·布尔加科夫的小说《大师与玛格丽特》中如此宣称。[1] 是否相

---

[1] "让我看看。"沃兰德伸出手，掌心朝上。
"不幸的是，我无法拿给你看。"大师说，"我早把它扔进壁炉烧毁了。"
"对不起，这我可不信，"沃兰德回答说，"这不可能，手稿是烧不毁的。"他转向别格莫特说："喂，别格莫特，把小说拿过来吧！"——原注

信取决于我们自己。唯一不能燃烧的东西是一部手稿的缺席。如果我们拿永恒做赌注,那么,一个东西的缺席,或许比它的在场更有可能取得胜利。

4
狐狸偏爱废弃之所

我认识菲利斯夫人是在诺丁汉的一场斯拉夫研究会议上。会议邀请我去做主旨演讲,我接受了。我有我的理由:首先,我已经有段时间没和斯拉夫学者在一起了,他们一度是我在文化上的近亲,而我这个浪女却抛弃了他们;其次,我可以利用这次机会见到我的老朋友阿森·斯米尔利耶夫,他在俄罗斯和斯拉夫语研究系教南斯拉夫语、保加利亚语和马其顿语,以及波克塞语(波斯尼亚语、克罗地亚语和塞尔维亚语)创作的文学作品。事实上,正是他提议会议邀请我的,并付给我相当不错的报酬。阿森利用业余时间经营一家名为阿森的小型出版公司,偶尔会推出一部东欧文学作品的英译本,而将这些保加利亚、马其顿、塞尔维亚、黑山、克罗地亚以及波斯尼亚作家的作品翻译成英语所需的资金,都来自有关国家的文化部、大使馆和领事馆的支持,英国的一些基金会偶尔也会提供一点少得可怜的资助。

在演讲过程中，我的姓氏、名字以及演讲的题目都被投影在我身后的屏幕上。之后，几位斯拉夫学者簇拥着我，发出程式化的赞美，还提到了他们特别喜欢的我的作品的名称。然而，这些作品并不是我的，它们的作者是我显然更受欢迎的同事。我本可以优雅地接受献给她的赞美，微笑着，让学生们出尽风头。但是，我却说……

"看在上帝的分儿上，你们有整整一个小时的时间来弄清我的名字！它就在你们眼前。你们可以在我演讲的时候搜索一下，你们都有 iPhone 和 iPad，我猜你们不会是傻了吧！"我说。

"你真这么敏感吗？"一个年轻的波兰学者马上脱口辩驳道。

"想不到吧，想不到吧，我就是这么敏感！"我厉声道。

会议第一天，一种业已熟悉的感觉涌上心头，即我不再是这场游戏的参与者了；文学—学术的行话已经不同于我所熟悉的腔调；文学的思维方式变了，价值观变了，兴趣如今也已完全不同。在为期三天的会议中，只有两场小组讨论是以文学为主题的。其他的都属于更为广泛的文化研究范畴。流程单上的论文标题承诺，它们将阐明俄罗斯的青少年帮派文化，将讨论电影与后共产主义、后共产主义与时尚、后共产主义与流行文化、流行文化与政治、俄罗斯明星文化、数字媒体与后共产主义、社交网络与文学、社交网络与民主化，以及文化在年轻民族与民族国家品牌建设中的作用。我暗自抱怨着大学教育水平的明显下降，不过，显然错的是我。无论我喜欢与否，文学都根本不再是焦点。我甚至发现，关于俄罗斯青少年帮派的小组讨论，远比一篇关于一个公然被高估的、庸俗的、后共产主义中年作家的论文更吸引人，这位作家创造了一个除他自己之外没人感兴趣的文学世界。这就是我不得不坦然接受的苦涩事实。我的怒火像啤酒上的泡沫一样汩汩冒出，溅到了那位年轻的波兰语学生身上，他根本没做什么不该做的事……

与菲利斯夫人的简短会面就像一次缓刑。我一说出自己的名字和姓氏，年迈的菲利斯夫人就认出我是关于康斯坦丁·瓦吉诺夫和列昂尼德·杜比钦那些文章的作者。没错，我在斯拉夫语期刊《俄罗斯文学》上发表过其中一篇，该期刊在阿姆斯特丹发行多年，被认为是发表斯拉夫研究文章的首选。但那是很久以前的事了，连我自己也不记得具体内容。没错，我以前曾是个"斯拉夫语言文化专家"，但只有在罕见地参加这种会议时，我才能想起这一点。而且，一段时间后，我意识到自己缺乏从事严肃学术事业的动力。但至少一开始，我拥有强大的好奇心。是时代造就了这一切，那是与今天截然不同的时代，柏林墙还在确定无疑地分割着欧洲，而这只会激起我的好奇心，去窥视围墙之外的生活。除此之外，那也是前谷歌时代，那时，我和其他人带着难以抑制的兴奋致力于重新发现被遗忘的文学作品，将文本和它们的作者从铁爪之下拯救出来。当时，我相信文化史中存在着很多旋涡，俄罗斯先锋派就是其中一个。它是一次新艺术和新思维的大爆发，但还没来得及发展成熟，铁盖子就像第二次世界大战一样钳制住了他们的努力，随后便是多年的被忽视。短短的时间里发生了太多事情：这是艺术蓬勃发展的最伟大的时代之一，却也是世界文化史上艺术心灵所面临的最野蛮的一次灾难。难以想象的苦难束缚着人的肉体，收割机左右移动，割下它致命的一刀。

就这样，我关于瓦吉诺夫和杜比钦的文章成了俄罗斯研究界最早去重新发现和评价这两位被遗忘的俄罗斯先锋派作家的文章。我知道，一个被再发现的小虫子噬咬过的人，是容易记起类似细节的。

"我也一直很喜欢先锋派。"菲利斯夫人谦逊地说。

伊琳娜·菲利斯是个令人难忘的名字，因为它听起来像个精心设计的假名。菲利斯夫人拄手杖。她看出了我眼中的疑问，告诉我几年前在伦敦地铁里，一个不耐烦的年轻人是如何把她撞下了楼梯。他正冲上去，而她正走下来，并且错误地走了左边而不是右边，这让那个年轻人怒不可遏，他给了她一拳，她失去平衡，摔倒了，臀部骨折。手术显然处理不当。从那以后，她一走路就会感到刺痛。她告诉我她是个寡妇；她的丈夫戴维曾经也是斯拉夫学者，一位语言学家，但几年前去世了，他们的一对双胞胎儿子移居了加拿大，戴维的哥哥生活在那里。她几乎再也没有见过他们，尤其在那次严重的跌倒之后。她住在伦敦。她是在阿森的敦促下来参加会议的，这为她原本孤独的生活增添了乐趣。但是，她没有权利抱怨什么，因为她自己没有做出一番事业，而是作为一个教授的妻子度过了生命中的大部分时间，尽管她偶尔教教俄罗斯语言和文学，但她的教学量太小了，称不上一份事业。她在俄罗斯已经没有亲人了，因为她母亲是她唯一的亲人。她从来没有见过她父亲；在她出生之前他就离开了，在她去英国后不久，母亲也去世了。不，她已经没有欲望，或者说没有需要，再回那里去。

菲利斯夫人身上有一种漠不关心的气质，这清楚表明她已经丝毫不在意自己的外表了。她并不是很邋遢，但身后却拖着一股潮闷衣柜的淡淡气息。当我考虑到她的年龄和莫斯科求学生涯的境况时，我对她的经历有了更好的理解，关于后者，我自己也经历过，虽说只有几个月，而且比她在那里的时间晚了十几年，但也不无相似之处。遇到那个言语温和而矜持的英国男人，跟一个外国人结婚，这给了她出路。那时，外国人到处被追捧，年轻男女甚至中年人都在暗地里奔走，希望把他们俄罗斯生活中不可兑换的货币变成可兑换的。外国人肯定是通往更好生活的门票。而且，当外国人利用他们的特权地位来获取利益时，不管有意还是无意，他们往往很少或不会表现出任何不情愿，这里的利益有可能是情感方面的、性方面的、道德方面的，有时甚至是经济方面的。那是一个活跃的商业时代，人们交换各种各样的商品：对自由的憧憬，关于更好和更坏的世界的观念，自信。而菲利斯夫人没有去追名逐利。对她那一代俄罗斯人来说，省下一个月的工资去黑市上买一本《大师和玛格丽特》，是完全可以接受的选择。

我和菲利斯夫人去离会议厅不远的一家茶室喝茶，吃英式司康搭配覆盆子果酱和凝脂奶油。菲利斯夫人称不上是个特别有趣的伙伴，但话说回来，她也没有流露出任何有趣的承诺。我记得两个值得注意的细节。首先，她说她的两个儿子让她联想到骆驼。这是句奇怪的评价,父母用来评价自己的孩子尤其不寻常;这也是一句文学引文。在伊萨克·巴别尔的一个故事中,加帕·谷兹瓦也是这样评价她的女儿们的:她们看起来也很像骆驼。

其次,菲利斯夫人提到她住在伦敦南部;丈夫去世后,她就卖掉了他们的房子,搬去了那里。那里的生活成本比较低。也许周边不太安全,但她身上已经不可能再发生什么不测了。

"我太老了,不会再有人尾随我;我已经失去了所有能失去的东西。"她有点过于冷酷地说。

她说起了她非常喜欢的小花园,还有那里经常路过的狐狸……

"伦敦有狐狸?"我问。

"哦,是的!你不知道吗?"

"我从来不知道狐狸会真的来敲门……"

"当然,市中心没有……但我家附近有……"

"那你怎么处理它们?"

她没有说话……

"狐狸是独行侠,它们喜欢荒凉的地方……"她补充道,有点心不在焉。

然后我们热情地道别。我们都没有想起要交换邮件地址，我甚至没问这个到哪里去都得拄着拐杖的女人如何从诺丁汉回伦敦。阿森是负责此事的人。

5
萨里耶利

1928年，一个年轻人参加了真实艺术协会在列宁格勒艺术史研究所举办的演出。差不多三十年后，这个人会被苏联及外国斯拉夫学者团团围住，他们徒劳地恳求他，作为俄罗斯先锋艺术时期为数不多的幸存下来的见证者，他能不能告诉他们，那天晚上到底发生了什么。这个人就是尼古拉·伊万诺维奇·哈吉耶夫。哈吉耶夫二十二岁从敖德萨法学院毕业。他的相关传记告诉我们，他是故事《禁卫军》(*Yanyichar*)和传记《帕维尔·费多托夫的短暂一生》(*Nedolgaia zhizn' Pavla Fedotova*)的作者，后者的主人公是一位生活在十九世纪上半叶的俄罗斯画家。他还写了一大堆谐体诗和"实验性"诗歌。二十世纪二十年代末，他从敖德萨搬到了列宁格勒（后来他生活在莫斯科），在那里，他被迷人的艺术家圈子所吸引，与许多具有创新精神的人擦肩而过，其中包括艺术理论家（形式主义理论家尤里·蒂尼亚诺夫，鲍里斯·艾肯鲍姆和维克多·什克洛夫斯基)、作家和艺术家。他与阿列克谢·克鲁切尼赫的友谊最为持久,后者是一名宙姆主义者,也是未来主义歌剧《太阳的胜利》的剧作者(与韦利米尔·克鲁乔内赫合作)。哈吉耶夫还结识了奥西普·曼德尔施塔姆、安娜·阿赫马托娃、弗拉基米尔·马雅可夫斯基、韦利米尔·克鲁乔内赫等许多人。

尼古拉·哈吉耶夫和卡西米尔·马列维奇在真实艺术协会的活动中相遇。这次相遇是一个分水岭。"是画家塑造了我,而不是诗人或哲学家。就我对艺术的感觉而言,我欠马列维奇的最多。我的确和塔特林[1]交往过,但是我对马列维奇隐瞒了这一点。他们容不下对方,所以我不得不向一方隐瞒我和另一方共度的时光。好在他们一个住在莫斯科,一个住在列宁格勒。"[2]哈吉耶夫的话流露出一个游戏控制者和领导者的自信,是艺术家为他存在,而不是他为艺术家存在。在他们相遇七年后,马列维奇就去世了,但哈吉耶夫直到自己生命结束,都会与这位艺术家保持深刻的联系,当然是通过他自己的方式。

---

[1] Vladimir Tatlin(1885—1953),苏联早期的先锋艺术家、雕塑家和设计师。
[2] 伊琳娜·弗鲁贝尔-格鲁比可娜:《镜中谈话》。——原注

尼古拉·哈吉耶夫喜欢和艺术家们称兄道弟——他知道他们如何呼吸,知道如何进入他们的内心,他总是渴望伸出援手。他在某个时刻突然意识到,没有人为这群才华横溢的画家和作家充当指路明灯、档案管理员、信徒、牧师、顾问以及赞助人,而在那个时代,正如哈吉耶夫所说,人们能"在空气中听到头骨开裂的声音",人们都像"罐子里的蠕虫"。哈吉耶夫将他对艺术的业余爱好转化成了一项使命,他变成了俄罗斯先锋艺术的档案管理员、收藏家和守护者。他狡猾而奸诈,知道该用什么语气对待哭泣的遗孀和画家的继承人;比如,他知道去询问能否将某些档案拿去复印,然后再忘记归还原件;他知道主动为某些人保管画布,然后忘记还回去[①]。娜杰日达·曼德尔施塔姆说他是"狗娘养的",是"阉人和强盗的混合体",一个"偷尸人"。他的胃口、权力和专业能力越来越强大,作家们送给他签名书,委托他编辑校对自己的作品,把手稿、草图、方案和已经完成的画布送到他那里,或者是为了保管,或者是作为礼物,并感动于在那黑暗的日子里还有

[①] 从这个意义上说,尼古拉·哈吉耶夫与乔治·科斯塔斯基不同,后者是唯一与哈吉耶夫齐名的人。和哈吉耶夫不同,科斯塔斯基实际上是花钱购买先锋派艺术家的作品,此外他遵守苏联提出的条件。1960年,科斯塔斯基移民到希腊,将一半的藏品留给了特雷塔科夫画廊。通过这一让步,他得以合法地出口另一半藏品。——原注

人愿意照顾他们。后来的许多报刊文章和书籍在谈论他的所作所为时,都用谄媚的字眼将他形容为"学者、文本学家、新文学艺术史家以及收藏家"。

尼古拉·哈吉耶夫是俄罗斯先锋派艺术中的萨里耶利[①]吗?收藏家米哈伊尔·达维多夫在他的《与一位邻人的对话》中告诉我们:"哈吉耶夫一生都是莫扎特。N. K. 所碰触过的一切,无论是句子、形象、文字,还是普通的日常生活,都变成了生命音乐的宝贵源泉。N. K. 是一名学者——这只是他的众多才能之一。他决心做一名学者,这提升了学术的地位。他的存在以其纯粹的慷慨成了我们所有人的恩惠。"

在将近一个世纪的时间里,这个人一直都在让学术"大放异彩,他的存在福被四方"。如果说萨里耶利的寿命是莫扎特的两倍,那么哈吉耶夫的寿命几乎是他大多数同代人的三倍。他1903年出生于卡霍夫卡(今属乌克兰),1996年死于阿姆斯特丹。长寿是哈吉耶夫的优势。要不是活这么长时间,他不会有机会(作为胜利者或者受害者,

---

① 萨里耶利是莫扎特同时代的杰出音乐家,一个由来已久的传说认为,萨里耶利才能不及莫扎特,因此心怀嫉妒,并设计害死了莫扎特。

或两者兼而有之）去发起或促成一些被许多报纸称为"世纪盗窃、完美犯罪"的事，那些更有同情心的人把这些事称为"尼古拉·哈吉耶夫的悲剧"，另一些人则从后冷战的角度称其为"通往自由的悲剧之旅"。

哈吉耶夫成功收集了一个不可估量的艺术宝库。随着柏林墙的倒塌，许多东西突然被赋予了价值：印有斯大林口号和头像的T恤，印有马列维奇图案的廉价纪念咖啡杯，回忆录、档案、信件、绘画、箱子、军装、共产主义奖章、马列维奇的画作……许多收藏家一跃成了偷尸者，有些人中了大奖，有些人则没有。少数几个艺术家，如丹尼尔·哈尔姆斯，在一片自由的喘息中被抛上水面，并迅速形成一股强大的喷泉。这股喘息赋予他的崇高地位迅速而成功地越过了俄罗斯语言和文学的边界。就连我，在参观阿姆斯特丹新开张并重新翻修过的斯特德里克博物院，欣赏尼古拉·哈吉耶夫收藏的马列维奇作品时，也忍不住在博物馆的商店里买了一件纪念品：印有马列维奇图案的眼镜盒和一块至上主义风格的眼镜布。

对俄罗斯先锋派而言，哈吉耶夫究竟是莫扎特还是萨里耶利？如何回答这个问题事关品位，但无论如何，对同代人的爱，对俄罗斯先锋时期杰出人物的爱，肯定不是他的强项。伊琳娜·弗鲁贝尔-格鲁比可娜在她的《镜中谈话》里,收录了一篇对尼古拉·哈吉耶夫的采访。1991年初,她在莫斯科采访了他,那时距离他永久移居荷兰还有两年,距离他去世还有五年。

当谈到他的同代人、著名建筑师和画家弗拉基米尔·塔特林的时候,哈吉耶夫说他"性格古怪",说他是个"疯子",他"害怕有人窃取他的职业秘密"。哈吉耶夫把塔特林描述为"狡猾的魔鬼",一个"糟糕透顶的骗子",一个怀着"深恶痛绝"鄙视马列维奇的人。哈吉耶夫把亚历山大-图瓦诺夫·扎姆尼克形容为丑陋、瘸腿及驼背的老人,说他诚然也并非完全无趣。他的朋友尼古拉-苏埃廷,一位至上主义者,被哈吉耶夫描述成一个"精神病患者",一个"有无数人格问题的难以忍受的人"。马克·夏加尔拥有一种"听天由命的个性",他很"可恶",是个"糟糕的老师",除了画"会飞的犹太人"之外,没有能力教任何人任何东西。受人尊敬的摄影师亚历山大-罗德琴科是个"极其惊人的蹩脚货",一个"滑稽的家伙"。帕维尔·菲诺洛夫"不是画家",而是个"疯子和愚蠢的狂人"。就连利西茨基也"不是画家"。哈吉耶夫和安娜·阿赫马托娃有过交往,虽然他称后者为"优秀的诗人",但她的诗歌并不合他的胃口。奥西普·曼德尔施塔姆"独具匠心",但并不"伟大"。弗拉基米尔·纳博科夫"被高估了",至少就诗歌而言,他是个"没有天赋的书写狂"。他的小说《斩首之邀》的结尾,是从安德烈·普拉托诺夫的故事《魔指环》中抄来的。而说到安德烈·普拉托诺夫,他的散文令人"不忍卒读",因为里面充斥着大量"空洞的修辞"和"自然的思维",但他认为普拉托诺夫是个"体面而睿智的人"。与真实艺术协会成员过从甚密的尼古拉·奥列尼科夫是个贫穷的诗人,是个"喜剧演员"。亚历山大·维邓斯基是个"打牌作弊的人",一个"赌徒",为了赚钱写粗制滥造的儿童诗歌。叶甫根尼·施瓦茨是个"傻子",是"最低级的"人,总起来说,"施瓦茨一家渴望拥有财产",他们"收集瓷器"和"各种各样的破烂"。通篇采访充斥着反犹主义的苗头、公开的厌女症以及惊人的无情,尤其是对那些被他称为朋友的人。

1977年,一位瑞典学者拜访了哈吉耶夫,他是马雅可夫斯基的传记作者。在哈吉耶夫的支持下,他通过外交渠道将哈吉耶夫收藏的四幅马列维奇画作带出了苏联。他们达成的协议是,卖画所得将在哈吉耶夫移民时归他所有。但苏联当局不允许哈吉耶夫移民。那四幅马列维奇画作去了哪里?据说,这位学者将其中一幅卖给了巴黎的蓬皮杜中心,第二幅捐给了斯德哥尔摩现代艺术博物馆,第三去了巴塞尔的贝勒基金会，第四幅则踪迹全无。还是说其实有迹可循？但只有从事这类工作的人才会懂。艺术品的旅行方式始终是个谜。

十五年后，按照另一位斯拉夫学者提供的方式，离开苏联的新机会出现了，这次的学者来自荷兰，是韦利米尔·赫列布尼科夫研究专家，他邀请尼古拉·哈吉耶夫前往阿姆斯特丹。这一次，哈吉耶夫提出了一些条件：他要求获得永久居住权，以及把自己的全部收藏带出国外的可能性。在这个过程中，他承诺去世后把所有画作留给阿姆斯特丹博物馆，把丰富的文学档案留给阿姆斯特丹大学斯拉夫语系。1993年9月，科隆一家高端艺术画廊的所有者克里斯蒂娜·格穆琴斯卡、画廊总监马蒂亚斯·罗斯托夫，还有那位学者齐聚莫斯科。尼古拉·哈吉耶夫签署了一份合同。合同规定，格穆琴斯卡将带走六幅画作并卖掉其中的两幅，剩下的四幅用于收藏，哈吉耶夫到达阿姆斯特丹后将获得二百五十万美元。1993年11月，哈吉耶夫和他的妻子莉迪亚·夏加抵达阿姆斯特丹。

三个月后，在莫斯科的谢列梅捷沃机场，以色列公民德米特里·雅各布森被扣留，他的大量可疑的大件行李遭到了搜查。在行李中，人们发现了韦利米尔·赫列布尼科夫的手稿、卡西米尔·马列维奇的信件、奥西普·曼德尔施塔姆和安娜·阿赫马托娃用过的纸张，还有与俄罗斯未来主义相关的珍贵文件。雅各布森被释放，文件被没收。其中也包括格穆琴斯卡画廊的合同。就在这件国际丑闻爆发的同时，剩下的画作和文件已经抵达了阿姆斯特丹，克里斯蒂娜已经把它们都带出去了，放进了保险箱。后来，哈吉耶夫和夏加声称，很多东西都不见了，他们为此责怪那个学者，说这个学者知道如何找到保险箱。

1994年下半年，有一份合同在阿姆斯特丹被签署，最终敲定将全部六幅马列维奇画作卖给格穆琴斯卡画廊。哈吉耶夫夫妇在阿姆斯特丹买了一座房子。在不具追索权的情况下，哈吉耶夫把被谢列梅捷沃机场扣押的档案让渡给了俄罗斯官方。在哈吉耶夫和他妻子的生活中，出现了三名看护者：鲍里斯·阿巴罗夫，一位住在阿姆斯特丹的失败的俄罗斯演员；他的女朋友贝拉·贝克尔，被哈吉耶夫雇为管家；还有充当财务顾问的约翰内斯·布塞。为了和新的星阵图保持一致，哈吉耶夫写了一份新的遗嘱：现在，他要把所有东西都留给他的妻子莉迪亚·夏加。遗嘱签署后不久，在他们运河边的房子里，夏加在楼梯上滑倒，摔了一跤，不治身亡。现在，哈吉耶夫死后，财产将归鲍里斯·阿巴罗夫所有。夏加死后两天，哈吉耶夫-夏加艺术基金会成立了，负责管理哈吉耶夫剩下的藏品和档案。基金会由鲍里斯·阿巴罗夫和约翰内斯·布塞共同管理。

1996年3月，居住在巴黎的俄罗斯诗人瓦蒂姆·科佐沃伊拜访了哈吉耶夫。哈吉耶夫向他抱怨说，阿巴罗夫基本上把他软禁了。他起草了一份新的遗嘱，根据这份遗嘱，他死后所有东西都归科佐沃伊所有，条件是科佐沃伊把他带去巴黎。然而，这份遗嘱从未生效，因为在科佐沃伊短暂逗留阿姆斯特丹期间，阿巴罗夫显然插手阻止了他在遗嘱上签字。科佐沃伊没有了结这件事就返回了巴黎。哈吉耶夫六月份去世的时候，鲍里斯·阿巴罗夫仍然是法定继承人，贝拉·贝克尔得到了那座她充当管家的房子，布塞在得到他的大笔酬金后去了法国某个地方。鲍里斯·阿巴罗夫同意了大约一千万荷兰盾的补偿款，放弃了哈吉耶夫所有其他遗产的主张权，随后便从这个故事中消失了。随后，荷兰和俄罗斯官方谈判小组就将哈吉耶夫的藏品归还俄罗斯的问题进行了艰苦而漫长的谈判。2011年，档案（或剩下的档案）被归还给俄罗斯官方。然而，那些珍贵的画作仍然属于阿姆斯特丹的哈吉耶夫－夏加艺术基金会。

这份报告并不完整，我猜也并不十分准确，它只是草草汇编了谣言最盛时发表的几篇文章。仍有许多东西隐藏在视线之外。在小土狗（阿巴罗夫、贝克尔和布塞）和米哈伊尔·布尔加科夫式的闹剧元素娱乐了广大读者一阵子后，这场游戏被更严肃的玩家接管了。

所以，尼古拉·哈吉耶夫到底是俄罗斯先锋派中的萨里耶利，还是如他的崇拜者所称，是它的莫扎特？莫扎特-萨里耶利的关系是俄罗斯文化中一直无法回避的问题。多年来，它一再出现在普希金的戏剧《莫扎特和萨里耶利》中，也出现在里姆斯基·克萨科夫的歌剧、鲍里斯·皮利尼亚克的故事《故事之为故事的故事》、瓦吉诺夫的小说以及布尔加科夫的《大师与玛格丽特》中。哈吉耶夫冗长而跌宕的传奇是否不公正地加速迈向了它的结局，最终以一个简短的道德寓言结束？一个关于致命贪婪的赌徒箴言？米达斯王的传奇？一个因掠夺财宝而起的悲剧故事（偷盗＝诅咒！）？一个关于稀世珍宝带来坏运气的道德寓言？一个金钱变废纸的布尔加科夫式闹剧？为别人的惨败沾沾自喜是很没有品位的。但另一方面，如果认识不到哈吉耶夫的故事是艺术世界（不仅仅是俄罗斯的艺术世界）不可分割的一部分，那也将是致命的短视。

但也许一切并不像看起来那样，也许秘密在于长寿，而我们对长寿的秘密几乎一无所知……"1941年秋天，当德军向莫斯科进发的时候，哈吉耶夫和他的战友特列宁[①]作为志愿者向作协报道。两位志愿者身着便装，徒步向前线进发。他们那城里人的鞋很快就变成了破烂儿，哈吉耶夫最后几乎光着脚，他得了感冒，在半昏迷的状态下滞留在一个远离莫斯科的偏远村庄。整个支队都被杀了，其中包括特列宁。哈吉耶夫则被授予保卫莫斯科勋章。"（来自俄语维基百科）

6
喂，别格莫特，把小说拿过来吧！

阿森对风格很有眼光。I. 菲利斯的书是用东欧复古邮政包装寄来的，包在粗糙、老式的棕色纸中，用绳子捆扎起来，我的地址看起来出自一只笨拙的手，假装不熟悉罗马字母。书的封面也是复古样式，苏联式的，灰色，硬面，但整体设计效果极佳。扉页最下方用精美的字体写着阿森那家小出版社的名字——Asen，书名在扉页中间蜿蜒前行：把生活转化为故事（及其逆转）的宏伟艺术。书

[①] Vladimir Trenin，文学批评家、理论家。——原注

不是很厚，我不知道阿森是努力把所有东西都装进了这九十九页纸上，还是说原就如此。我猜数字学家会为99赋予一个含义。我在网上看过一篇数字命理学的文章，它被翻译成了我的语言，称99是守护天使的数字，主要负责直觉。

我翻阅着书，注意到一件令人吃惊的事：每一章的标题都是一样的，都引自布尔加科夫的《大师和玛格丽特》："喂，别格莫特，把小说拿过来吧！"但用的是俄文的西里尔字母。为什么这句话没被用作全书的标题呢？我迷惑不解。我不相信阿森会坚持使用一个朗朗上口的商业化标题，他的微型出版公司知名度和发行量都很小，不管是叫《维纳斯雕像》，还是《素食圣经》，都没有任何一本书能指望获得巨大的成功。我猜，I.菲利斯保留了这句话的俄语原文，是因为她觉得没有任何翻译能公正地处理这句话。那无敌的魔鬼瞬间发出了水管工的声音。也许菲利斯是在使用切尔蒂汉（chertykhan'e），一种召唤魔鬼的咒语，《大师与玛格丽特》中遍布这类把戏；也许她觉得自己需要魔鬼的力量来激励她写作；也许她希望用这个关于失传之书的故事，揭露二十世纪三十年代俄罗斯日常生活的平庸，而不是什么离奇的故事。就像布尔加科夫小说的主人公烧掉了自己关于本丢·彼拉多的小说手稿一样，许多手稿连同其他文件,乃至整个图书馆,都被内务人民委员会掠走或被当作燃料付之一炬。

I.菲利斯的行文并不古怪,但也并非完全平铺直叙。我的第一印象是,它读起来像一篇图书管理员无精打采的论文,主题是关于"真实艺术协会中最被忽视的成员"多伊夫伯·列文;这一拳打到了我心口,和菲利斯一样,我对列文也略知一二,他利用悲惨的命运把自己和自己的作品走私进了俄罗斯文学史,但是,你瞧,她是第一个就此发表著作的人!我最初期望这是一部关于列文儿童小说的不起眼的专著。他的儿童小说是唯一可供利用的材料。但事实证明,菲利斯对他的儿童小说并无兴趣。

接着,我想,菲利斯可能会试图重新构建列文的小说,也就是根纳季·戈拉和伊戈尔·巴赫特列夫这两个见证者所提到的作品。然而,在一开始,菲利斯首先提出了她对未来文学的展望。她把我们的时代想象成一个新时代,文学接受的兴趣从原始作品转移到了重建世界文学中被遗忘、被烧毁、被丢弃的作品,这是一种文学修复的使命。在这个过程中,现存的经典作品将会经历一个被解构的过程,由此诞生出新的多媒介的《包法利夫人》《洛丽塔》和《安娜·卡列尼娜》。文学经典将以动画电影、虚拟现实、电脑游戏等媒介最快、最有效地传递给未来的人……最终，未来的时代将被称为数字古典主义的时代。

"我们生活在一个收集和存储垃圾的时代，"菲利斯写道，"我们的生活专注于不断地生产垃圾，与此同时，我们也在不断思考如何对垃圾进行处理的问题。从药物到化妆品等等一切，所有东西都在不断提醒我们，我们生活在一个以污染为中心的文化里，因此需要排污。我们和他人的关系是有毒的，我们的环境是有毒的，我们吃的食物是有毒的。有毒就是我们时代的关键词。也许我们需要一次历史性的暂停，生产应该被中断，我们应该重新设定、重新规范价值标准，因此，我们或许应该暂时停止生育。市场不断说服我们相信持续生产的紧迫性，我们生活在一个被过度喂食的时代，每天都端出忘忧果，我们已经成了吃忘忧果的人，你瞧，我们满意地打着饱嗝，为什么呢？因为打饱嗝的声音是我们唯一能发出的真实的声音。"

菲利斯没有说得那么直截了当，但她暗示说，没有巨大的冒险就不会有杰出的作品，没有"悬在作者头上的剑"，任何文学作品都不会产生重大的影响。俄罗斯先锋派文学的确很重要，但菲利斯说，这是由于作者们"对剑的恐惧"，至少在一定程度上是这样。

"山鲁亚尔国王是山鲁佐德的听众,她的指定行刑者、她的征用人、她厌女的指挥官、她的折磨者。他不是作为一个文艺美学的调停人而存在的。他像个孩子一样无关善恶,听故事的渴望驱策着他的行动。他推迟山鲁佐德的死期,只是为了能听到她下一期的故事。山鲁佐德讲故事是因为她不得不讲,通过讲故事的艺术,她延迟了自己死亡的时刻。剑高悬于她头顶。当然,许多俄罗斯先锋派作家的伟大之处不仅在于他们的作品,也在于他们对风险的拥抱,在于他们头顶悬着的剑,在于他们对剑的恐惧。"

菲利斯在她的论文中加入了很多数字,试图证明当时有许多事都是围绕三十七个数字展开的。许多艺术家在三十七岁失去了生命:丹尼尔·哈尔姆斯,亚历山大·维邓斯基,韦利米尔·赫列布尼科夫以及多伊夫伯·列文(!)。与真实艺术协会往来密切的尼古拉·奥列尼科夫,三十九岁去世;康斯坦丁·瓦吉诺夫(因为肺结核)三十五岁去世;尤里·弗拉基米洛夫(也是因为肺结核)二十三岁去世。俄罗斯先锋派中的伟大人物几乎没有一个能活到五十岁:伊萨克·巴别尔死时四十六岁,米哈伊尔·布尔加科夫死时四十九岁,奥西普·曼德尔施塔姆死时四十七岁,鲍里斯·皮利尼亚克死时四十五岁,玛丽亚·茨维塔耶娃四十九岁自杀，谢尔盖·叶赛宁死时三十岁，弗拉基米尔·马雅可夫斯基在活到关键性的三十七岁之前就自尽了。菲利斯没有大胆地进一步解释大乐透的运行机制，但她道出了促使她写这本书的原因：

"1936年，苏联废除了堕胎权。一年之后，苏联损失了数以十万计的人，而这样的损失是需要弥补的。我出生于1938年，是堕胎禁令的孩子。'我出生在草丛中。就像一只老鼠'，这是哈尔姆斯一篇儿童故事的开篇，我的传记则可以用下面这句话开始：'我母亲生下我，然后把我放在水里。'我们都出生在1936—1955年之间，这段时间堕胎是非法的，我们像老鼠一样被生出来，用来填补人口的空白、统计数字上的短缺。"

在书的前三十页，菲利斯游走于不同的方向：在文学预言式的材料中疾驰了一阵后，她开始对现代文化发出哀叹，对此她理解得并不透彻；接下来是一些自传性的细节，应该说，从文学价值的角度看，这一部分是最成功的。菲利斯用娴熟的技巧和精确的手法，描绘了二十世纪六十年代莫斯科学生和知识分子的日常生活，以及她为了给自己和丈夫办理出国文件而与官僚机构进行的旷日持久的斗争。她描写了莫斯科的怪人、梦想家、骗子、妥协者、告密者、无赖、天才、疯子、酒鬼、小气鬼和亡命之徒，这些描写为痛苦、艰难、荒谬的官僚主义日常生活增添了几抹亮色。

菲利斯笔下最精美也最令人痛苦的段落是献给她母亲的。母亲的苦涩从字里行间散发出来，其中还有菲利斯年少时的执拗，她跟母亲的正面冲撞，母亲对女儿难以释怀的忧虑和深深的依恋，以及随之而起的女儿对母亲涌动的恨意。在母亲需索无度、占有式的爱和戴维作为外族人的冷漠之间，菲利斯选择了后者，从而留下了这样一种可能：跟戴维结婚并搬去英国，不过是逃离母亲的一条秘密途径。

菲利斯不时提到她现在的生活，她在伦敦的生活，她的寂寞、孤单和一成不变。她是一具活着的骷髅，她知道这一点。所有像伦敦这样的大都市都充斥着像她这样半死不活的人。他们大多住在破败的公寓里，慢慢发霉，到死都没有财力搬去高档的地方或者养老院，这样的人祈求上帝让他们沉入幸福的睡眠，或者直接咽下最后一口气。最富生气的段落描写了一个大学生，一个年轻女人，菲利斯为她提供了一个免费的房间，要求的回报仅仅是帮她采购，菲利斯由于行动不便已经无法胜任这件事。自从成年后，菲利斯便一直和男人生活在一起——她的丈夫和两个儿子。她描述了她对这个年轻女子无言的喜爱。这个女孩成了她生活的中心，化身成她从未有过的女儿、从未有过的孙辈和业已离去的朋友。她爱上了这个女孩，爱上了她的一切，也爱上了一个新习惯：连续几个小时坐在窗边的轮椅上等她回家，早上再坐在同样有利的位置用睡眼惺忪的目光久久目送她离开。带着一种凝重的、执着的感情，她重复着同样的目光、同样的姿势。当年轻女子回来的时候，她嗅着周围的空气，想法设法制造一些能在白天指派她去完成的小任务，或者努力思索自己能问些什么问题，仅仅是为了延长和她相处的时间。年轻女子是个美人，面色白皙，五官清秀，有着高高的颧骨，眼睛离鼻梁格外近，这让她的目光看起来既警惕又专注。她的动作异常柔软灵活，衣服五颜六色，毫无顾忌，比如用绿色低跟鞋搭配紫色袜子，把头发编成一绺绺发辫，再饰以颜色鲜艳的发夹。有一次，她躺在客厅的沙发上睡着了，菲利斯屏住呼吸凝视着她：她像个孩子一样睡去，结实而深沉地坠入梦乡，仿佛陷入流沙。她轻声细语，安安静静，却又深刻地存在着。是的，她用完全属于自己的方式和菲利斯，以及公寓的空间进行交流。女孩离开房子后，菲利斯仍能久久感受到她的存在，好像她把自己的影子留在了这里。

当我已经放弃猜测这本书下一步的走向时，菲利斯突然转变了方向，开始阐述一个疯狂的假定……既然多伊夫伯·列文生活在一个噩梦般混乱的时代；既然存在两个列文，他们同名同姓，出生在同一地区，有着相似的文学命运和生卒年份；既然没有确切的信息表明多伊夫伯·列文是在什么时间什么地点被杀害的；既然各种派别、各个地方的人都在死去，都在通过改变自己的身份、证件，通过伪造文件、个人历史、信仰、信念以及阶级来躲避子弹；既然这一切都是真的，那么，菲利斯问道，为什么我们不能按照同样的逻辑假设，多伊夫伯没有遇害，而是去了别的地方？例如，为什么当列文的同乡 L. 潘捷列夫在回忆他于列宁格勒契诃夫大街上的生活时，在日记中写下了这样一句话？——"他确实在那里住过，但以后不会了。他既不住在这里，也不住在地球上的任何地方。"菲利斯写道：如果一个人声称某人因为被杀死了，所以不会住下去，并且在尸体上跳来跳去，用文字踩着泥巴，说这具尸体（列文）不会再住下去了，"不住在这里，也不住在地球上的任何地方"，那么这人不但是个糟糕的作家，而且是个傻子。

那么，假如多伊夫伯真的活了下来，并且出现在其他地方呢？也许，只是也许，他去遍了地球上所有其他地方呢？作家丹尼尔·哈尔姆斯是最有名、最受欢迎的真实艺术协会成员，他曾嘲笑过包括自己在内的许多作家，讽刺过包括自己的作品在内的许多文学作品，以及包括格言在内的所有文学体裁，他曾经写道："一个人不止活一次。今生未做完的事，来世还要去完成。"

7
房子里走出一个人

1931年，丹尼尔·哈尔姆斯、亚历山大·维邓斯基和伊戈尔·巴赫特列夫被捕，在此之前，他们已在名为什帕雷卡①的列宁格勒审查监狱待了六个月。哈尔姆斯被判三年徒刑（在库尔斯克服刑），维邓斯基和巴赫特列夫被释，但被禁止居住在列宁格勒、莫斯科和其他几个主要城市。同年，真实艺术协会中最年轻的成员尤里·弗拉基米洛夫去世，不久后，康斯坦丁·瓦吉诺夫也去世了。亚历山大-图瓦诺夫在同一年，即1931年被捕，他是一位翻译家和未来主义者，与韦利米尔·赫列布尼科夫一起影响

---

① 什帕雷卡位于什帕雷纳大街，列宁格勒的这座监狱与莫斯科的卢比扬卡一样"著名"。——原注

了真实艺术协会的成员。在接受警方审讯时，他承认他的一些宙姆诗歌实际上是号召推翻苏维埃政权的暗号。他被判处三年监禁。伊戈尔·捷尔泰耶夫曾经活跃于试验戏剧界，是真实艺术协会成员的朋友，和画家卡西米尔·马列维奇、帕维尔·菲洛诺夫以及作曲家米哈伊尔·马图申往来密切。同年，即1931年，捷尔泰耶夫被捕，被判处五年苦役，去修建白海——波罗的海运河，他被提前释放，但1937年再次被捕，并在莫斯科臭名昭著的布蒂尔卡监狱遭枪决。尼古拉·奥列尼科夫是一位诗人，与真实艺术协会的关系十分密切，他于1937年被捕并遭枪决。尼古拉·扎博洛茨基于1938年被捕，被判处五年徒刑。而维邓斯基于1941年再次被捕，之后很快死于胸膜炎。哈尔姆斯于1941年被捕，1942年初，他死在一间封闭的精神病房中。

多伊夫伯·列文，喜马拉雅山的熊，把自己像只老鼠一样封存在儿童文学中。的确，他是真实艺术协会中最安静、最不起眼的成员，但在那个年代，引来杀身之祸的可以是比以实验性风格写作还轻的罪行。L.潘捷列夫声称他和多伊夫伯·列文的对话发生在1939年，但菲利斯认为发生在1937年，正是在这段谈话中，列文说出了那句不详的话："一切都结束了！世界上所有的灯光都熄灭了！"

对死亡的恐惧，对生活的恐惧，对无关紧要之事的恐惧，对恐惧的恐惧，对一切的恐惧……恐惧像有毒的臭虫一样蚕食着多伊夫伯·列文的心灵。

不管出于什么原因，菲利斯相信，列文那个务实的妻子在所有这一切中扮演了至关重要的角色，她是苏维埃办公室的一个小职员，手握十分强大的武器：图章和封印。她拿到了搬去比罗比詹所需的全部文件，她觉得对多伊夫伯来说，那是世界上最安全的地方。首先，她知道列文和一个贱货有染，所以她觉得把他遣送到一个如此遥远的地方是个足够公平的惩罚；其次，她为拥有命运女神赋予的创造力而感到欣慰；再次，她爱她的波巴，她的大熊，她无法忍受周围许多人的遭遇也降临在他身上。所以，四年后，这个苏维埃办公室的小职员像命运女神一样伪造了一份文件，证明列文已经在波戈斯蒂村英勇牺牲了。菲利斯的书中有一份文件的复印件，似乎证实了鲍里斯·米哈伊洛维奇（多伊夫伯）·列文于1941年9月17日在波戈斯蒂去世，与此同时还有一份1937年12月17日签署的文件，该文件批准一个名叫伯多夫·列维的人前往JAO（the Jewish Autonomous Oblast），即未来的犹太州比罗比詹的行政首府所在地。菲利斯的书中还收录了他的护照的复印件。

这三份伪造的文件是菲利斯唯一能够获得的资料,至于她写的其他内容,要么是只有她自己才知道的真相,要么是有意的捏造。对此我没有发言权。最后,她告诉我们,在鲍里斯·皮利尼亚克离开十一年后,列文决定出发前往远东。为什么他的离开被认为是在追随鲍里斯·皮利尼亚克呢?因为在旅途中,列文随身携带了皮利尼亚克的《日之本》。但他并没有去日本!哈,而是继续向东。除此之外,如果考虑到当时的人们是多么恐惧,列文的选择看起来就不那么古怪了,他们拥抱了一个又一个悲剧,任何一点动静都能让他们退避三舍。每一次全新的打击都会以闪电般的速度传播开来。所以,在出发前一天,就连多伊夫伯·列文,这个对任何人都无关紧要的人,也听到了鲍里斯·皮利尼亚克被捕的消息。正是这个消息,而不是地理因素,帮列文选择了他的旅行读物,不是吗?

菲利斯写道:"一方面是时时刻刻的恐惧,另一方面,人们又希望生活能通过仁慈的逆转形式带来拯救,这刺激着人们,以至于许多人的生活其实变成了他们在最疯狂的梦境中所幻想过的样子。大卫·伯留克就是这样。"这个"未来主义的波吕斐摩斯""苏联未来主义之父",艰难地穿越西伯利亚前往符拉迪沃斯托克,只为秘密获取前往美国的通道。他携带了包括家人和朋友在内的六位随行人员，为符拉迪沃斯托克的文化生活带来了勃勃生机和前所未有的繁荣，让这座远东外省城市一跃成为世界未来主义之都。随后，他于二十世纪二十年代跨海抵达日本，在那里，他成了"日本未来主义的俄国父亲"。在日本的两年间，他画了大概三百幅油画，把日本人变成了未来主义把戏的爱好者，在此期间他攒够了钱，和他的六人小组一起搬去了美国。他们直接飞去了艺术的中心——纽约。

多伊夫伯·列文懂意第绪语，所以他一到比罗比詹，就被罗比詹那·斯特恩雇用了（这一说法无法否认，但也无法证实，因为当时罗比詹那·斯特恩确实雇用了两个列文、一个考夫曼），并在当地的犹太剧院找到了工作，这个剧院上演从犹太经典剧目到改编独幕剧在内的各种节目。比罗比詹可能地处偏远，但它是一个充满活力的地区：1934年，在它宣布成为犹太自治州后，犹太人、共产主义者、共产主义的同情者蜂拥而至，他们不但来自苏联其他地区，也来自阿根廷、波兰、美国和英国，目的是寻找一个比他们离开的地方更安全、更受保护的地区。有些人留了下来，有些人则感觉被骗了，继续他们追寻的脚步。比罗比詹很难成为应许之地，那里气候严酷，人们饥肠辘辘，而他们所掌握的技能——那些商人、裁缝、面包师、屠夫、木工——在一开始并没有什么价值。不久，第二次世界大战爆发了,男人遂被征召入伍:很多比罗比詹人死在了战争中。

在比罗比詹,多伊夫伯·列文和演员兼诗人米隆·别洛奇金交上了朋友。几个月后,在米隆愉快的陪伴下,他启程前往哈尔滨。两人在一起混了很久,然后各奔前程。别洛奇金留在了哈尔滨,等待前往美国的机会,而列文继续去了上海,那是一个自由的城市,没有人检查护照或签证。1938年,当那些无法获得别国签证的德国犹太人开始陆续前来时,他正在上海。1939年,上海被日军占领,形势发生了变化。列文和数千名1937年后抵达上海的犹太人一起搬去了一个叫虹口的犹太人聚居区。日本战败后,犹太人被暂时安置在香港,然后从那里移民去了南美、北美、苏联、欧洲和澳大利亚。迁徙的过程并不顺利,也不是一蹴而就的。很多人把一生中最美好的年月都用在了等待新生活到来上。

就在这里,当多伊夫伯·列文正等待前往欧洲的文件时,菲利斯停下了笔。她停在了第99页。她不可能意识到99号天使正握着她的手。菲利斯离开了她的主人公多伊夫伯·列文,或者伯多夫·列维,或者鲍里斯·多夫·考夫曼,此时他正作为难民被安置在香港的半岛酒店。在酒店房间里,他的床头柜上,放着一本未完成的小说手稿。小说的名字叫《半岛酒店》。哪怕只是简单看一眼开头几句话,也能看出列文已经成长为一个成熟的作家。无论出于何种原因,菲利斯似乎确信,生命、书籍、甚至可能还有声名,仍在等待着多伊夫伯·列文,在关上门之前,她把一个护身符偷偷塞进列文的外套口袋里,这是她唯一能够想到的东西。那是丹尼尔·哈尔姆斯的几句诗:

> 房子里走出一个人,
> 房子里走出一个人,
> 他拿着一个绑在棍子上的纺锤,
> 在遥远的跋涉中,
> 在遥远的跋涉中,
> 他徒步前行。
>
> 他直直地走,直直地看向前方,
> 不睡,不饮,
> 不饮,不睡,
> 不睡,不饮,也不吃。
>
> 他迈入一座黑黢黢的树林,
> 他跋涉了一个白天,一个黎明,

从那个时候起,

从那个时候起,

从那个时候起他就已经走了。

如果有一天你能遇见他,

如果这条路指引你前行,

现在就告诉我们,

现在就告诉我们,

一切都变得更好。

8
狐狸是离群索居者

我和阿森·斯米尔耶夫很少联系,但读完书后,我立刻给他打电话,向他表示感谢。

"能麻烦你把菲利斯夫人的邮件地址发给我吗?我想给她写封信。我想她收到我的信会很高兴的。"我说。

"很遗憾,我不能……"

"为什么?"

艾拉·菲利斯已经去世了。

事情发生在我们见面的那次会议后不久。她来是为了把手稿交给他。他知道的所有消息都是她那对双胞胎儿子告诉他的，他们来英国安排丧事，处理她的不动产。艾拉一直把房间出租给一个年轻女孩、一个学生。悲剧发生的那一天，她看到这个女孩在家门口被来自附近的一群年轻男人围住，于是，她匆匆忙忙赶去前门，用笨拙的角度转动着轮椅，然后一头扎下楼梯。

"天啊，多么悲惨的故事！"

"对了，她儿子说，跟她住在一起的女孩朵拉来自萨格勒布，是金史密斯学院的一名学生……"

"那个朵拉还住在公寓里吗？"我傻傻地问。

"没有，她儿子把房子卖了。"

"为什么书里没有作者简介？"

"艾拉更喜欢现在这样……"

"为什么呢？"

"我也不知道。"

我可以很容易地想象出她位于伦敦南郊某处的小小排屋。我能想象出她每天焦急难耐地等着那个学生，像抓住一根救命稻草般抓住那个年轻女人，担心一松手自己就会沉下去，再也没有继续呼吸的理由了。那天晚上，女孩被一帮恶棍追到前门边，他们是附近游手好闲的年轻人，四处寻找刺激。当菲利斯在窗边的座位里看到外面时，她连忙转着轮椅来到前厅，先是打开灯，然后又猛地把门打开。男孩子们都愣住了。菲利斯看起来狂怒而吓人，特别是她发出一声令人毛骨悚然的尖叫。她自己都吓坏了，不知道从哪里发出那非人的声音……其中一个男孩从口袋里抓出一个网球，狠狠地砸到她身上。菲利斯没办法躲闪或避开，更糟的是，惊慌失措中，她把轮椅往前一拨，摔得人仰马翻，然后从楼梯上滚了下来。女孩挣脱了束缚，朝老人飞奔而去。一个邻居走出家门，然后是另一个，再然后有人报了警，男孩子们则四散而逃……

也许，就在死去的那一刻，菲利斯眼前出现了哈尔姆斯的诗：水和水面上，零的形象（马列维奇的零！），一个零就是一个圆，一个孩子把小石子扔进水坑，形成一个圆，在水面上不断扩散，每个圆都会产生一个念头，每个念头都起源于一个圆，"从黑暗中召唤出一个零，走向光明"。

  然而零是神的手笔，
  零是血缘的轮回；
  零是精神和肉体，
  是船、桨和水……

也许，在菲利斯死去的那一刻，多伊夫伯·列文的小说终于向她敞开。她一生都在凝视它，像凝视一个催眠的黑点。那本小说真是令人目眩神迷，是三维立体结构，比她知道的所有颜色都更生动。她能看到那栋公寓楼轮廓清晰地呈现出来，每一间都灯火通明，然后你看！那个长着牛头的神话人物和那个普通的苏维埃官员竟然是隔壁邻居。住户们像洗过的牌一样互相映照着，一个人的色彩像吻痕一样留在另一个人的底色上。在牛头生物的瞳孔中，睡着苏维埃官员蜷曲的身影。比例是失调的，一个娇小的女人坐在窗台上的花盆边上，一边晃着腿一边抽烟。一个满脸胡须的小个子男人睡在一间公寓里，靠着一只体型比他大一倍的蟑螂……艾拉能听到声音，他们都在说话，声音交织在一起，仿佛某种神圣的乐曲。然后，像突然刮起的一阵风一样，那声音把她带到高处（就像赫列布尼科夫的未来电台那样），然后她飞走了。那个神奇的房子像贝壳一样张开，把她吸了进去。困扰了她一生的流离失所的感觉消失了。她松了一口气。她终于回家了。

或许事情不是这样的。把拼图碎片收集起来进行取证时，我突然想到，布拉·奥库加瓦的《祈祷者》一定是她青春的背景音乐。最后算起来，她给每个人都带来了好处：多亏了她，她的丈夫得以享受一个勤勉的动词计数器那安静而又令人满足的生涯，数动词可是他最喜欢的事。

她爱她的儿子们，远远超过他们对她的爱，她死后，他们卖掉了她的房子，如释重负地回了澳大利亚；她照顾那个女孩朵拉，至少有段时间觉得自己和她很亲近，那个外国小女孩和她的一生是如此相似。她注视着那个女孩，祈祷海绿色眼睛之神能赐予女孩智慧和力量：祈祷海绿色眼睛之神赐予所有人智慧和力量，是的，请神不要忘记她，艾拉；她赋予了多伊夫伯·列文第二次生命，描绘了他的一生，无论是真实的还是虚构的，她在特定的时间和特点的地点完成了她自出生以来便一直肩负的使命。至于她自己，她允许自己做一次小小的、花费不多的旅行。她的冒险可被定义为缺席的诗学、瑞士奶酪孔洞上的诗学、神圣的零的诗学……

9
洒水器

　　收到菲利斯的书一两个月后，我在网上搜索书评，寻找其他人读过它的迹象。同时，我也用谷歌检索了多伊夫伯·列文的名字，收到了跟以前一样的结果，但这次，我点开其中一个网页，本能地按下了打印键。直到第二天，我才想起去打印机上取打印出来的文字。就在我准备把它扔到废纸篓之前，我碰巧扫了一下那篇文字。它比我想象中要长。我检查了电脑显示器上的网页。一切都是它应有的样子：列文出生于哪一年，写了哪些文章，死于哪个时间。然而，打印出来的版本上却穿插着其他句子。这些句子并不像一个梳子的齿和另一个梳子的齿那样紧紧咬合在一起：它们彼此之间没有关联。插入的文字是胡言乱语，是阻碍信息流动的噪声。比如，在"1922年，多伊夫伯·列文进入彼得格勒的大学"这句话后面，跟着这样一个句子："真是不可思议，蜘蛛侠对此一无所知。"虽然这两句话在理论上可以联系起来（第二句对第一句提供了有趣的评论），但后面的句子却是无稽之谈。我试着找出网站和这些胡言乱语之后的联系，一个隐藏的信息，但没有结果，这些句子都是被拆散的文章的碎片，没有一句能和其他联系起来。最后一句是："就连安娜斯塔西亚·斯托茨卡娅都无法想象这种事情。"我猜这可能是某本小说中的一句话，或者藏着一个谜语。直到我明白安娜斯塔西亚·斯托茨卡娅并非虚构人物，而是一位风头正健的俄罗斯明星时，我才死心。

我启动杀毒程序，但电脑似乎是干净的。我又给几个熟人打电话，他们都没听说过这种事。有人提示说，我看到的是附在正文上的早期版本，显示器上通常看不到修订痕迹，但由于某种电脑故障，它们显示到了打印的版本上。"一个很常见的小故障"，我的熟人说。我说什么都不能让他相信，这根本不是我对文本所做的修改，这个小故障也根本不常见。以前从没发生过这种情况。但我不想深究了，特别是因为我产生了一个奇妙的想法，它吸引了我的想象。

如果文字是一层一层叠加在一起的呢？那种印在无限小的透明层上的隐藏文字，但我们对它们一无所知，因为它们永远隐藏在视线之外，只在极偶然的情况下，才像多伊夫伯·列文的网站那样，以可读的形式出现在电脑使用者眼前。如果有很多这种"粘附"的层次，而我们的眼睛却无法察觉呢？如果这些文本事实上是相互关联的，但我们没有办法掌握它们的连贯性呢？如果我们人类其实也是活生生的、呼吸着的文本呢？如果我们带着无数修订版的自我涂层走来走去，而我们对此一无所知呢？如果关于其他人（一个，两个，一千个？）的短评附着在我们身上，而我们意识不到它们的存在呢？如果这些文本和我们融合在一起怎么办？如果我们所有人，我们每一个人，都曾被秘密的逗留者栖居过怎么办？为什么我被困在那个关于多伊夫伯·列文的脚注上那么多年？到底是哪种情况呢？是菲利斯梦见了关于列文的文字？还是关于列文的文字梦见了菲利斯？

不管怎样，菲利斯对于列文生平的迷恋可以简单解释为：她将自己的生命视为附加在文本上的脚注，而不是文章本身。由于她意识到了自己的二流地位，所以把自己包裹在同样二流的多伊夫伯·列文身上，用自己的呼吸温暖它，好像它是一只冻僵的鸟。她对多伊夫伯·列文传记的还原可信吗？我无法确定。我只知道它表面上是可信的。事情完全有可能不像我们想的那么简单，多伊夫伯·列文完全有可能是伊琳娜·菲利斯的生父。也许菲利斯知道父亲的存在，也许她把列文当成了自己想象中的父亲；也许那个拥有强大武器——印章——的"漂亮共青团姑娘"其实是她的母亲。我们别忘了，列文的同胞L.潘捷列夫和他碰面后，在日记中写下了一句话："我想知道他们的女儿艾拉现在在哪里。她多大了？七岁？"

菲利斯把自己裹在书中，好像那是她给自己织的一条简陋的围巾。她钻进自己的书里，就像一只老鼠钻进车轮奶酪，打算一直待在那里，直到它那小小的心脏停止跳动。在为列文树起一座纪念碑的同时，她把自己也埋在了同一块墓碑下。在菲利斯进入自己书中的那一刻起，她对于列文生平的发掘是否真实的问题，就变得无关紧要了。虽然菲利斯一点都不像真实艺术协会的成员，但她的姿态配得上它。①

那么我呢？我又如何？为什么这个故事如此固执地吸附在我身上？菲利斯对列文的迷恋很容易理解：俄语是她的母语，她的噩梦与俄罗斯某个特定时期的历史紧密相连，在她的噩梦中，历史像嗑南瓜子一样无情地蚕食着人类的生命，留下了一堆又一堆空壳。

1975年到1976年，我在莫斯科度过了一段时间，我承认一个关键的细节：我之所以没有任何恐惧，不仅仅是因为我年轻，也完全是因为另一个不牢靠的小东西：我的护照。凭借我的南斯拉夫护照，我被当作西方人对待，这意味着在除了短缺一无所有的莫斯科，我享有某些优势。当时我正在读《大师与玛格丽特》，天空中没有一丝云彩，我真诚地相信手稿是烧不毁的，我为什么会牢牢盯上列文，把他当作一件微不足道的纪念品、路边一颗灰色

---

① 真实艺术协会的成员康斯坦丁·瓦吉诺夫，一位怪诞夸张的大师，这样结束了他那部关于虚构作家斯维斯托夫的小说："最后，他意识到他已经被彻底关在了他的小说里。无论他走到哪里，都能看到他的人物。他们拥有不同的姓氏、不同的身体、不同的发型，他们的行为方式也不一样，但他总能立刻认出他们。通过这种方式，斯维斯托夫彻底进入了他的作品。"（康斯坦丁·瓦吉诺夫：《特鲁迪-伊-德尼-斯维斯托娃，1928—1929》）——原注

的鹅卵石、一个文学脚注、一本不存在的小说的参考资料呢？然后我继续把他当成一件永久的精神财富。我对多伊夫伯·列文的同情，似乎并不仅仅是对一个脚注人（man-footnote）发自原则的同情，事实证明，它预示了我接下来的经历，尽管我（当时）发誓这种事永远不会发生在我身上。柏林墙倒塌仅仅两年后，我那个位于欧洲南部的小国家就崩溃成了六个更小的国家，我们那个小语种也分裂成了三四个更小的语种。不仅如此，在后共产主义开始变得面目全非时，不合适的人消失了，不合适的文章消失了，不合适的书被从图书馆的书架上拿下来（包括——惊讶吗，惊讶吗——我的书！），被扔进垃圾桶，扔进个人或有组织的篝火中；街道名称消失了，纪念碑消失了，欧洲南部区区小国的政府被残忍的暴徒包围，他们决定按照自己的口味和利益裁剪一切东西。人们被驱逐、被谋杀，成群结队或者独自一人逃往附近的国家，逃往遥远的国家。家庭被拆散，父母们发现自己在一个国家，而孩子们在另一个。而我，尽管早已在内心的地图上刻下一个随机的痕迹，这时也发现自己生活在异国他乡，变成了一个有两份简历的人，或者共用一份简历的两个人，或者有三份简历三种语言的三个人……所有这一切，都在多伊夫伯·列文的时代发生过，以其他配方、其他原因、其他方式。从外面看，这一切似乎都发生在一个玻璃雪球里，雪花在里面旋转，但里面不是雪花，而是鲜血。当有人拿起雪球摇晃的时候，里面的微型人就会发动一场微型战争，烧掉花籽一样大的书籍，竖起微型边界，为种族上不合宜的人开辟他们的微型营地，立起栅栏和铁丝网，修改教科书，抹除一切旧东西，建立一切新东西。他们在微型中死去，在微型中被驱逐，微型家园遭到炸毁，一切都在微型中继续——在这一切之上，飘着那安抚人心的人造雪。四分之一个世纪后的今天，也许是由于光线的匮乏，蛇蛋正在那些新兴小国的民主孵化器中孵化：在克罗地亚、塞维利亚，在保加利亚、匈牙利、波兰、俄罗斯和罗马尼亚，还有希腊，意大利和西班牙，芬兰和挪威。这些戴着面具和伪装的蛇蛋能否孵化出新的人？这些新的人会否响应第一声号召，还是不会响应任何一个号召，就开始屠杀那些从各种可能的方向涌入欧洲的难民？

艾拉·菲利斯的研究成果是否可靠并不重要，重要的是文本留了下来。就列文而言，留下的不是文本，而是文本的缺失，是一个洞，一个哈欠，一个能激发想象的苍白轮廓。文本的缺失、形象的缺失、音乐的缺失，是奖章的背面，也是时代的象征。文本的缺失闪耀着神奇的光芒，它跳动着，<u>丝毫不失真实和生动</u>。多伊夫伯·列文的故事不是真实艺术协会对官僚文化趣味的咒骂，也不是对假装恒定的制度的咒骂。那是一种形而上的咒骂（无论这听起来有多荒谬），它展示了想象和创造的力量如何超越了语言的力量。从这个意义上说，手稿的确是烧不毁的。

此书的第一篇评论出现在《诺丁汉邮报》上。纵然现如今回忆录仍占据着畅销榜的榜首，我依旧怀疑这篇文章不会激起任何人跑去买书的冲动——但我不会发誓。菲利斯的书有一个悦耳的书名，《把生活转化为故事（及其逆转）的宏伟艺术》，书评的作者巧妙地引用了一句话："真正的文学之乐始于故事逃脱作者控制的时刻，这时它开始表现得像一个旋转的草坪洒水器，朝四面八方喷射；这时草开始萌芽，不是因为任何水分，而是因为对附近水分的渴求。"如果旋转的草坪洒水器的形象能吸引我，那它一定也能吸引其他人……

第五章

脚注小姐

人的生命不过是一部巨大的晦涩的未完成的著作的一系列脚注。

——纳博科夫，《洛丽塔》

1

显然，只有伟大的作家（或那些有朝一日会变得伟大的作家）才不害怕陈词滥调。他们像挥洒彩色纸屑一样把它撒得到处都是。好像他们事先算计好了，未来的读者会像贪婪的鸽子追逐面包屑一样啄食这些诱人的、妙趣横生的宝石（精美的幸运曲奇纸条，未来私密日记的素材，年历，还有妙语连珠的笔记本）。这些宝石就像圣诞蛋糕中的蜜饯。人的一生不过是一系列脚注——至少纳博科夫就是这样说的，毕竟，他的杰作《微暗的火》完全是用脚注写成的——我们都是脚注。文学脚注像训练有素的斗鸡一样为生存而战，在某个时刻决胜出谁把谁变成脚注，谁为谁作注，谁是文本而谁是脚注。我们都是行走的文本，我们穿行在世界上，身上粘着看不见的副本，那是我们自身的无数个修订版，但我们对它们的存在、数量和内容一无所知。我们用肉体承载着其他人的经历，而对这些人，我们同样一无所知。我们彼此粘连，像写着层层隐藏文字的透明纸页，我们所有人都生长进彼此，每个人都被秘密的漫游者独自栖居着,而我们,也栖居在别人家里。纳博科夫说我们都是一部巨著的碎片,是一部庞大的、未完成的杰作的脚注,这话似乎是对的。

2

多萝西·路索尔德之所以能成为现代文学史中一个重要的脚注,并非出于她自己的努力。她没有资格(真的有人有资格成为脚注吗?哦,是的!)也没有意愿成为这种人。尽管如此,路索尔德还是成了一个叫作弗拉基米尔·纳博科夫的伟大文化文本上所附加的脚注。这个文化文本每天都在扩张,但路索尔德仍是最初那个悲惨而神秘的脚注。这可真是罕见,尤其是在我们这个脚注的数量和规模经常威胁着要将文本吞噬的时代。

1897年4月8日,多萝西·G(格雷琴).路索尔德出生于明尼苏达州的沃西卡小城。她的父亲查尔斯·森克索尔德和母亲约瑟芬·森克索尔德都是德国血统,事实上,半个沃西卡城都是德国人。她明显没有结过婚,所以人们不清楚她为什么把姓从森克索尔德换成了路索尔德。她的一生都是个空白,只有一个细节把这个完全籍籍无名的人送上了宴饮不辍的文学鸡尾酒会。诚然，路索尔德只是酒会上的一朵壁花、一个完全透明的人，很少有人会注意到她，人们把这个角落里的女人当成服务生，打着手势招呼她过来为客人倒酒。然而她的名字的确就在宾客名单上，她出现在上面或许纯属偶然，但她并非不请自来。

1930年，多萝西从沃西卡来到纽约。她在曼哈顿上西区找到一间公寓，在著名的纽约公共图书馆的一家分馆找到了工作；似乎她还参加了哥伦比亚大学的课程。

安德鲁·菲尔德是纳博科夫早期的传记作者，也是第一批提到多萝西的人之一。俄罗斯作家弗拉基米尔·纳博科夫1940年来到美国，作为一个热情洋溢的鳞翅目昆虫学家，他计划于1941年夏天带妻子薇拉和儿子德米特里去收集蝴蝶，但那将是一次艰难的旅程。薇拉整个冬天都在忍受背痛的折磨，他们不确定她能否成行，除此之外，他们没有车，没有属于自己的车。

"他们到底还是去了，在第一次横跨美国的旅程中，纳博科夫夫妇幸运地拥有了一名司机。她叫多萝西·路索尔德，是纳博科夫最后一个私人语言学生，一个在纽约市立图书馆系统工作多年的美国未婚女人。纳博科夫遇见她纯属偶然，她曾表示，希望多了解一些俄罗斯方面的知识，她知道的很有限，但出于纳博科夫永远无法理解的原因，她又知道所有粗话，但显然没有正确理解它们的含义。后来，当纳博科夫说起他们一家要去加利福尼亚的时候，她把车借给了他们，那是她刚买的一辆崭新的庞蒂亚克。但无论是纳博科夫还是他妻子，都不会再有机会学开车了，也不会再有机会看懂银行对账单——从抽象的角度看，这两件事都足够简单，但都没能在此后二十年间侵扰他们的生活。得知此事后，作为他们的朋友和学生，她说：'哦，那我开车带你们去。'她不但为他们开车，还为他们规划了行程，采取了向南的路线，包括在亚利桑那州一次难忘的停留，正是在那里，在六月一个寒冷的日子（他们是5月26日出发的），纳博科夫在大峡谷南部边缘沿一条路走下山谷时，捕捉到一种新的蝴蝶，他殷勤地以司机的名字为其命名，而司机此行的原因只是心血来潮地想要提高自己的俄语水平，同时对新来的移民表达善意。"[1]

多萝西·路索尔德把纳博科夫夫妇一路带到帕洛阿尔托，然后又把他们带回东海岸。那年夏天，纳博科夫将在

---

[1] 安德鲁·菲尔德，《弗拉基米尔·纳博科夫的生活与艺术》，纽约，1986年——原注

斯坦福大学开设一门创意写作课程，名为写作的艺术，同时还有一门俄罗斯文学课程。

很多作家都提到过多萝西·路索尔德，包括纳博科夫的另一位传记作者布莱恩·博伊德、纳博科夫本人，还有罗伯特·米歇尔·派尔，是在他的文章《在攀登与云朵之间：鳞翅目昆虫学者中的纳博科夫》里。他们从东海岸到西海岸的路线是由路索尔德制订并严格执行的，这比活生生的路索尔德本人更引发了人们的兴趣。行程开始于5月26日，历时整整十九天，尤为重要的是，此次旅程极好地向纳博科夫展示了美国的汽车旅馆，之后他将在自己的代表作《洛丽塔》中对其进行描述。光从名字就能看出，纳博科夫一家住的都是廉价的路边旅馆（李米德汽车旅馆、昆布兰汽车旅馆、仙境汽车旅馆、汽车旅店），而其他同样廉价的旅馆名称则会把读者推向那次难忘经历的象征系统。（比如说，他们在大峡谷下榻的旅馆，也就是纳博科夫对蝴蝶做出重大发现的地方，叫作光明天使旅舍！）

3

史黛西·希芙在《薇拉》一书中，描述了纳博科夫夫妇在纽约的定居生活。在纽约，弗拉基米尔"开始辅导在哥伦比亚大学学习的三位年长女性，他很愿意和她们在一起。她们都是俄罗斯的狂热爱好者，在他看来，她们'极好地打破了外来移民对美国人之心灵空虚的成见'……"①

史黛西·希芙也描述了那场著名的蝴蝶事件，但她把视角放在了薇拉身上："那年夏天，她捕到了她的第一批美国蝴蝶，路索尔德开车带他们一家人去了加利福尼亚，从一个汽车旅馆到下一个汽车旅馆，途径田纳西州、阿肯色州、得克萨斯州、新墨西哥州和亚利桑那州，薇拉非常享受这次旅行。她有时穿一件蕾丝领的黑色及膝连衣裙，她买这件衣服的时候肯定没有想到此次"远征"。她看上去不太舒服，皮肤苍白而暗沉，脸颊塌陷。六月初一个清澈的早晨，在大峡谷南部边缘，两位纳博科夫都以各自的方式取得了鳞翅目学上的胜利。弗拉基米尔和多萝西·路索尔德沿着一条羊肠小道出发，短暂的步行之后，他网住了两个蝴蝶品种，认出它们是尚无资料记载的眼灰蝶。他回到那辆庞蒂亚克的时候，薇拉和德米特里正在那里取暖，他发现，'就在汽车旁边，薇拉也抓到了两只标本，

---

① 史黛西·希芙：《薇拉（弗拉基米尔·纳博科夫夫人）》，1999年，下同。——原注

那时她正瑟瑟发抖,手里什么工具都没有'。纳博科夫用路索尔德的名字命名了他的战利品[①];他写了一首诗来纪念自己的成功,题为《发现一只蝴蝶》,1943年发表在《纽约客》上。薇拉的同期发现则没有被记录在案。他们的收藏悄然有了竞争力,而这份激情主要属于弗拉基米尔。'我运气太好了。收获了许多他没有的东西。'薇拉打断丈夫的话,这样告诉她的第一位传记作者。"

4

薇拉决定,她最好还是和德米特里一起在车那里等,而不是和弗拉基米尔、达莎一起冒险走到谷底去。她的理由是烦人的、没完没了的坐骨神经痛,正如她所说,那是移民和焦虑造成的结果。

由于一个愚蠢的错误,多萝西也认为自己最好不要徒步下到谷底去。她前一晚把内裤洗了,睡觉前晾到了外面。但到了早上,衣服还是湿的,现在她要么留,要么走,否则就需要时间并找到一家服装店。六月的天气出人

---

① 即多萝西眼灰蝶(the Neonympha dorothea dorothea)。

意料的晴朗。幸运的是，她带了一双长及大腿的羊毛袜和一条暖和的长裙。她穿着舒适的步行鞋和暖和的风衣……当然，她没有坦白自己不想去的真正原因，她劝纳博科夫一个人去，但他不出意料地回答说，他不会放弃的。于是她默然同意了。

天气好极了，天空是璀璨的蓝色，空气如香槟一般美妙宜人。两人很快就走出一脸红晕，多萝西还有点头晕目眩。"天啊，太多氧气了！"她说。她想起有人说过，如果有谁不相信世界是上帝的杰作，就应该去大峡谷看看。赤色的悬崖给一切都披上了一层朱红色的外衣，就连像香槟一样流到她耳边的空气，也闪耀着红润的光芒。

他们沿着一条小路进入峡谷。一会儿，多萝西让纳博科夫先走，说她稍后跟上，在他继续前进时，她撩起裙子蹲下来小便。尖利的风让她的大腿发凉，所以她站起身，后退到一个小小的洼陷，倚着崖壁，转身面向太阳。虽然天有些冷，但阳光温暖着她的脸庞。多萝西慢慢撩起裙子。甜美的阳光沐浴在她两腿交叉处，她调整姿势，将臀部倾斜，像块太阳能板一样对准光源。她沉浸在温暖中，感到一阵强烈的幸福感。凛冽的火苗舔舐着她的大腿。

就在这时,纳博科夫出现了。多萝西急忙放下裙子,但他示意她住手,让她千万别动。多萝西垂下眼睛。在她两腿之间茂盛的三角地带,有一只蝴蝶在颤动。它似乎被她的毛发缠住了,正无助地扑闪着淡红色的翅膀。

纳博科夫愣住了,他怔怔地盯着多萝西的阴部。粗糙的黑色羊毛袜被拉到齐臀高,更加衬托出她皮肤的紧致和白皙。两腿间的三角区域熊熊燃烧着,上面覆盖着柔滑的毛发,就在这里,在这燃烧的灌木丛中,飞舞着一个全新的物种,飞着一只蝴蝶,它的翅膀是温暖的、雷诺阿式的黄褐色。纳博科夫以前从未见过这样的场面。他跪下来,伸出一只手臂,用手掌示意多萝西不要动,而另一只手拿着捕蝶网,凄然伸向多萝西。

就在这里,在大峡谷这令人惊叹的背景下,纳博科夫在多萝西眼中清晰如浮雕。在她面前跪着一个悲喜剧中的人物,一个装在男人身体里的小男孩。星星、文学、蝴蝶、还有一个赐予他父亲身份和荣誉的坚强女人——所有这些星辰的幸福排列,为他授予了成人生活的合法性。多萝西微微张开双腿。蝴蝶惊慌失措地扑棱着,但仍留在原处。纳博科夫脸红了。多萝西一只手抓住裙子,另一只手慢慢向胯部移去,那里闪耀着近乎超现实的光泽,被她的各个男友顶礼膜拜过。她的米隆对着它悄声低语,叫它小妖精……在明亮的阳光下,蝴蝶的翅膀在姜树丛中闪闪发光,如同神奇的火焰。多萝西用腾出来的手抓住蝴蝶,让它驯服地滑入手指间,她握着手掌把它放入了纳博科夫的网里,然后松开了手……

他谦卑地跪在她面前,如同滑稽的加百列跪在圣母玛利亚面前,因为她把她的宝贝、她那像蝴蝶(天使?)的呼吸一样轻盈的宝贝放进了他的网中。他感到自己因充满无限感激而哽咽了,然后,有那么一瞬间,他觉得自己就是那只发光的橙色翅膀的宝贝。他跪在达莎面前,就像他的祖先、他这个阶层的男人跪在他们丰满的女佣面前,她们的名字也叫达莎或玛莎,他们渴望从她们那里获得迅猛的、世俗的、秘密的快乐:一只乳房,一个挤压,一些攫取……而他,这个男孩,因为她把珍贵的蝴蝶送给了他而对她充满无限感激。

路索尔德松开裙子。它像剧院的幕布一样轰然落下。两人朝山顶的庞卡走去,薇拉和庞佳正在那里等他们。纳博科夫黝黑的面容上露出胜利的神情,在太阳耀眼的光芒下,他看起来就像一尊青铜雕像。而路索尔德就像训练有素的间谍一样,脸上没有透露出任何信息。

5

弗拉基米尔·纳博科夫在写给薇拉的信中,曾提到多萝西·路索尔德。1941年3月19日的一封信中这样写道:

> 我给沃德小姐、契诃夫小姐、达莎小姐、娜塔莎小姐和丽斯贝莎小姐都写了信。①

达莎(多萝西·路索尔德)、娜塔莎(娜塔莉·纳博科夫)和丽斯贝莎(伊丽莎白·汤普森)是跟纳博科夫学习俄语的学生。显然,她们并不仅仅是学生:伊丽莎白·汤普森是德米特里的临时保姆,带他去中央公园散步,而娜塔莉是纳博科夫的表兄尼古拉的前妻。纳博科夫将异域的环境挪用、熟悉化,将其调整为自己的环境、自己熟悉的语言形式,通过语言上的驯化(纳博科夫想,为什么 stranger 总是与 danger 押韵?)过程来减少潜在的危险,通过收集、积累、命名、分类、编目来驯服异域、异

---

① 弗拉基米尔·纳博科夫:《致薇拉的信》(奥尔加·沃隆尼亚与布莱恩·博伊德编译),纽约,2015年,第443页。下文中致薇拉的信均出自该书。——原注

国、陌生和未知，而这个过程中也包含了杀戮、刺穿和解剖。所有这些都不是移民叙事独有的策略。正是因为这个原因，在从东海岸到西海岸的旅程中，多萝西的庞蒂亚克被戏称为庞佳，这是俄罗斯人对小马驹的昵称，而小马驹是马在身体上一种更为亲昵的形态。所有策略都可被善意地解释为一种适应的欲望，用多情的伪装和诱惑来拥抱一个新环境，但它们也可能是一种伪装的对于权力的渴求：我们如何让异域的和异国的（因此也是充满敌意的）东西缩小，把它们变得比我们更低下、更容易屈服。在合理化她们的名字时，纳博科夫对他的学生所采取的策略和他收集蝴蝶的策略是一样的：用一根尖锐的针把她们钉在木板上，拉开她们的翅膀，描述她们，（用红色的标签纸！[1]）为她们贴上达莎、娜塔莎和丽斯贝莎的标签。当人们通过科学来观察世界并阐述自己的发现时，会找到和在艺术中同样的历程和震撼感，这是纳博科夫和斯蒂芬·杰·古尔德的共同观点。[2]

---

[1] "这只小蝴蝶上的红色标签的不朽性。"这是纳博科夫的诗《关于发现一只蝴蝶》的最后一句。——原注
[2] 斯蒂芬·杰·古尔德：《没有幻想就没有科学，没有事实就没有艺术：弗拉基米尔·纳博科夫的凤蝶科》，载于《我已着陆，自然历史中一个起点的终结》，2011年。——原注

在 1942 年 11 月 9 日写给薇拉的一封信中：

> 我很健康，胃口很好，吃维生素，既然新闻越来越美好，所以我比平时看更多报纸。圣保罗是一个惊人无聊的城市，旅馆里只有猫头鹰，一个酒吧女招待长得很像达莎。但我的公寓很不错。

这封短笺的第一句话听上去更像儿子说给母亲或一个关心他的姐姐，而不像丈夫写给妻子的信：他很健康，胃口不错，服用维生素……他不屑一顾地表示他所在的城市很无聊，然后，他似乎是在宣称，他有权提到吧台后面那个长得像达莎的女孩。也许他觉得达莎长得很像明尼苏达女人，她们都是德国人的后裔；也许他觉得那个酒吧女招待长得和达莎一样平凡。无论如何，他写了一些薇拉会赞赏的东西，对此他们之间不需要进一步解释。

纳博科夫曾在某处说过，恋爱中的两个人很像连体双胞胎：一个人闻烟草时，另一个人会打喷嚏，这在许多读者听来可能不那么浪漫，事实上，这种对于浪漫关系的想象甚至可能令人恐慌。完美的浪漫伴侣是一种畸形之物，而成功的浪漫关系则是自愿接受一种病态的机能，即一方依赖、附属、服从于另一方。在这种共生型的爱情中，爱情机器必须依靠一种完美的协调机制才能运转。因此,浪漫爱情是实现统治功能的最佳捷径,也即蒙住所爱之人的眼。所以亨伯特·亨伯特想让洛丽塔镇静下来,以便能控制她,而纳博科夫把蝴蝶钉在木板上,展开它的翅膀,充分品尝自己胜利的果实。捕猎者渴望的不是名望,而是命名的荣耀,换句话说,无非是——上帝的荣耀!

>我发现了它,我命名了它,
>我通晓分类拉丁文;
>就这样,我成了一只昆虫的教父和它的首个
>描述者——我不再渴望别的声名。

这就是我们的思维方式,我们就是这样征服并适应周围的世界的,从这个意义上说,我们都可以被贴上长得像达莎这个红色标签……

在1942年12月7日写给薇拉的一封信中:

>我见了达莎——带她去了一家餐馆——她可爱极了,也很健谈。

他可爱极了,也很健谈。像往常一样,他朝触手可及

的一切东西施展自己的魅力，无论是生物还是非生物，包括她，达莎，也包括盘子和银器、桌子和桌布、女服务生……像往常一样，他对琐事不感兴趣，除非它们能提供营养。她已经学会了如何通过他的面部表情来判断他认为某件东西有营养的程度。从他眼中的光芒、瞳孔深处熊熊燃烧的火焰、蓄势待发的肌肉，她就能知道这一点。她知道，从他的喉咙某处，以箭一般的速度探出一条细长的舌头，缠绕着猎物，把它叼回自己的嘴巴。他是个完美的猎人，像马达加斯加的变色龙一样，有一条长长的、柔软的、灵活的舌头，能准确地捕捉到它的佳肴。

他没问她过得怎么样，也没问她生活里有什么新变化，他不是一个喜欢闲聊的男人，不过他跟她说薇拉不在城里，然后就开始了自己神奇的魔术，后来的评论家会善意地称之为"脑中的蝴蝶"。是的，他必须被人倾听、被人尊敬，哪怕听众只是一个爱哭的小图书管理员。她觉得他们在玩一个由他选定的游戏，他扮老师，她扮学生，游戏规则也是他制定的，所以每一个错误的回答都会带来惩罚，虽然那惩罚很友好，但依然是个惩罚。而那些问题，天啊，它们都如此幼稚！迁徙的蝴蝶能用它们轻盈的翅膀飞多远？一对蝴蝶翅膀跨越的最远纪录是多少？如何区分雄蝶和雌蝶？蝴蝶为什么那么炫目那么美？它们知道自己的美丽吗？它们有肺吗？它们呼吸吗？她说它们会呼吸，但她不是很确定，随后她在他瞳孔的深处发现了火焰。她知道，在他心里某个角落，他已经玩起了俄语绕口令……*Dasha dyshit, Dasha-dusha, dusha dyshit, Dasha prinimaet dush*……[①]

纳博科夫在白色亚麻餐巾上写下达莎的名字，并在旁边添加了一个小小的加号。蝴蝶有脊椎吗？有。减号。蝴蝶有几双腿？四条，也就是两双。减号。三双，共计六条。减号、减号、减号……白色亚麻餐巾上，一幅笨拙稚气的涂鸦组成了一只蝴蝶的形状，白色织物上布满弯弯曲曲的小数字，还有纳博科夫为错误答案打出的自命不凡的减号，为正确答案打出的孩子气的加号。蝴蝶蜕变需要经历几个阶段？两个？四个。卵、幼虫、蛹、成虫。减号……纳博科夫摇了摇头，佯装失望，他画了一只蝴蝶和它生命周期的各个阶段，并给达莎打了恶意的小减号……多萝西感到，就在这家小餐馆的中央，她会当着所有食客的面把白色餐巾卷起来，然后像挥舞魔术师的丝帕一样把它展开，但是里面没有白鸽，也没有蝴蝶，飞出来的只有她，达莎，还有她的那些减号和偶然出现的加号……

---

① 俄语，直译为：呼吸的达莎，灵魂的达莎，呼吸的灵魂，洗澡的达莎……

蝴蝶以什么为食？我敢说不是牛排！没错！纳博科夫为她抛出一个宽宏大量的加号。所以，如果不吃牛排，那吃什么呢？花朵？减号！如果说蝴蝶的生命周期有四个阶段，那么大概在每个阶段，它的营养需求都不一样。达莎固执地说，它以花朵为食。毛毛虫吃树叶、植物、水果；在幼虫阶段它什么也不吃；破茧成蝶后，它吃花粉，用喙吸食花蜜……所以，它以花朵为食。如果蜕变的过程倒过来，你觉得会发生什么？从蝴蝶到蛹，从幼虫到卵，她脱口而出，随后又为自己的愚蠢感到后悔……

我有一个朋友，她突然说，用叉子敲了敲正在冷却的意大利面盘子，好像在用这个动作提出一个明确的要求，即要求自己被听见。哦，别。纳博科夫带着几乎难以察觉的不快说道，不是因为她说的话，而是因为她突然的打断。牛至达莎（Dasha dushitsa），他说。她没有理会他带着讽刺的打断。他是个好诗人，她坚定地说。你怎么知道？她看着他。纳博科夫耸了耸肩表示歉意。你能多少帮帮他吗？他叫什么名字？米隆·别洛奇金。他从哪里来？他是俄国犹太人，从中国的哈尔滨来到这里。那么，请你告诉我，是不是这个俄罗斯松鼠教会了你说脏话？是的。那么这个哈尔滨来的别洛奇金是干什么的？他在街上当卖艺小丑。小丑？真的吗？是的，他还是个受过训练的演员。如果我想到什么主意，我会告诉你的。她知道他不会的。啊，多萝西，我可怜的、亲爱的多萝西……她退缩了。这是他第一次叫她多萝西。你在这世上孤身一人，牛至达莎，最亲爱的达莎，你的同伴在哪里？我的同伴！稻草人，铁皮人，还有胆小的狮子。你连个托托都没有！我也有同伴啊，你怎么会认为我没有？！

谈话从两个成年人略显紧张而做作的戏谑中转移开，突然带上了一丝苦涩的味道，而这显然是由于多萝西的所作所为。晚餐结束了。纳博科夫付了账单，他们站起身来。你不打算把餐巾纸带走吗？他问。她看着他，在他脸上发现了未来的光芒，确凿无疑的声名的光芒，就像雕像、勋章、硬币甚至邮票上的目光，跟她在大峡谷看到的一样。多萝西感觉有些不安。天哪，真是个孩子，他真是个孩子，她带着一种似乎与此情此景不相称的绝望对自己重复道，迫不及待想要离开餐厅，然后与他分道扬镳。

后来，路索尔德又多次想起过纳博科夫，无论她是否愿意。第一次是当她在《纽约客》杂志上看到那篇令人困扰的关于蝴蝶的文章的时候，显然，蝴蝶是用她的名字命名的。第二次是在1967年4月30日，她去世的前两年，她又想起了那场关于逆向蜕化的话题。那天，她的出生地沃西卡遭龙卷风袭击，几乎所有房屋都被夷为平地。谁知道呢，也许在那个黑色星期天，她，达莎，又变回了多萝西，接着便回到她的卵中。

6

多萝西·路索尔德1969年去世。这一年，大概是在她去世（1969年7月22日）前两个月，已和薇拉在瑞士生活了五年的纳博科夫用俄语写了一首诗，当然是献给薇拉的。这首诗只有两句，第二句受到了尼古拉·古米廖夫的启发。内容如下：

> 我不会死在夏季别墅，
> 因为暴食和炎热，
> 我会死在网中，和一只天国的蝴蝶，
> 在某个荒野的山巅。

诗是用俄语写的，其中暴食（obzhorstvo）和炎热（zhara）这两个词以强有力的、刺耳的发音，给读者带来近乎肉体上的打击。蝴蝶/天使（失重、透明、美丽、脆弱、冷酷、属灵）大概是暴食和炎热（世俗、淫荡、沉重、麻痹、丑陋）最自然的对立面。诗人描绘了自己临终时在山巅的画面，远离丑陋、愚钝、粗俗的人类，而他自己很不幸也是其中一员。他想要一种孤独的命运，一种不囿于床笫之间的死亡，那里为人类的基本活动划定了界限（我们生在床上，睡在床上，在床上做爱、生产、哭泣、流血、死去）。他为自己选择了一个高度审美化的死亡，口袋里揣着一张天使的机票（网中有一只蝴蝶！），在隐喻机场等待着飞向永恒。这种冰冷而了无生气的形象令人恐惧。孤零零的诗歌的主人公在想象中的死亡时刻不需要人间的慰藉，没有留下一丝空间，让他一生的伴侣、朋友和同伴（还是说，在他的想象中，她已经先他而去了？）伸出手，给他温暖的抚摸。在这里，与诗歌主人公单独相伴的，只有他迷狂的对象、他永恒的伴侣——蝴蝶（天使）。这种拒绝死在夏季别墅的做法也许只是一种伪装的默许，让纳博科夫回到了他祖父于1907年在维拉的夏季别墅拍摄的两张照片里（回到卵中！）。在其中一张照片上，弗拉基米尔是个迷人的小男孩，双腿纤长，膝盖柔嫩，穿着浅色的短裤和白色及膝袜、白色衬衫，脖子上系着围领巾。他坐在一把扶手椅里，腿上放着一本书。在如巨型蝴蝶一般展开的书页间，人们可以看到一些小小的蝴蝶的形象。在另一张照片里，景物略有不同，他的母亲伊莱娜一袭白衣站在男孩身边。纳博科夫的祖父去世后把夏季别墅转让给了他，但弗拉基米尔·纳博科夫再也没有见过它。很快，他就会像"假币"一样开始更换国家，"慌不择路，不敢回头看"；"像个一分为二的幻影"；"像镜子之间的蜡烛一样驶向太阳"……（出自诗歌《声名》,1942年）

那么，在那幅画面中，还剩下什么留给那对恋人、那对连体双胞胎呢？他们其中一个在打喷嚏，而另一个在吸食烟草。这对双胞胎似乎没有性别，如果被赋予性别的话，那么在纳博科夫看来，它们应该是两个小男孩，而不是两个小女孩。那么，这个男孩还剩下什么？他的头颅优雅纤细，他的目光平静（如天使），他的脸庞在照片中看起来就像一朵盛开的水仙花，他的身躯像热带的藤蔓一样修长。他还剩下什么？如果路索尔德能读懂这些诗句，我们猜，她会从俄语的蝴蝶（babochka）一词中，看到那个自我吹嘘、神经兮兮的死亡形象遭到了喜剧式的破坏。但路索尔德又有什么资格知道这些呢！

7

有两张路索尔德的照片（可在《纳博科夫的蝴蝶》一

书中找到)。一张照片中,她和纳博科夫坐在树干上。人们首先注意到她的手表,此外,朴素的夏装包裹着她豪迈的躯干。第二张有三个人——纳博科夫手拿捕蝶网,头戴遮阳帽;路索尔德戴着眼镜,穿着同一身朴素的衣服,拿着一个包,她把包放在腿上,双手握着手柄;还有薇拉,穿着休闲裤,系着漂亮的头巾,戴着太阳镜。他们靠着路索尔德的庞蒂亚克站着。在纳博科夫夫妇旁边,路索尔德看起来平凡无奇,但也有些不真实,好像她在竭尽全力使自己的举止符合殷勤的老女佣、木讷的图书管理员的形象,之所以不远万里开车带这一家人穿越美国,是因为除了服务一位作家、一位未来的伟大作家外,她不知道还有什么更好的方式打发暑假。要不是因为这次旅行,她可能就没有假期了,她会用度过一生的方式来度过这些日子,在书本中做一个肥胖、半瞎的书虫。就这样,她赢得了通往永恒的入场券,她,the Neonympha dorothea dorothea……

第六章

狐狸的遗孀

从前有个狐狸寡妇
窝里有十二只小狐狸
她带着她的小奶娃走到阳光里
走到山上的阳光里
嘀哩嘟，嘀哩哩嘟，嘀哩嘟

她让他们坐下来捉虱子
捉虱子，流眼泪，
你们的妈妈要怎么喂你
又小又聪明，一只小狐狸。
嘀哩嘟，嘀哩哩嘟，嘀哩嘟

他对妈妈说，
亲爱的妈妈请不要哭泣，
养活我们很容易，
我们会去猎人口袋里

嘀哩嘟，嘀哩哩嘟，嘀哩嘟

在苏丹的白色城市伊斯坦布尔
　为富人的脖子增添美丽

　　　——保加利亚民歌

1

小女孩用美妙的节奏上下跳跃，像个球一样轻盈地弹跳着。上上下下，上上下下。别的孩子一会儿就累了，倒下来，在蹦床上扭来扭去，咯咯笑着你推我搡，做鬼脸，眼巴巴看着蹦床周围的父母，那些逡巡的监护者。我的小女孩像被一层看不见的薄膜包裹着。她的脸平静而明亮。她不看我，而是直视前方。她小小的轻盈的身躯没有丝毫卖力的痕迹，她的肌肉是放松的，她跳跃着，好像跳跃是她的自然状态，她就是一个弹力球。直直的短发和刘海在她额上翻飞，然后又有规律地垂落下来。光线在她的头发上飞舞。女孩散发着光芒。离蹦床不远的地方，蓝色的大海闪闪发光。别的孩子放弃了，新的孩子爬上蹦床，但我的小女孩没有停下来。上上下下，上上下下。她用跳跃阻止着时间。如果她从蹦床上下来，卧倒，跪下，喘一口气，她就不得不长大。她停下来的每一刻都会招来未知的风险。只要她毫不费力地跳到空中，只要她沉浸在节奏里，就没有威胁存在。她是安全的。她和彼得·潘一样安全。

2

我向乘务员要了一杯水，又吞下五片两百毫克规格的黑粉色布洛芬，但我知道我的背痛不会善罢甘休。我是个老手，之所以把我的背痛称之为我的，是因为我知道这是我赢来的资格。我已将它筑入我的生活，好像它是我最亲密的家庭成员，我的小养女，我用生肉色的止疼片喂养它，仿佛它是个家养的宠物。如薇拉·纳博科夫所说，这是"移民和焦虑"带来的后果，我记得她这句话，我喜欢这句话，尽管它不是完全准确，却有安抚人心的效果。我不该去旅行的，但我去了；我对自己说，只有五天。然而，细节很麻烦。凭我顽固的乐观情绪，我从未料到琐事是如此棘手，但它们总是这样。就这样我去了罗马，那是为期五天的巡回朗诵的第一站，罗马—米兰—都灵，我的背痛开始了它恼人的征程，而这一切都是因为那家要爬四层楼上去的廉价膳宿旅馆。楼梯台阶的确太陡了。诚然，台阶本身并不是真正的原因，我背部的痉挛是和其他不那么明显的信号一起出现的：没有明确来源的内心不安、被迫融入一种环境时的忧心忡忡、一种遭到背叛的感觉，这种感觉像雨一样，可以在空气中嗅到。

我是个经济舱作家。作家要么属于经济舱,要么属于商务舱,这取决于他们的媒体曝光度和预付款的金额。我们大部分人属于经济舱,只有几可忽略不计的一小部分属于商务舱。说实话,无论在哪个舱位,那些跟我们这些作家合作的人都会尽可能地剪断我们的翅膀。我显然属于经济舱,而经济舱是厌世情绪的温床。空气中弥漫着人们对同乘旅客的厌恶,其症状和负离子缺乏引发的症状一模一样,如疲倦、头痛、憋闷。多年来,我一直无法理解为什么坐我前面的人都要调低座椅靠背,明明椅背会压碎我的膝盖,咖啡会洒上我的大腿,很少有同行者会仁慈地忘记调低靠背。牛虻们喜欢自吹自擂,大摇大摆,扑闪着翅膀在座位上筑巢,毕竟他们付了钱,他们推搡同乘旅客,让人明白所有人都是跟他们一样毫无价值的人。经济舱的年轻女人喜欢把头发往后甩,用发丝鞭打后座上的人。而面对如此种种,我闷闷不乐的心绪会从胃部直升入喉咙,一路摩擦着食管。随经济舱一起而来的是廉价膳宿旅馆,那里的花洒或热水器不能用,每家都有一件必需品是坏的。经济舱还进一步引发我自己付费托运行李、自己付费打出租车。组织者总是故意忘记安排这些事,他们训练有素,像挤牙膏一样把经济舱作家的耐心挤到管子的最尾端。

带着一丝不合理的快乐情绪，我回忆起在伦敦参加的一场文学聚会。组织者向奥地利大使馆寻求资金支持，于是大使馆就把我们（来自前奥匈帝国的几个参会者）安排进了他们宽敞大厦的阁楼里。那里的装修是阿尔卑斯风格，原木镶板的墙上到处都是布谷鸟钟、阿尔卑斯山风景画和鹿角。所有这些加在一起，形成了一件复古艺术装置，一场阿尔卑斯式的人为破坏，一个蓄意在优雅的贝尔格莱维亚中心散播阿尔卑斯刻奇审美的恐怖组织大本营……好吧，我承认鹿角是我用过于丰富的想象力添加上去的，但是使馆工作人员可不是装饰品，他们大部分是波兰人，也使用阁楼，在小阳台上抽烟，想尽一切办法阻止我们使用卫生间和电话。他们玩的是一种无害的折磨游戏，是阁楼上的男人专为我们设计的小小的恶作剧：我们没有获得本该获得的同情，而是经历了一个温和版的表亲式恶作剧。

回忆那次作家静修就远没那么快乐了。那是在中欧某个城市举办的为期一个月的驻留，所有活动都是在一个可疑的欧盟文化项目的支持下进行的。项目的幕后推手是当地某个大人物和他的女伴。借助和欧盟的良好关系，他在自己的公寓里设立了一个作家疗养院，来访作家的租金、食宿和微薄的津贴都由那个可疑的欧盟项目资助。项目的性质让当地这个大人物萌生了这样的念头：他也会写作。此想法得到了比他大二十岁的同伴的狂热支持，她下定决心不在耗子洞里度过晚年。我一到，这位大人物就向我提供了一份证据，是他的自传性散文的爱沙尼亚语、乌尔都语和韩语译本。他吹嘘说，在一次韩国之行中，他建立了相当高层次的文化联系，我走之后，下一个要来的将是一位年轻的韩国作家。这对狄更斯式的夫妇（华克福德·斯奎尔和他的妻子）经营的其实是一座作家孤儿院，欧盟和当地政府也为这个懒洋洋的欧洲小镇带来了祝福，那里连喷泉都慢半拍。我不是主动找上门来的，是他们用讨好的口气骗我来的，他们吹嘘说他们的项目对小镇和来访作家都是重大的利好。一个令我永远无法适应的事实是：文化和商业缔结成中产式的婚姻，相处和睦，我被引诱到此地，然后像个逃离地狱的蝙蝠一样落荒而逃。

经济舱作家很少有机会与他们的商务舱同行打交道，酬金越来越少，不按合同支付费用的习惯很快就会变成常态，经济舱作家甩手放弃写作的可能性越来越大。虽然酬金确实值得计较一番，但为了小费大打出手就没有意义了。但监工们——出版商、文化活动的组织者、宣传负责人、那些以文学为食靠文学为生的人——都久经沙场，他们悲观地认为，作家位于食物链最底层。而事实上他们是对的，作家确实位于食物链最底层。

隐隐作痛的骨头，糟糕的心情，肠绞痛，背痛……我用一种奇怪的鱼肉粒贿赂我的背部：新西兰绿唇贻贝胶囊，这种贻贝又叫库库和库泰，此外还有鲨鱼肝油精华。我润滑我僵硬的关节，因为我瞬间僵化的能力已经像文身一样刻在骨骼和心理图谱上。我已渐渐变成石头，而我跟这个世界对视着，用越来越大的痛苦额度为我的偏见买单。大部分人都审慎地把目光移开，不看那些不该看的东西，不看，不听，不抗议，不抱怨，他们嘴巴紧闭，埋头苦干，而我不仅要跟糟糕的背部做斗争，还要充分意识到所有的对抗都是徒劳的。我从未成功阻止过任何东西，因为统治这个世界的只有一条法则：强者为尊，其他一切都是小孩子的童话故事、是哗众取宠，以及快别说了。

诚然，在背痛和抱怨的鸡尾酒中，有一种令人兴奋的成分。牢骚、埋怨、呻吟、尖叫、叹息和腹诽都有缓解作用。它们就像安定片。牢骚会带来精神上的兴奋。抱怨的人过不了一会儿就筋疲力尽了，最后像只吃饱的爬行动物一样倒头便睡，就如我再也不介意拥挤的座椅和自私的同行者。再说，我自己也不是什么文明标兵，我刚打了一会儿瞌睡，就被自己的鼾声惊醒了。

3

她早晨起床,身上笼罩着睡眠的暖雾。她很安静。如果她心情好,就会挥挥手(纤细的小树枝!),表示她看到我了,但没有心情和我说话。早饭她总是喝牛奶,只喝牛奶,尽管她已经快十二岁了。她大口大口地用力喝着,有时候拿一根吸管使劲吸。她不吃东西,她把面包捏碎,揉成小团,拿在手里玩,咀嚼令她厌烦。

她喝着牛奶,没有看我,好像还在做梦似的自言自语,在空中乱涂乱画,仿佛在看不见的电脑屏幕上写字。有时候,本就苗条的她会变得更加柔弱,柔嫩的汗毛中间能看见蓝色的血管,她的太阳穴变得苍白,瞳孔变得黯淡,一缕灰色的阴影掠过她的小脸,我的小女孩好像沉下去了。然后,她会从短暂的内心低落中抽离出来,重新变得活力四射。

她叫我姑妈(坚定、生硬、罕见),艾姆姑妈(她从哪里得来的这个称呼?),超级姑妈、最亲爱的姑妈、姑姑妈(这些她又是从哪里得来的?),有时候称我为 tant

(来自她的法语课？）。她只用特殊的语气称呼姑妈。当她想告诉我一些事情但又要先看看我是否在听的时候，就会用上这种可爱的、充满疑问的口气。这种假装责备的语气是为了让我明白，她知道我不是认真的（姑——妈！）

她很少叫我的名字。似乎只有在没有感情联结的时候我们才会轻易叫一个人的名字。我也不叫她的名字，我不断变换称号，比如小南瓜、小蛋糕、小老鼠……这可能是一种潜意识的迷信在作祟，谁知道呢？也许名字会引来邪恶之耳。土著人不会叫他们配偶的全名，在土著社区，父母们从不夸他们的孩子美丽善良，因为他们害怕邪恶之眼会偷偷看过来，然后带来破坏。所以我们用他、她或者它来称呼一个孩子。

当提起她的祖母（我的母亲）时，她会变得口无遮拦。她会说"奶奶住在她的坟墓里"。但提起自己的母亲，她就变得小心翼翼。她会说"那是妈妈在的时候"。她从不说"妈妈不在了以后"。她喜欢和她父亲一起去墓地，尤其是五月，去看看他们种在墓碑旁的玫瑰有没有开花，但她避免面对她的母亲已经不在人世的事实。虽然墓碑上刻了我父亲的名字（上方有一颗五角星）、我母亲的名字，还有她母亲的名字，但她只把这个地方跟祖母联系在一起。她从未见过她的祖父,他很多年前就去世了。她记得她的祖母;她从不提起她的母亲。因此,对她来说,住在那个坟墓里的只有祖母。

4

我的一个朋友曾经试图解释我们和他们之间的区别,虽然他没有明确说我们是谁,他们又是谁。这个朋友在美国逗留之后回欧洲,路上,一位老人坐在他旁边。他问她要去哪里,她说:"去欧洲,慕尼黑……慕尼黑是在欧洲吧?"当得知慕尼黑确实是在欧洲后,她睡着了,直到飞机降落在慕尼黑机场才醒过来。

"看到区别了吗?这个女人不确定慕尼黑到底是不是在欧洲,但她百分百确定自己能到那里。所以她开开心心地睡着了。我们,"——说到这里,我的朋友问都没问就把我登记进了他的俱乐部——"我们来自一个不同的文化,我们永远不能确定任何事,没有任何东西可以让我们依靠。我们不确定自己是谁,不确定明天还是不是同一个人,不确定我们所说的语言,你看,我们以为自己只说一种语言,结果我们说的是三种;不确定我们的边界、我们的政权、我们的历史、我们的国家（我们经常一觉醒来还没下床，就发现自己身在另一个国家！），不确定眼前发生的一切是不是真的，我们不信任任何人，因为他们永远都在背叛我们。你知道这是多么困难、多么费力、多么巨大、多么顽固的挫折吗？所以当他们平静地打着呼噜时，我们却忧心忡忡。我们为各种各样的事忧虑！当我旁边的乘客酣睡时，我在大洋之上的半空中翻检着这个世界上所有的烦恼、所有落在我们身上的不公、所有历史性的打击……我甚至一路回溯到我们受土耳其压迫的时期。而与此同时，我还在默默助飞行员一臂之力，可不能对飞行员掉以轻心……"

我的朋友带着一种健康的自嘲语调说出这些话，我们笑了，但他说的是对的。在局外人听来这可能是滑稽的夸张、轻松的谎言，但我知道我们是真相的受害者，我们把真相当成谎言四处展示，以便给自己留出消化它的空间。为什么我会想起这段往事？因为我注意到，这些年来，我越来越同情我那位敏感的朋友，我对这些高度紧张的人有一种发自本能的感情，这些人在公共场合喃喃自语，和看不见的对话者大声争辩。那位年迈的旅行者用她对目的地的无知，或者干脆用一个爱睡觉的年龄来保护她在空中的深度睡眠，我对她也有一种感情。不同于我那敏感的朋友，她是一个健康的人。至于我自己，这些天来，我也常常在脑海中为飞行员提供帮助。

最近一部电影中的场景令我印象深刻：在半明半暗的房间里，一个死人用胎儿的姿势蜷缩在地板上。尸体旁边，一部手机的小屏幕闪烁着微光，这是黑暗中唯一活着的东西，一颗发光的心。地板上，死者的手伸向那个装置，那是他的救命稻草、他的生命之源。我说不清为什么这一幕如此打动我。即便它不是为了戏仿而设计，它也起到了戏仿的效果。某个深夜，我也用胎儿的姿势蜷缩在半明半暗的膳宿旅馆中，像个疯子一样借着手机屏幕的蓝光翻阅新闻标题……猛兽再雄起！在距离海克拉火山大约三十英里的地方，埃亚法拉约库尔像只野兽一样崛起，几年前，这座火山曾把火山灰洒遍整个欧洲。和这则新闻一起出现的还有一段视频：火山喷射出厚厚的火山灰，看起来就像大堆大堆的羊毛。云彩变幻着颜色，从乌黑到深灰到浅灰再到白色。除了那吓人的、来势汹汹的羊毛，什么也看不见。一开始我以为视频特意被制作成黑白色，以满足影片制作者对艺术效果的渴望。但很明显，在这样的爆发中，除了火山喷出的烟灰什么都没有，周围的区域确实变成了黑白色，也许它刚刚起源的时候就是这样的。

我被这一幕迷住了，一遍又一遍播放着视频。我们生活在一个把一切都戏剧化的时代；表演不再是关于某人扮演某人或扮演其他东西，而是我们每个人都在被迫扮演自己。一切都是艺术；甚至连镜头下的火山都在惟妙惟肖地扮演自己。世界充斥着艺术项目，比如一堆无名的裸体在艺术家的镜头前表演一堆无名的裸体，比如被裁员的纺织工人在戏剧舞台上表演被裁员的纺织工人，比如刽子手一边挥舞手中的剑，一边宣布他们为什么要斩杀这些受害者……用现代创意产业的术语说，我们都被迫加入一个"娱乐、创意、治疗工作室"。政治家扮演政治家，唐纳德·特朗普扮演唐纳德·特朗普，希拉里·克林顿扮演希拉里·克林顿。而难民们也发现自己被绑架进一个娱乐、创意、治疗工作室，在那里，在艺术家的摆布之下，他们从活生生的人变成了象征和隐喻，变成了典型的难民叙事，变成了移民文学（migration literature），变成了miglit，这个词已经在文化学术界的俚语中占据了一席之地；变成了人型雕塑，在这个雕塑上，本该是头的地方，现在是一个被铁丝网包裹的行李箱，象征着不受欢迎的国境线。甚至连手机都不再是一个通信工具，而是一件必不可少的难民行李，运动鞋也成了移民时尚的一部分，象征着官方数据所称的六千万移民。这个庞大的数字在全球人类感情的测量仪上短暂地登记了一下,然后又因生活所迫(总是因生活所迫)淡出了人们的视线。一切都是表演,我们生活中最幸福的时刻都是被设定好了舞台的表演。我们的孩子的出生是一个越来越多人参与的表演;它们是影像记录最受欢迎的主题,婴儿的第一声呜咽被贴上了创意的标签。也许,这也是我和我的职业之间暂时失和的瞬间。我是不是没有把作家这个角色扮演好?或许我应该大演特演自己的角色,这样观众才能扮演他们的角色。在一个只有造假者才会被严肃对待的时代,我为什么要这么固执地坚持真实性?难道我来这里不是为了参加一场表演任务吗?难道不是为了展示我的新书吗?!

黑暗中,我像胎儿一样蜷曲着播放视频,冰岛埃亚法拉约库尔火山肆虐,浓烟从火山口喷涌而出。我一遍又一遍地播放,直到坠入同样浓雾沉沉的梦乡……

5

很多时候,我无法解读她种种反应的原因。这是因为我不是一直和她在一起,而当我们在一起的时候,我应该扮演圣诞老人的角色,她则是个很好的小女孩。比如说,我永远无法理解,为什么那次她会表现得那么疯狂。那是她九岁的时候吗?她父亲带着她来短暂探望我,我带他们去凡·高美术馆,她像只不安分的小狗一样在博物馆到处撒欢,不停把球带回主人脚边,等着主人再次把球扔出。我不明白她为什么这么迫切地想要美术馆里的人注意她,好像凡·高是她的竞争对手似的。我抓住她,把她带到一幅画前,用手托着她的小脑袋,将她的脸对准那幅画。

"来,看看!"我说。

画里是一双鞋子,凡·高那一系列画作中的一双。她安静下来,听着我对这幅画的赞赏,然后我看见她垂下眼帘,眼睛一直盯着地面,她拒绝抬头看。接着我们来到下一幅画跟前,再度尝试。现在她父亲加入了我们,也对画发出啧啧赞赏,但是她坚持闭着眼睛。我不知道她为什么如此激烈地反抗这次美术馆朝圣之旅。画画是她最喜欢的事情之一,艺术课是她在学校里最喜欢的课程。

有一次,我的背痛突然发作得很严重,几乎动弹不得。她一本正经来到我床边,把一幅画推到我鼻子底下。

"这是什么?"我问。

她没有回答,而是问……

"你好点了吗?"

"没有。"

她跑回自己的房间，很快又回来了，画里显示出几处修改。

"现在怎么样？"

她用厚厚的粉彩在纸上画了一道彩虹，而我终于意识到我应该说什么了……

"现在我感觉好多了，谢谢你，小老鼠。"

她是怎么想到绘画具有治疗效果的？我不知道。一位克罗地亚作家写过一个故事，讲的是一个小女孩，她相信在彩虹下奔跑会让她变成一个小男孩。但她不可能在学校听过这个故事，她还太小了。

她仍旧喜欢画画。她最大的乐趣一度来自绘画有形的、可触摸的一面。她喜欢整套整套的木制铅笔、彩色粉笔、水彩和蛋彩颜料，然后是我带给她的石膏、刷子、卷笔刀和橡皮擦。尤其是橡皮。为什么是橡皮？这始终是个谜。她抱怨说自己的橡皮总是丢。于是我们借这个机会虚构了一个家庭精灵，橡皮小精灵，它会在晚上把她的橡皮偷走。小时候她最喜欢的游戏是雨。我喊"下雨啦"，然后我们同时抓起笔，用笔尖在纸面上猛戳一通。"雨！雨！下雨了！"她喜欢用手指蘸上颜料，在纸上留下手印，或者用土豆印章印出不同的形状。她像一个能驾驭风向的小女巫，喜欢在房间中撒下小小的方块画，她称之为风暴、暴雪、云暴和城中骚乱。有一次,她在一张纸上涂了各种颜色,再把它撕成碎片堆在铁盒子里,洒上水,然后合上盖子。她在做一个实验,天知道她在期待什么实验结果。情绪特别高涨的时候,她会画出一颗颗艳粉色的心,然后把它们剪下来,撒在身后,用身体拖着一堆小小的心。

我为她欢呼,直到有一次她对我说……

"你喜欢我做的东西,只是因为你爱我。"

这是对的,但并不全对:我真的认为她那狂热的小纸片出奔游戏表现出了某种艺术天赋。我自己还保留了一个4英寸×4英寸的(她最喜欢的尺寸)作品,在一张剪下来的纸上,她放了一张小一些的餐巾纸,用这样的图案对比出了纸的结构和白色的色调。然后她用粗粗的黑线和大头针把两张纸缝在一起,对角线处稍微歪斜。

"卡西米尔·马列维奇也不可能做得更好了!"我说。

"卡西米尔·马列维奇是谁?"她说,对这个不寻常的名字和姓氏产生了兴趣。

可是,一旦我打开书本或网页来告诉她马列维奇是谁,她就会失去兴趣,或假装失去了兴趣。

她是故意拒绝长大吗?毕竟,成人的世界哪有什么吸引力能让她急着赶往那个方向呢？迄今为止，她只知道像她祖母那样的老人会变老然后死去，像她母亲那样的大人会年纪轻轻但仍旧死去，她知道成年人工作，但也会像她父亲那样身不由己地丢掉工作。是的，总而言之，成人的世界并不安全，也不是特别有趣。

我从来没见过比她玩得更疯的孩子。玩耍需要伙伴，而她毫不挑剔：伙伴甚至可以是她生日时收到的一只电动仓鼠，她可以一连和它玩上好几个小时而不感无聊。她玩游戏如饮酒，意乱神迷直到喝完最后一滴，直到筋疲力尽。有一次，我不顾她父亲的明确指示，允许她和院子里的其他女孩一起玩。她在外面玩了很久，然后天下起了倾盆大雨，院子里孩子们的声音安静下来，她也终于回来了，浑身湿透，瑟瑟发抖。她跟我要雨伞，想打着伞继续玩。我拒绝了，让她换下衣服。她冲向门口，我抢先一步，把门反锁，然后取走了钥匙。

她勃然大怒。她的尖叫撕扯着我的皮肤，一种我以前从未经历过的疼痛，无论是在想象中的还是在现实里。可能只有一种声音曾让我如此震惊，那就是雌性狐狸的声音，母夜叉的声音，我在一个业余视频短片上听到过。我很高兴再也不用听到那个声音了。

"我恨你！你不能阻止我出去玩！你不是我妈妈！只有我爸爸能叫我回家……"她愤怒得直抽噎。

我提醒她，她父亲要求她待在家里，是我允许她出去的。他明确禁止她出去，因为第二天她要交作业。

她没有放弃，抢走了我的手机，威胁说要给她父亲打电话，说我不让她出去，但她不知道该怎么找到电话号码，最后在一阵狂怒中把我的手机摔到了地上，然后继续她那令人无法忍受的尖叫。

"我讨厌学校！我不要上学！我讨厌它！我再也不要去上学了，我恨——它——"她浑身颤抖着尖叫道。

"你这么大喊大叫会把玻璃震碎的！别的孩子还要去上学，还要长大。再也不会有人陪你玩了。"我说。

"那我就去德国，和我喜欢的人一起玩！"她尖叫道。

我不知道她是从哪里得来的印象，认为德国的孩子能跟他们喜欢的随便什么人玩。

"德国的孩子也要上学，也要长大。"

"那我就喝魔法瓶里的水，缩得特别小，能一直跟小孩一起玩。"她紧紧抓着这个安慰人心的念头。（啊哈，我猜她一定是在《爱丽丝梦游仙境》里学到的。）

这个令人安慰的想法的确给了她安慰。我哄她洗了个热水澡，用浴巾把她裹起来，这个愤怒的、湿漉漉的小鸟，人类的一切法则都在跟她作对。

6

出版商和其他文学活动的组织者都在想方设法赚点钱，通常是去作家所在国的大使馆榨取，并在这个过程中把作家拖入不安的境地。他们尽可能地搜刮资金，以支付翻译和推广费用、出版费用或作家的酬金。虽然这些钱微不足道，但大使馆和出版商都拿不出来。出版商的解释是，他们为之寻求支持的作家的书卖不出去；大使馆则回应说，这跟他们无关。当然，他们都没错。经济舱的作家都是自愿的受害者，他们通常对发生在自己背后的小小交易一无所知。

这一次，我碰巧知道了，克罗地亚驻罗马大使馆为了支付我在意大利短暂旅行期间所需的费用，达成了一项交易。对此，我没有反对：大使是我的老朋友。很显然，他出色地完成了自己的工作，没有爱国主义的精神错乱，也没有推销任何私人的生意、文学或利益，而这些通常都是新近成立的小国外交代表喜欢干的事。

文学活动结束后，我、我的朋友和他的妻子一起度过了一个愉快而温暖的夜晚，填补了我们各奔前程之后大约二十年的空白，也填补了我们最后一次见面以来十几年的空白。这是一场类似于小说源于生活的对话。我说，如果把我们的故事写成小说，那将是一个非常低俗的故事，以至于我们不得不支付低俗税。我们回忆起了前南斯拉夫的低俗税，一项针对下流和耸人听闻所征的税，那是一种最为温和的审查形式，但也是一个有益的过滤器。在文化产品的广泛流通中，它一定程度上阻止了那些臭烘烘的池塘浮渣的入侵，在南斯拉夫解体期间，这些东西报复性地浮出水面。从那时起，在过去的大约二十年间，生活陷入泥潭——是指各种意义上的泥潭：烂泥、泥浆、污水和阴沟。我们被浮渣淹没，惊讶于它的顽强。有些人屏住呼吸沉了下去，我们这些人则奋力游到了对岸，但大部分人仍留在原处。其中，有些人培养了几乎非人的生存能力，另一些人则靠小心翼翼的踩水留在了水面上，还有第三类人，他们占领了水坑，蹂躏除了人渣之外的每一条生命。我无法把那些浮渣占领水面的时刻从记忆中抹去，在一次剧烈的水下震荡之后，整整四分之一个世纪以来，我一直在忙着爬上岸，同时观察着臭气熏天的泥坑，就好像有人付钱让我做这份工作一样。

克罗地亚领事派了一名司机（毫无疑问，是一名内战退伍老兵）来米兰接我，这是我短暂的意大利之行的第二站。我的一位女同胞正在举办此次公开活动的书店里不耐烦地等着我。她住在米兰，嫁给了一个意大利人。我以前在别处见过她，但想不起她的名字来了。和她在一起的是一位表情略显痛苦的年轻女人，是克罗地亚领事馆的一名成员（毫无疑问，她的父亲也是一名内战退伍老兵，她在内战退伍老兵子女奖学金的资助下获得了克罗地亚研究的学位）。她们两个像修女一样坐在前排。我深谙我的同胞们在此类文学活动中的肢体语言和座位次序，他们总是把手放在上衣口袋里，好像不愿意把它们拿出来、好像随时都能掏出枪来似的。主持这场活动的意大利批评家还没来得及开口说话，我的女同胞就警告我说，我应该知道在意大利有多少克罗地亚人不同意我的想法。我问，我们能不能把思想差异的话题留在后面，等观众提问的时候再说呢？但是，当主持人请观众提问时，我的女同胞再次问我，知不知道意大利的克罗地亚人是怎么看我的。她把自己当成所有在意克罗地亚人的代表，但她真正渴望的不过是一次大发议论的机会：大谈这个因为发明了领带而对世界贡献良多的小国；大谈克罗地亚在国内战争期间的英勇事迹；大谈这片小小的、迷人的、精致的、天主教的、欧洲的、洋溢着爱国精神的土地，它挣脱了极权主义、南斯拉夫主义、铁托主义、塞尔维亚人和巴尔干动荡的桎梏，终于回归了其真实的克罗地亚自我。我问她，我们能不能暂时把克罗地亚的问题放到一边，因为大多数观众来这里是为了讨论我的书——它刚刚出版了意大利语的版本——而不是克罗地亚。当然，我是在虚张声势，因为我不知道观众席上的人到底为什么而来。她安静下来，至少暂时安静了，但当我开口回答一个观众的提问时，她开始在台上和那个领事馆的年轻工作人员小声聊天。

我的同胞们通常属于以下特别类型：他们长途跋涉来参加这类文学活动，发发牢骚、吐吐苦水、口沫横飞，但他们没有能力表达或捍卫自己的立场。他们来到这里，自命不凡，皱着眉头，愤愤不平，但很快就泄气了，继而离席。很明显，他们是来寻求什么的，但文学活动并不是他们理想的场合，他们畏惧公开曝光。这就是为什么他们在志同道合者中间、在电脑屏幕前浏览脸书主页时感觉最好。在那里，他们捶胸顿足，转发、点赞、表示愤怒，龇牙咧嘴，吐着舌头，等待他们停滞不前的循环系统猛然发力，将血液输送到大脑，让他们再次活过来，重新变得振奋，他们伸出长长的尖喙，张大嘴巴，露出他们的狗牙……

两个月后我才知道，这次网络攻击是由一个意大利人发起的,他自称拥有克罗地亚血统,这把他逼到了崩溃的边缘。他把我的(意大利语版本的)书剪碎,然后拍成照片上传到脸书,他威胁要起诉我,说我将被禁止踏上克罗地亚的土地及其所有岛屿,说他要活剥我的皮。但是,这位愤怒的意大利人却被克罗地亚女人迷住了,这些女人在脸书上的头像是一个女人的眼睛,里面反射出一面类似克罗地亚国旗的东西,上面还叠加着一个作为国家象征的红白棋盘格标志。为了表示对这位疯狂的意大利人的支持,一位米兰领事馆的工作人员也匿名加入进来,拖着一堆黄色的小笑脸笑得浑身抽搐。

总而言之,我没有得到满意的结果。如果这次狩猎是一次充满智慧的交流,而我的捕猎者又是文学爱好者的话,我或许还能从中得到一些启示。然而,他们是完全无知的。他们甚至背不出一首克罗地亚民族诗人的诗句。他们为血而来,简单而直接。而最令人悲哀的是,他们的狩猎没有任何自由思想。他们只会随着大部队而来,愚蠢地追逐他们熟悉的气味。

"如果你把别人称为人渣,这意味着你把他们尊为对手……"我在米兰的时候,一个来自萨格勒布的老朋友这样对我说。我们是在别的地方认识的,也许是在大学里,我想不起来了。虽然我们并不亲近,但我们却在这里谈论政治。和同胞的所有谈话到最后都是关于政治的,或者是对政治话题的明显回避,对此,我已经习惯了。

"给他们贴上人渣的标签,解决不了任何问题。"她说,她是对的。

"你想知道我们的权力贩子怎么还没失去动力,而新的、更年轻、更强壮、更愚蠢的权力贩子又在不断出现。你肯定翻遍了克罗地亚的教科书,并且看到了比分:游击队出局,乌斯塔沙上场。孩子们已经无法区分米老鼠和阿道夫·希特勒,即使能,他们的认知也于事无补。克罗地亚人到处都在舔教堂的祭坛,练习着下意识的法西斯式敬礼,'为祖国做好准备'……此外,新法西斯主义,那没什么大不了,到处都是,多到可以拿来出口:塞尔维亚人、波兰人、匈牙利人、希腊人,人人都在这么干……谁能填满傻子们打哈欠时张开的洞呢?即使你逃离一个地方,愚蠢也会在其他地方等着你,就像《当死亡来到萨马拉》中潜伏的死亡一样……一个人如果适应不了,那最好咬舌自尽。法西斯主义是我们民间传说的一部分。如今做个'法西斯分子'是件很'酷'的事。除了少数像你这样的失败者,没有一个头脑正常的人会为它们跳起脚来。你挥舞着你可怜巴巴的纸剑,以为那些大块头们会被吓到,如果有可能,那些家伙会很乐意把棋盘标志文到自己舌头上的!冷静点,亲爱的朋友,这些事情要比你想象的肤浅多了。"她说。

"肤浅?"

"听我说,我女儿小时候,我给她买了一只比熊犬。"她对女儿说:"你还记得毛绒天使吗?"但她女儿只是冷冷地沉默着,眼睛盯着自己的手机屏幕。

"一只起绒比熊犬,卷毛比熊犬,那是种可爱的白色小猎犬,又顽皮又友好,活生生的玩具。我们家那只太可爱了,连叫都不叫。但当我们带她出去散步的时候,麻烦来了。只要我们的小卷毛出现在其他狗的雷达上,这些狗就会叫得震耳欲聋,他们都准备把她撕成碎片。所有狗都是这样,不分品种和大小。我们问过兽医。他告诉我们,我们家的卷毛太精致、太纯洁了,以至于别的狗不把她当成同类。他们甚至不承认她是一条狗。他建议我们给她抹点狗屎,这是唯一能让她和其他同类交往的办法。只有闻到狗屎味,其他狗才能接受她。对他们来说,她就是一只纯洁而无味的仿生犬,而不是一条狗。人和狗是一样的,没有人喜欢被排除在外。你知道老克尔莱扎是怎么说的吗……社会闻起来很糟糕,但是很舒服。孤独中空无一物。我们很清楚别人尾巴下什么样,但是,如果没有这些气味,就没有生活……"我的熟人突然受到了米洛斯拉夫·克尔莱扎的启发,这样对我说。

她的女儿拥有完美的自我休眠能力，仍旧没有从手机上抬起头来。

"所以你真给她抹上屎了？"我问道。

"谁？"

"卷毛？"

"我们把她送给奶奶了……对不对，安琪？"我的朋友说。

仍旧没有得到回应。

我的熟人和她女儿来米兰参观一个据说很有名的设计专业的研究生项目。

"如今一切都与设计有关……"我说，其实我想说的是，"现在人人都想进入设计领域……"但我在最后一刻阻止了自己，意识到这句话在我熟人听来可能会有些刺耳。不知道为什么，当我和我的熟人还有她女儿一起坐在马德拉咖啡馆的时候，有那么一刻，我觉得我看到一个红白相间的棋盘格倒映在她眼中。我真希望我错了。就在这时，我想起我们是在哪里认识的了。她是研究印度学的学生，在我的学生时代，南亚研究一度非常热门，她和我当时的男朋友关系很好，他对印度也很着迷。

然后我想起了她那个关于比熊犬的故事。我想知道，克罗地亚驻罗马大使馆为我的意大利之行提供支持的详细情况，要过多久才会传到克罗地亚媒体的耳朵里。经萨格勒布市政府批准后，罗马大使馆把这笔钱转给了我的意大利出版商，但钱的总额还不够前克罗地亚驻美国大使（一位诗人，我的同行！）在纽约麦迪逊大街的豪华商店买一双鞋子呢。在我旅行一两个月后，克罗地亚的日报上出现了一篇关于这笔补贴的小文章。文章的主旨并不是对支持的金额表示惊讶，而是要让人们知道，克罗地亚官方正在支持我的文学国际化进程。这是一场当众给比熊犬涂抹大便的仪式。我可能自作多情了，因为说不定，这个信号是向我的朋友、那位克罗地亚驻罗马大使发出的，也就是说，他卷铺盖回家的日子到了。

7

我能想象出，当我把在都灵一家巧克力店买的一大堆巧克力摆在她面前时，她会有多开心；当她邀请她的女朋友们来吃巧克力比萨、巧克力意面的时候，她会有多开心；她给她们拿出手机形状的巧克力、巧克力小钱包、巧克力钥匙链、巧克力梳子、巧克力牙膏、巧克力口红……

"你什么时候才能长大？"我很想问，但没有问。

她看着我，翻白眼，耸肩膀，吹口哨，吐气（噗——噗——噗），傻笑，在空中乱涂乱画，噘着嘴，但是不回答。她真正的答案应该是："永远不！"而当我看到她——我的小鱼儿——是那么活泼、顽皮、光彩照人的时候，我情不自禁地想：连我都不希望她长大呢！

我注意到她很难放弃她的玩具。她还没有完全丢弃芭比娃娃，虽然它们没有被摆在架子上，但仍旧藏在她房间的某个地方。天线宝宝、蓝精灵、菲菲、朵拉还有米菲兔，都躺在真实的或想象中的盒子里，仍有生命迹象。它们的痕迹散布各处，朵拉洗发水瓶子、印着米菲脸的T恤、蓝精灵的袜子……她还没有准备好放弃它们，跟它们说再见，它们是她的家人。她还是那么喜欢看《猫和老鼠》。她还是更喜欢看卡通片，而不是动画长片。她不看大人的电影，它们让她厌烦，不过她很喜欢看土耳其连续剧《苏莱曼大帝》。我在她这个年龄已经看了很多大人看的好莱坞电影，但那个时候很多事情都不一样。她不喜欢那些3D动画长片，有一次我们在电影院看电影的时候，她竟然哭了，然后就再也没有去过电影院。她仍旧在看一部主角是海绵的动画片，带着一种我完全无法体会的快乐，而我可以发誓那个角色是一块瑞士奶酪。

"姑妈妈妈，他不是奶酪，他是块海绵！"她带着责备的口气说,好像这两者之间的差别很大,然后她补充道——

"他的名字叫鲍勃!"

最近,她的笔记本、画板还有房间的壁纸都被女孩们占领了;她们为数众多,我发现很难把她们区分开来,她们看起来都一样,都有一双又大又亮的鹿眼。所有这些角色都来自同一个系列大全,其中包括卡通片、电子游戏、网剧、书籍、玩偶、T恤和纪念品。这是美国一家生产玩具的大型跨国公司的杰作(芭比娃娃就是他们的后代),这说明全世界已经有数百万小女孩能分清这个分支广泛的家族中的各个成员了。整个故事是一个难以下咽的混合沙拉,又佐以哈利·波特调味,讲的是十几岁的女孩就读于寄宿学校的故事。学校坐落在童话世界,角色被分为皇室成员和叛乱分子,前者指那些接受童话命运的人,后者指那些想要书写自己命运的人。寄宿学校的学生都是著名童话人物的子女:如果他们打破规则,试图改变自己的命运,他们继承来的故事就会消失,他们自己也会消失。

白雪公主的女儿在这所学校就读,还有睡美人的女儿、白兔的女儿、奥黛特(《天鹅湖》中的天鹅皇后)的女儿、红心皇后(出自《爱丽丝梦游仙境》)的女儿、美女与野兽的女儿、柴郡猫的女儿、灰姑娘的女儿、小红帽的女儿、爱丽丝的儿子(《爱丽丝梦游仙境》)、汉斯和格雷特尔的孩子、矮胖子的孩子、罗宾汉的孩子、爱洛斯的养女,她从奥林巴斯坠落到这里。孩子们继承了父母的基因,拥有他们的能力和技巧,他们重复父母的台词,彼此相爱,共同谋划。孩子们拥有出色的商业头脑;灰姑娘的女儿已经在水晶鞋商店挣零花钱了,舞者贾斯汀(《十二个跳舞的公主》中格里姆的女儿)计划开办一家舞蹈工作室;还有一对不知名的叙事者的女儿,她自己也是个见习旁白,拥有自己的理想(我注定做一个旁白,但这并不意味着我不想拥有自己的故事)。

女孩们被刻画成甜腻腻的年轻女士和公主、十几岁的模特和购物狂,以及用颤抖的嗓音说话的小女人,那是她们长大后说话的方式,假如她们能长大的话。她们是身材娇小的女性克隆人,有着大大的脑袋(大是由于过量的卷发);她们踩着恨天高摇摇晃晃地走路,咔嚓一下打开智能手机,相比传统的魔法棒,这才是她们使用的设备。男孩子也好不到哪里去——他们看起来都像贾斯汀·比伯。

她开心地向我介绍她的新偶像,轻轻松松地说出了一长串名字,一一解释这些女孩中哪些人掌握了什么技能,以及如何区分她们。与此同时我头晕目眩。我发现每一集的结尾都是同一句话："结束就是开始。"我惊恐地意识到这一代卡通人物会衍生出下一代卡通人物，然后我小心翼翼地问我的小女孩，是不是最好把注意力转向他们的父母，读读《爱丽丝梦游仙境》或者格林童话。

"你从来不喜欢我喜欢的东西。"她用悲伤的语调说。

"不是这样的。我喜欢所有你喜欢的东西，但是，如果你先认识一下疯帽子本人，会更容易理解他的女儿……"我撒了个谎。

"但我知道疯帽子是谁。"

"你怎么知道的？"

"从动画片里知道的。"

"哦，那好吧……"我说。

她听出了我声音中淡淡的愠怒。

"那么你能记住我朋友的名字吗？"她问道。

"嗯，让我想想，有西娅……"

"然后呢？"

"还有那个小家伙，还有那两姐妹，住在你楼上的？她们叫什么来着？"

"她们比我们高两层……"

"好吧，一层还是两层都无所谓……"

"有所谓！"

363

"对不起,是的……"

"你怎么能不知道我最好的朋友住在哪里呢?你甚至不知道他们的名字!"

"我知道,只是这会儿忘了。"

"那他们的父母叫什么?"

"我不会去记得他们的父母叫什么的,对不对?"

"是你自己说我应该先了解他们的父母的!"

"哎呀,我是说文学上的父母。我的意思是你应该先了解真正的爱丽丝,然后才是她那个儿子埃利斯塔……"

"他叫埃利斯泰尔。"

"好吧,好吧,埃利斯泰尔。"

"那我最喜欢的动画片是什么?"

"我记得你以前很喜欢米菲兔。"

"那是给特别小的小女孩看的……"她说。

"小老鼠,最重要的是我爱你,这意味着我喜欢所有你喜欢的东西。"

"好吧,也许吧……"她叹了口气,"但你也知道,我不相信你。"

我没有回答。她说的是对的。她所处时代的产业正在把她引向更肤浅、更迷人、更令人激动的角色,她所有的朋友都喜欢,我又为什么要坚持文学化的一面呢?再说,三十年前我满腔热情的时候,不是也鼓吹过让著名人物滥交的文学观念吗？当时我那么自信，认为自己是世界上第一个想出这个主意的人。现在，我年轻时的观念又像回旋镖一样飞回我身上，变得孩子气，令人讨厌地噘着嘴，被吵闹的大众媒体啐了一脸，一场闹剧，永远是一场闹剧。

我想起他们三人来阿姆斯特丹看我，她，她哥哥，还有她母亲。那时她母亲刚从一场艰难的手术中恢复过来。那是他们第一次来，也是三个人在一起的唯一一次。她应该不超过三岁。他们离开后留下的空洞给我带来一种生理性的痛苦。我像个小狗一样呜咽，为了她，尤其是为了她。我发现一些小玩具，像面包屑一样被她洒落一地，我把它们捡起来，用手抛来抛去，用我的呼吸温暖它们，然后继续呜咽。有些碎屑至今还待在我的架子上：一只橡胶青蛙，一条鳄鱼，还有一只蓝精灵。

"姑姑姑妈，你偷走了我的蓝精灵……"

8

我喜欢我在都灵的膳宿旅馆，它位于茱莉亚·迪·巴罗洛大道，对面就是著名的"玉米糊片"大楼（the Casa Scaccabarozzi）。我在那里住了两天，每次走出大楼，都会看一眼那个奇妙、古怪的外立面，它固执地无视所有的建筑规则。在都灵举办的文学聚会很成功：观众们精神饱满，气氛融洽。意大利出版商安排了一次与学生的见面，他们都来自一流的娱乐、创意、治疗工作室——霍尔顿学院。直到几天前我才听说这所学院，但我的确花时间重读了一遍塞林格的《麦田里的守望者》。

我比预定时间早到一个小时，去找行政办公室，那里被设计成酒店前台的样子。在柜台前，一位年轻的工作人员接待了我，她看起来很困惑。她不知道我是谁，也不知道我为什么来，然后她建议我等一等她老板，老板出去吃午饭了。我问她，我能否看一下秋季学期的课程表。

她说："你知道，我们是绿色的。"似乎对我提出这样的要求感到惊讶，似乎在一个以环保为理念的学校，索要一份纸质的东西和索要打火机一样失礼。

"你可以在那里找到所有信息……"她轻快地说，指了指角落里的一张桌子，上面散落着各式各样的宣传单和小册子。那里还有一个金属小书架，上面放着几本书。

宣传册也可以打开成为海报，非常吸引人，上面有八个学生的素描，四个女生四个男生，摆出学生照的姿势，说明这所学校不存在性别或种族歧视（一个穿印度纱丽的年轻女性更能说明这一点）。顺便说一下，这里也没有年龄歧视，因为学校也有为儿童和三十岁以上的人士开设的课程。主要课程则为十八岁到三十岁的学生设计。这所学校是国际性的，向所有付得起学费的人平等开放，而且没有特殊的入学要求，也没有才艺审查或考试。学费似乎高得令人望而却步。学校不强制学生参加课程或讨论班，因为老师和学生之间的交流可以通过虚拟教室和在线课程来实现。小册子承诺，当为期两年的学业结束时，学校会举办一个开门推介会，到时每个学生都有机会宣传自己的项目，说服与会的专业人士（包括导演、电影和戏剧制片人、出版商、代理商和企业家）认可自己项目的价值。我猜，那类似于BBC的热门节目《龙潭虎穴》，在这个节目里，创业企业家向一群风险投资者推介自己的项目，向着迷的观众暗示，这个世界，无论公平与否，都是可以分出赢家和输家的。

我注意到海报上的一些细节：一个手臂上有文身的健硕年轻人手里拿着一本《科学队长》。这个细节暗示出，所有类型和体裁的写作都是平等的，没有高低贵贱、严肃和流行文学之间的等级划分。另一个年轻人坐在一台老式电视机上，手里拿着遥控器。我在这里读到的信息是：从电视到电影屏幕，从《老大哥》这样的流行真人秀到广告、动画片、脸书和推特信息,各种各样的文本都是平等的。第三个年轻人拿着一个企鹅经典主题的马克杯,上面写着雷蒙德·钱德勒的名字和《长眠不醒》。我猜,这个细节传达的信息是,学校不反对把文学当成纪念品,因此鼓励对文学作品进行各种形式的开发利用。

根据小册子提供的信息,作为霍格沃茨魔法学校的现代法人制版本,这所学校由八个学院组成。在一个叫讲故事的学院中,教学语言是英语。这一切看起来都很梦幻,直到我捕捉到一个信息:所有学院的院长都是男性,都由八个人组成,而且每个学院的艺术总监也是男性。但校长却没有艺术抱负:他是意大利国家排球队的前教练。宣传手册所传达的信息表明,学校期望每个潜在的学生都热爱运动(速度、敏捷度、灵活度、竞争优势、趣味性),尤其是足球。通过象征性地选择一个著名的体育教练担任校长,学校进一步强化了这一信息。

这时,出去吃午饭的主管回来了。我做了自我介绍,她给了我一份简短的合同,承诺给我一笔不高不低的费用。我签完字,主管看了一眼表,让我半小时后去她办公室,她会带我去举行见面会的大厅,说完就消失在了办公室。

我又翻了几分钟小册子,这时,前台那个年轻职员已经开始明显用扫视的眼神来追随我了,让我觉得自己就像个未经允许就潜入五角大楼的入侵者。书架上的两本书吸引了我的注意力,它们都属于一个叫作"拯救故事"的系列丛书。为了把伟大的文学经典从遗忘中拯救出来,这套丛书提供了一个秘诀,那就是邀请最好的插画师画插图,然后再交给杰出的当代作家,让他们重新讲述。这套令人难忘的图画书在最后说,"特别鸣谢:威尔·莎士比亚、尼克·果戈理",这意味着,彻底取消致谢会是早晚的事,"拯救故事"项目并不必然包括拯救作者的条款。

学校建在一个炸弹工厂的旧址上,中间是一个长方形的大院子。所以宣传小册子说,学校的目标是"培养讲故事的人,而不是生产炸弹";说目标是"通过让学生接触多元的信息和视角,培养出具有世界智慧的全新一代故事讲述者"。还提到了"交叉授精",意思大概是一样的。总而言之,小册子承诺,霍尔顿学院是一所"绝不会开除霍尔顿·考菲尔德"的学校。看来,小册子的无名作者似乎忘了,如果霍尔顿·考菲尔德没被学校开除,就永远不会有那个霍尔顿·考菲尔德了。

文化管理夸夸其谈的修辞让我想起了班纳吉教授或

查特吉博士，他们是经常往我大楼的信箱塞传单的国际千里眼、神秘学专家，称他们能保护居民不受"法术"的伤害，称他们的工作快速而有效，保证百分百满意。他们承诺，最快两天就能看到成效。

我在院子里散步，意识到我没有猜对它最初的意图。兵工厂？我的脑海中出现了我从小册子上学到的廉价顿悟。用那个天马行空的小册子写作者的话说，霍尔顿将崛起为一座"霍尔顿山"，期待学生在经验丰富的"大师"（他们的老师、指导员和导师）的指导下，选择自己的风格和道路，一路攀上那座传说中的"山"。

我回到办公室。主管正在那里等我，她把我带到大厅，我将在那里见到"登山者"们，他们来这里学习写作技巧，包括"从药品信息到番茄薯片包装上的文案"。小册子上，雷蒙德·卡佛的话向我眨眨眼，像是在祝我好运："最终，我们拥有的只有文字，而它们中最好的是准确的。"

9

她小时候喜欢不合常理的词语用法……

"告诉你一声,午饭我们吃可怜的意大利团子和忧郁的卷心菜……"我说。

"你为什么说团子很可怜?"

"因为它们看起来就很可怜。苍白。在我们面前的盘子里不停发抖。"

她咯咯笑了,很开心,被可怜的意大利团子迷住了。

"我们要不要在上面撒点帕尔马干酪?"她问。

"每位团子女士都渴望她的救星,帕尔马先生!"我逗趣道,"团子和帕尔马是情侣。"

她大笑,这类玩笑总能把她逗乐。

"那为什么卷心菜是忧郁的?"

"因为它枯萎了,失去了活力。它憔悴、悲伤……"

"我也一样,感觉悲伤。"她说。

"什么时候?"

"上克罗地亚语课的时候。"

"真那么无聊吗?"

"哦,姑妈。太太太无聊了!你在克罗地亚语课上也会和我一起枯萎的。"

真是个戏精。

"真的吗?"

"姑妈,你不知道!"她叹了口气。

我买过一个立方体,是一个讲故事的工具,每一面都刻着一个符号,叫作洛里的故事骰(我对那些使用文学修辞和文学形象的制造商有一种根深蒂固的反感,尤其讨厌同音词!)。一路走来,我发现玩具产业提供了一系列讲故事的玩具。与此相反,我建议我们用硬纸板自己做卡片,在上面画出一个故事所需的元素:人物、房屋、城市、道路、河流、桥梁、交通工具、动物、大人、孩子、风景、女巫、精灵、恶魔、魔法棒等等。的确,画卡片花了我们很长时间,但画画带来的乐趣远远超过了讲故事⋯⋯

"我们不太会编故事,"我说,"最后好像变得很无聊⋯⋯"

"但我们花了那么长时间画卡片!"

"那我们为什么要做呢?"

"这样我们就有了选项。"

"选项?"

"选项意味着一个选择,一种可能性⋯⋯我们虚构的那个小女孩⋯⋯"

"卡拉梅拉!"

"当我们的卡拉梅拉决定去旅行的时候,她可以选择:(A)坐飞机;(B)乘船;(C)坐汽车;(D)骑自行车;(E)乘热气球⋯⋯"我注意到,她喜欢的是用A、B、C、D、E的顺序列举东西,而不是选项本身。

"五个选项!但她哪个都没采用⋯⋯"

"那是因为我们的故事有点仓促。下次我们会给它更多时间……不过,要是你知道故事是怎么写出来的就好了!"

"故事来自你的头脑。你发构了它们。"她说。

我的小姑娘把动词发明和构思弄混了,把它们合成了发构!

"我们知道它们写在哪里,但我们还是不知道怎么写……"我说,立刻发现自己流露出了一些说教的语气。

她一向很谨慎,知道我在引诱她做什么,但她说不清是什么事。她迅速向后退,耸耸肩,用纤细如老鼠爪子的手拿起一块饼干,双手捧着,像个小老鼠一样轻咬它。她用最大的声音嘎吱嘎吱地嚼着。她在装傻。她一嗅到危险的气息就会插科打诨。

"那你最喜欢的童话故事是什么?"我问,然后立刻意识到我的问题彻底错了。它有一股学校的味道……

"《猫和老鼠》。"她啃着饼干,一脸无辜地说。

《猫和老鼠》不是童话故事。"我说。

"对我来说是的!"

"嗯,我最喜欢童话故事里关于命令的部分!"我幽幽地说。然后,果然,嘎吱嘎吱吃饼干的声音停下了。

"命令?"

"你知道什么是命令吗?"

"一个人告诉另一个人必须做什么……"

"童话故事里有一些拥有超能力的英雄。他们一说某句咒语，他们说的话就会变成真的……"

"你是说像阿布拉卡达布拉这样的咒语？"

"没错！阿布拉卡达布拉是个神奇的咒语。但还有别的……"

"比如？"

"如果童话里的英雄为人或动物做了一件好事，比如说他救了一条鱼，那么这条鱼就会报答他。在一个俄罗斯童话中，一个名叫埃梅里亚的男孩拯救了一条梭子鱼，梭子鱼告诉他，只要在许愿的时候，前面加一句'按照梭子鱼的命令'，它就可以帮他实现所有的愿望。"

"梭子鱼是什么？"她打断我的话。

"一种生活在河里的鱼。"

"唔……"

"在另一个童话故事里，主人公会说，'森林，低头！'然后森林就会低下头，这样英雄就可以毫无障碍地通过了。然后他说，'森林，起来吧'，森林就会抬起头来……"

"酷。"她说。从她眼里闪过的光芒，我能看出她喜欢森林那一段。

"你知道，童话里的英雄可以做各种各样的事情。比如从钥匙孔里溜走……童话里的西瓜也会说话！"

"什么故事里西瓜会说话?"

"一个罗马尼亚故事。"

"西瓜说的是真正的话吗?"

"西瓜不仅说真正的话,而且当娜扎·谢夫基娅说话的时候,她的嘴巴里还会开出红色的康乃馨!"

"娜扎·谢夫基娅是谁?"她说,我已经看出来,她很乐意说出这个奇怪的名字。

"她是一个无法被任何邪恶所触动的女孩,因为她善良、美丽而且口若悬河。"

"酷。"她说。这个词目前很流行。

"口若悬河是什么意思?"她问。

"意思是说,娜扎说话时,她的话就像汩汩流淌的水一样……而不是像锯子一样把字一个一个砍下来……"

她笑了。她喜欢关于锯子这一段。

"你知道格林童话里的《魔法桌子》吗?"

"我忘了……"

"一个男孩给一个木匠当学徒,他的师傅送给他一个魔法桌子做礼物。男孩只需要给它下命令说,'桌子,自己摆好!'桌子就会立刻被布置得漂漂亮亮。"

"布置得漂漂亮亮是什么意思?"

"意思是说,转眼间,桌子就铺上了一块精美的锦缎桌布,上面摆着盘子,盘子旁边放着刀叉,大盘子里装满

375

了烤肉和炖肉,还有一瓶红宝石一样的葡萄酒在闪闪发光,触动了每个食客的心。"

"这些话都有些奇怪,没有人这样说话。"

"嗯,这正是他们这么酷的原因,你不觉得吗?"

"我不知道。"

"你还记得灰姑娘是如何为舞会做准备的吗?她是怎么想起那个精美的礼服的?"

"不记得了。"她说。

"多亏了一个命令。舞会前她去了母亲的墓地,站在一棵榛子树下,然后命令道:'颤抖吧,树啊,你纤细的树枝,为我撒下金子和银子!'"

她喜欢晚礼服从树上掉下来那一段,她想记住这个命令,但她太累了。她的眼皮耷拉着,挣扎着睁开眼。

"这些命令……它们对故事也有用吗?"她问道。

"对故事?"

"我命令'故事,设定你自己!',那故事会不会……"

我没让她再说了,我看她困得一句话也说不出来了。

"我的小南瓜,你累了,你该睡觉了。"

我帮她脱下衣服,穿上睡裙,把她塞进被子,在她身边躺了一会儿。她的气息很甜美,呼吸越来越深。

"姑妈,我们只是宇宙中的小蓝点。"她喃喃地说。

"谁说的?"

"聪明的蓝精灵。"

"谁?"

"那个小小的、蓝色的、戴眼镜的家伙……"

她的小手在我手中握了一会儿,然后像只小老鼠一样,彻底柔软下来……

10

大约三十名学生坐在大厅里。我无法确切说出他们的年龄,但他们看起来应该在十八岁到三十岁之间。带我过来的主管用她在维基百科上抄来的几句话介绍了我。有些人用好奇的眼光看着我;还有一些眼神空洞地目视前方,比如第一排的那个年轻男子,体态优美得像个橄榄球运动员,他坐在那里,肩膀隆起,下颌微抬。大部分人都在玩电子游戏,时不时朝我这边看一眼。主办方没有为我做任何开场白,我只好以一种尴尬的语调开始了谈话,问他们是什么时候听说我要来演讲的。他们吓了一跳,说大概三周前,但他们也不确定。

"我知道你们都没看过我的书,但有人至少搜索过我的名字吗?"

沉默。我猜之前的演讲者中，没人像我这么直言不讳。

"如果你对别人没有好奇心，你怎么能指望有一天别人能对你表现出哪怕一点点好奇心呢？"

一片沉默。

一个被学校聘为文化漫画师或类似什么东西的男人开始说话了，听起来他好像是一名比较文学的学生。

"你知道，"他说，"这里的学生不只学文学。"

"哦，那还学什么？"我问。

"比如足球……"

"一种以脚为基础讲故事的形式？"

"是的，可以这么说……"

"啊哈！那我觉得你一定知道有哪些伟大的作家热爱足球，并且自己也踢足球。"我说。

一声不吭。甚至包括那个比较文学小伙子。

"毫无疑问，你们肯定都知道阿尔贝·加缪；还有弗拉基米尔·纳博科夫，在柏林时，他在一家俄罗斯移民俱乐部踢足球；彼得·汉德克，写了《守门员面对罚点球时的焦虑》；艾斯特哈兹·彼得，一位匈牙利作家，他的小说《不是艺术》是关于他那个球迷母亲的……"

观众席上的男人纷纷窃笑，他们是在笑那个比较文学小伙子。

"你们知道在世界文学中，关于足球比赛最有意思的描写是谁写的吗?"在几秒钟死一般的寂静过后,我说,"是尤里·奥列沙,在他的小说《嫉妒》里。"

"没听说过……"比较文学小伙子嘟囔着。

"没听说过不代表这不是事实,对不对?"

"如果有过人之处,别人是会知道的……"比较文学小伙儿坚持道。

"那别人又是谁?"我问。

谈话进展得不是很顺利,所以我改变了话题。我开始依次询问每个人的文学品味。我了解到有两三个女人是学医的;橄榄球运动员年纪最小,只有十八岁,但已经出版了一本关于恺撒大帝的历史小说。在文学界,有许多获得丰厚报酬的文学明星为营利性的青春文学品牌写作。我猜这样的作家会是很多学生的榜样。橄榄球运动员的偶像是克里斯托弗·鲍里尼,一位全球畅销书作家,十八岁出版了《龙骑士》。一个学生说他只对平行世界感兴趣。当问及最喜欢的作家时,一位年轻女子给出了一个令人难以置信的一字回答:卡夫卡!一个狡猾的家伙说他最喜欢的作家是德洛罗,这给了我当头一棒。他猜对了,我以为他把唐·德里罗错误地说成了德洛罗。后来我才发现,卢锡安·德洛罗是阿根廷的一个足球运动员。我记下了学生们告诉我的每一个名字,事实证明这很有用;后来再读这个名单时,我发现它比我预想得更加野心勃勃。的确,里面没有一个女人的名字,甚至连埃莱娜·费兰特也没有,而这位当地超级明星的名字绝对随处可见。我在平行世界、幻想小说,以及陌生的文体和作家当中苦苦挣扎。没有一个学生把塞林格视为自己最喜欢的作家,也没有一个学生把《麦田里的守望者》视为自己最喜欢的作品。

我突然强烈意识到我的存在徒劳无益,而这是我自己一手造成的,因为我同意了这次简短、随机而非深思熟虑的谈话。无论是这些在艺术上趾高气扬的富家子弟,还是这家为时尚设计师培养学徒的学校,统统不是我的菜。学校到处标榜霍尔顿·考菲尔德的名字,至少在表面上主张尘封了七十年的无因的反叛的观念,同时也标榜一种新的、能与企业界无缝衔接的写作理念……但另一方面,文学的商品化不是在我注意到之前很多年就已经开始了吗?产业这个词与欧洲文化经理人一道挤进文学和文化;随之而来的还有商业词汇。于是,创意这个词就把自己附着在了产业之上,而文学艺术开始分化为创意虚构、创意非虚构、幻想小说、非幻想小说、推理小说、科幻小说等等。数字技术催生了小说一词的衍生词,如同人小说、斜杠小说、现实小说,而文学一词也开始获得它自己的衍生词,如推特文学。俄罗斯人创造了地下出版物(samizdat)这个词，而在数字领域，这个词变身为自出版，一个英语的类比物，但携带上了完全不同的意味。为什么我会对一本卖了几百万册的色情小说中提到的索多玛小饰品在网上销售感到如此恼火？为什么我会对一个儿童畅销书作家想出来的可以下载到手机上的写作技巧App感到如此震惊？著名作家的基金会和博物馆不是已经变成游客的纪念品商店了吗？许多年来，我不是一直看到，人们怀着远比买书更大的热情，抢购印有著名作家肖像的T恤、印有作家名言的马克杯、明信片、基于他们作品改编的电影、有声书、玩具、带着作家面孔的布娃娃吗？我的书架上不就有一个弗洛伊德的布娃娃吗？在传统的俄罗斯漆彩木头娃娃、俄罗斯套娃旁边，不就是普希金、陀思妥耶夫斯基、果戈理、托尔斯泰和契诃夫的面孔吗？它们是随着巴尔戈乔夫的改革在俄罗斯首次出现的。也许博物馆的参观者很快就能进入一部文学作品的3D场景，然后开发全方位的文学体验；也许，游客可以点一杯海明威的莫吉托鸡尾酒或者普鲁斯特的玛德琳茶饮，然后坐到舒适的扶手椅上，欣赏一段，比如说，虚拟版的莫丽·布鲁姆的独白。

然后，当我端详那些学生的面容时，我突然对他们产生了一丝同情。他们文学偶像的名字唯一告诉我的就是，像大多数人一样，他们也容易受到时尚的影响，容易受到时下所有酷东西的影响；他们被抽干了；他们因为花钱在一所昂贵而卓越的讲故事学校学习而沾沾自喜，他们加入一种新的文化权力形式，而这种权力形式是由一个精英小团体设计出来的：一个行时走运的作家，一个行时走运的商人，一家实力雄厚的连锁书店，一家时髦的国际连锁餐厅或食品商店。多年来，文化权力并没有被尘封在国立研究院或者大学院系里，被那里的某个人握在手掌心。我想知道，如果那些陈旧的权力结构没有那么大的吸引力，那为什么这些新式的权力结构会有吸引力呢？为什么霍尔顿学院洋溢着胜利气息的标语"人力资本，企业形象"会有吸引力呢？

我的朋友博扬已经不在人世了，他说，他知道时间已经把他抛在了尘埃里，但让他惊讶的是，这没有给他带来任何伤害。我想知道是不是时间也把我留在尘埃里了？如果是的话，那之前是不是应该有一个类似的、被数字技术加速和赋权的社会动力机制呢？因为我的文学模式并不比他们的更值得赞赏或更有趣。我早年（当时我只有十岁）的偶像是米努·德里埃，一个小女孩，是个诗人，十岁就成了轰动全世界的人物。更为持久的则是弗朗索瓦丝·萨冈的名望和影响力，仅仅因为那是被二十世纪六十年代的电影和书籍所造就的新欧美文化的一部分。这个年轻的反叛者十七岁就出版了她的第一本畅销书《你好，忧愁》。这个文化文本从第二次世界大战的废墟中升起，它升起于数百万在战争中丧生的人，升起于悲痛、绝望以及对所发生之事的难以置信，升起于对废墟的清理，对现实的否定，升起于对未来的加速制造，当然，这个未来将不会再有战争。我出生在第二次世界大战之后，和霍尔顿·考菲尔德在纽约度过他三个十二月的日子是同一年，但我成功地染上了无因的反叛的毛病，然后又像生麻疹一样痊愈了。在我的时代，像詹姆斯·迪恩这样无因的反叛者是很酷的，而世界在真实和虚假之间的分化，则保护了不止我一个人的脆弱自尊免遭崩溃。有多少不合时宜的事情都是很酷的！我记得自己模仿珍·茜宝在《无法呼吸》中的叛逆造型，虽然不是因为这个原因，但之后不久，我又为《爱情故事》中的艾丽·麦格罗和瑞恩·奥尼尔哭泣。乔伊斯、普鲁斯特、伯格曼、卡夫卡、黑泽明、艾瑞克·弗洛姆，这些我在比较文学一年级坚守的价值，并没有阻止我对美国肥皂剧《冷暖人间》中可怜的艾莉森·麦肯兹产生保护欲，这跟那个用德洛罗和德里罗打造自己思想美学徽章的学生简直一模一样。

这些学生在炫耀（我也是！），因为他们没有安全感（我也是！）。他们这代人就读于昂贵的私立讲故事学校，学校以霍尔顿的名字命名,但他们中的大多数人都没有读过《麦田里的守望者》。在为旅行做准备时,我重读了这本书,但并不代表我有权利在他们面前炫耀,然后用如下问题来纠缠他们:把霍尔顿开除的那所学校叫什么?霍尔顿在小说开头提到了哪本文学作品?霍尔顿最喜欢的作家是谁?霍尔顿的词汇表中出现频率最高的词是什么?

只要没有伤害,那么被时间遗忘在尘埃里就是一种解放的感觉。然而,这种感觉是错的,因为时间并不像我们所希望的那样流动,也不像我们所想象的那样流动——在任何情况下,它都不会随我们一起衰老。重读《麦田里的守望者》,我意识到,1951年小说首次发表时只有十七岁的霍尔顿·考菲尔德,现在已经八十二岁了。我还意识到,他的反叛不过是一个老顽固绵延了二百多页的咆哮。书的开头有一个细节,霍尔顿说他的脑袋一侧(右侧)长了数百万根白发,这象征性地证实了霍尔顿是青春永驻的,或者说他一直都是八十多岁。全世界数以百万计的年轻读者都把霍尔顿·考菲尔德视为他们认同的核心焦点。到处都有读者在阅读《麦田里的守望者》。例如,在东欧,它催生了牛仔裤散文。其他霍尔顿则出现在俄罗斯、捷克斯洛伐克、波兰、南斯拉夫、东德;他们用下流的词汇(我的用词很差!)讲述他们的故事,用本国方言替代霍尔顿的 and all，把成人的世界视为*虚伪*，像个傻子（"我是你见过的最可怕的骗子"），或装成傻子（"我是全家唯一的傻子"）。不管他自己愿不愿意，塞林格都成了战后无因的反叛文化的象征性代言人。这些反叛者越坚持说他们周围的世界都是*虚假的*、让他们感到恶心，这个世界就会越干脆地把他们归为主流。即便在青少年时期，我也很难认同霍尔顿，也许是因为他是个男孩，而我周围没有任何一个女孩会想做他的女朋友。

我慢慢朝门口走去。没有人送我出来，主管没有，比较文学家也没有。当我离开学校时，那个选择卡夫卡作为她最喜欢的作家的学生一路跑到大门口。

"对不起，我想问问你……我实在不想打扰你，但是……讲故事能学会吗？你怎么看？我感觉你对学校……还有我们……有些怀疑。"她说，上气不接下气。

实际上，这个女孩并不是真的在问这个问题。她狡猾地使用了当她告诉我她最喜欢的作家是卡夫卡时所用的同一副面具。然而她的困境并不是虚假的，她本人并不是虚假的，我才是那个伪装者。

"每个学校都是好的。重要的是你在写作……"我说。

我为什么要用这种廉价的废话作答？我为什么不能表

现得更有同情心？也许是因为我没有选择。我不能谈论太多关于学校的事，因为我只知道从宣传册上看到的东西。即便我认为这所学校是一个糟糕的选择，我也不太可能说出来，因为她已经在学费上投入了一笔巨款，而且未来十年内都无法通过写作赚回来，除非她碰巧写出了一本畅销书，或者她的学费是由有钱的父母支付的，而情况多半如此。我可以向她引用霍尔顿的话：学费越贵，骗子越多！但我没有。那样会很残忍，而且，也不真实。

在《故事之为故事的故事》中，皮利尼亚克写道："如果一个人的身体被狐狸的灵魂占据，那这个人的整个部落都会受到诅咒。狐狸是作家的图腾。"该如何向这个年轻女子解释她未来的职业所面临的风险呢？深刻、危险以及痛苦的职业危害，无法用生肉色的止疼片来解决。在大部分斯拉夫语（以及中国、日本和韩国）民间传说和神话想象中，狐狸都是以女性的身份出现的。狐狸就是山鲁佐德。山鲁佐德就是只狐狸。山鲁佐德讲述了故事是如何被写出来的。因为每讲一个故事，山鲁佐德就能多换取一天的生命。她的创意写作学校持续了一千零一夜，她不是用现金支付学费，她拿来做抵押的是自己的头颅。

鲍里斯·皮利尼亚克说，狐狸是分配给我们这些穷作家的图腾。它狡猾，是个诡诈的骗子、神圣信息的传递者、粮食女神伊纳里的仆人。狐狸贩卖死人的灵魂；狐狸是乡村集市上的杂耍者，是骗子、江湖术士、谄媚者、马屁精、鸟神女怪，冒着生命危险只为一点蝇头小利：一根鸡肋，一条鹅腿，或者从别人嘴里掉出来的一块奶酪。狐狸被贬至凄惨的境地，过着与世隔绝的生活，交配期很短，母狐狸持续的时间长一些，但不足以填补凄凉的深渊。作为一个偷鸡贼，狐狸是其他更务实的猎人的目标，也是他们不在场的证明。狐狸皮不是最值钱的，但永远不会过时。狐狸拥有魔力，它可以上升到狐仙的地位，被赋予九条尾巴，但那需要千年的等待。

不管是不是偶然，我和我的小侄女找到了通往终极问题的道路，但这个问题不可能有明确的答案。总而言之，故事不会自己讲出来，就像镜子无法变成湖泊，梳子无法变成茂盛的草丛，没有与严肃的危险相连的深刻冲动，梭子鱼的命令也不会成真。（谁知道呢？也许这就是为什么我的小姑娘不小心说出了错误的命令，即"故事，设定你自己！"，而不是"故事，讲出你自己！"）只有当人们不滥用咒语时，魔法才会奏效。因此，在每一个故事里，哪怕是童话故事里，尤其是童话故事里，都必须有一种更高的真实性成分（务必不要把这里的真实性与真实、说服力、人生经验或道德混淆），否则故事就无法运转。一定有一个很好的理由能解释，为什么这个故事、这个特定的故事，不得不被讲出来。狐狸知道书中的每一个诀窍，但这依然不够。然而，当生存成为问题时——就像故事中那个可怜的男人把狐狸皮偷来放在家中做妻子——狐狸便会放弃所有谈判的努力，回归它真实的自我。"不可滥用上帝之名"，只有当我们承认这句话的时候，上帝才真正存在。如果我们不相信文学的神奇之处，那它就只是一串毫无意义的文字。

狐狸携带着惩罚的诅咒，它们当中只有极少数能通过千年考验，最终得以甩动那九条尾巴。不过，狐狸似乎并不在意变幻无常的天堂有一天可能传来召唤，因为不管如何它都必须以某种方式活下去：因此，它才急急忙忙对着树枝上愚蠢的乌鸦说恭维话，希望它嘴里能掉出一块奶酪。有人会说，真是浪费时间，用自己的话去赞美上帝不是更明智吗？让通往救赎的路更快、更确定。但赞美上帝是没用的，因为上帝断然无法被腐蚀，但赞美树枝上愚蠢的傻子，往往效果极佳。

狐狸遭受的诅咒在于它不被人们所爱。狐狸既没有强大的力量让我们恐惧或臣服，也没有美貌让我们震动、让我们屏息。毕竟，人怎么会爱上一个不断变幻面孔和人格的生物呢？它上一刻还对我们宠爱有加，下一刻就会沿着河把我们卖出去，况且，我们也无法确定，它究竟属于死者的世界还是生者的世界。狐狸不属于野兽，不属于我们人类，也不属于神灵。她是一个永恒的偷渡者，一个在世界之间穿梭自如的移民，当逃票被抓住时，就会用尾巴玩球，表演她廉价的小把戏。她目光极为短浅地（啊，狐狸固有的弱点）把观众转瞬即逝的赞叹当成了爱。那是它的光辉岁月。其他的都是恐惧的历史：逃避猎人的子弹，逃避猎狗不停的狂吠；一部迫害、殴打、舔舐伤口、羞辱和孤独的历史，还有一串鸡骨头做的摇铃，那是廉价的安慰。

站在我面前的这个学生脸色苍白，瞪大明亮的眼睛，谁知道呢，也许有一天她会写一本书，也许在书里某个地方，她会加入一段对我的描写。如果是那样的话，我也不介意被描述成一个老妇人，她"在一个寒冷的夜晚出门，祈求月亮给她光明"，她慢慢走了很长的路，然后从黑暗中的某个地方，出现了很多小狐狸，环绕在她腿边。你瞧，小狐狸越来越多，它们偷偷前行，形成了一个古铜色的皇家列车队，直到火车和老妇人都被黑暗吞没……

霍尔顿学院距离茱莉亚·迪·巴罗洛大道尚有一段距

离，但我吃了五片两百毫克的生肉色布洛芬，决定一路走回膳宿旅馆。我的背痛停止了，我的步伐变得轻盈，好像我大获全胜，抓住了自己的猎物（你们会抓住我的下巴，在我离开这个城市之前，城市，城市，在我离开这个城市……），但我没有任何东西来证明自己的胜利。更何况，我怀疑，我签的那份不够环保的纸质合同里承诺的酬金，是不是永远都不会来了……

2016 年 8 月

FOX
Dubravka Ugrešić
Copyright © 2017, Dubravka Ugrešić
Simplified Chinese translation copyright © 2023, Beijing Imaginist Time Culture Co., Ltd.
All rights reserved

北京版权保护中心外国图书合同登记号：01-2022-6943

图书在版编目(CIP)数据

狐狸 / (荷) 杜布拉夫卡·乌格雷西奇著；刘伟译. -- 北京：北京日报出版社，2023.4（2023.8 重印）

ISBN 978-7-5477-4580-9

Ⅰ.①狐… Ⅱ.①杜…②刘… Ⅲ.①中篇小说—小说集—荷兰—现代 Ⅳ.① I563.45

中国国家版本馆 CIP 数据核字 (2023) 第 021764 号

特约策划：冯　婧
责任编辑：姜程程
装帧设计：陆智昌
内文制作：陈基胜

出版发行：北京日报出版社
地　　址：北京市东城区东单三条 8-16 号东方广场东配楼四层
邮　　编：100005
电　　话：发行部：（010）65255876
　　　　　总编室：（010）65252135
印　　刷：山东新华印务有限公司
经　　销：各地新华书店
版　　次：2023 年 4 月第 1 版
　　　　　2023 年 8 月第 2 次印刷
开　　本：787 毫米 × 1092 毫米　1/32
印　　张：12.5
字　　数：220 千字
定　　价：58.00 元

版权所有，侵权必究，未经许可，不得转载

如发现印装质量问题，影响阅读，请与印刷厂联系调换：0534-2671218